DU MÊME AUTEUR

Du monde entier

MARTIN AMIS

LA MAISON DES RENCONTRES

roman

*Traduit de l'anglais
par Bernard Hœpffner*

*avec la collaboration
de Catherine Goffaux*

GALLIMARD

Titre original :

HOUSE OF MEETINGS

Une fois encore, à ma mère

Chère Vénus,

Si ce qu'on dit est vrai, si mon pays est mourant, je crois alors que je pourrai expliquer pourquoi. Tu comprends, ma petite, la conscience est un organe vital, et pas une adjonction comme les amygdales ou les végétations.

Entre-temps, toutes mes félicitations. Tu vas maintenant rejoindre un groupe important de jeunes gens — ceux qui sont condamnés à vendre les mémoires purulents d'un parent âgé. Mais tu n'auras pas besoin d'aller bien loin : les éditions Gagarin, dans Jones Street. Demande à voir Mr Nosrin. Ne t'inquiète pas : je ne vais pas faire comme ce pervers confus, qui a envoyé des rouleaux entiers de son œuvre à Photo Quick. Nosrin est au courant (et tout a été payé). En plus, c'est un de mes compatriotes, autrement dit, il comprendra. J'aimerais bien un tirage, s'il te plaît, d'un seul exemplaire. Il est pour toi.

Tu m'as toujours demandé pourquoi je ne parvenais jamais à « m'ouvrir », pourquoi j'ai toujours eu tant de mal à « me soulager » et à « décompresser », tout ce genre de choses. C'est que, avec un passé comme le mien, on vit

11

en grande partie pour les interludes où l'on n'y pense pas — et le temps que l'on prend pour en parler n'est évidemment pas de ceux-là. Il y avait une inhibition plus obscure : la crainte franchement névrotique que tu ne me croies pas. Je t'ai vue te détourner, je t'ai vue détourner ton visage et secouer lentement la tête après l'avoir baissée. Et cela, j'ignore pourquoi, était une idée insupportable. J'ai dit que ma crainte était névrotique, mais je sais qu'elle est largement partagée par des hommes ayant une histoire semblable. Névrose partagée, angoisse partagée. Émotion de masse, il nous faudra revenir sur le sujet de l'émotion de masse.

Quand j'ai pour la première fois assemblé les faits devant moi, des mots noirs sur une page blanche, je me suis retrouvé en train de regarder fixement un petit tas informe de dégradation et d'horreur. Alors j'ai tenté de donner un peu de structure à la chose. Dans la mesure où je parvenais à discerner une vague apparence de forme et de rythme, je me sentais moins isolé, je sentais des forces impersonnelles me venir en aide (et j'en avais bien besoin). Cette suggestion d'unité était peut-être trompeuse. La patrie est éternellement prodigue en anti-illuminations, en épiphanies négatives — mais pas en unité. Il n'y a pas d'unités dans mon pays.

Pendant les années trente du siècle dernier, un mineur du nom d'Alexeï Stakhanov aurait, dit-on, extrait plus de cent tonnes de charbon — la norme était fixée à sept tonnes — en une journée de travail. D'où le culte des stakhanovistes, ou ouvriers « de choc » : combleurs de cañons et aplanisseurs de montagnes, bulldozers et excavateurs humains. Les stakhanovistes, très souvent, étaient à l'évi-

12

dence des escrocs ; très souvent, aussi, ils ont été pendus par leurs camarades, qui détestaient voir les normes enfler... Il y a eu également des écrivains « de choc ». On allait les chercher dans les usines, par milliers, et on leur apprenait à rédiger de la propagande ressemblant à de la fiction. Mon objectif est autre, mais c'est ainsi que tu devrais penser à moi : comme à un écrivain « de choc » qui dit la vérité.

La vérité te sera douloureuse. J'ai une fois de plus été frappé (une lacération discrète, comme quand on se coupe avec du papier) par le fait que la plus honteuse de mes actions a été commise, non pas dans un passé lointain, mais peu de temps avant ta naissance, quelques mois avant que l'on me présente à ta mère. Mon fantôme s'attend à une censure. Mais qu'elle soit personnelle, Vénus ; que ce soit la tienne, et pas la censure de ton groupe et de ton idéologie. Oui, tu m'as bien entendu : ton idéologie. Oh, c'est une idéologie modérée, je l'admets (elle n'a qu'une seule idée, la modération). Personne ne va se faire sauter pour elle.

Que tu assimiles ce que j'ai fait — de toute façon cela exigera de toi beaucoup de courage et de générosité. Mais je pense que même une personne qui réclamerait un châtiment sévère (ce que tu ne feras pas) devrait se sentir raisonnablement contente de la manière dont les choses se sont passées. On pourrait m'objecter, et je ne le contredirai pas, que je ne méritais pas ta mère ; et je ne méritais pas de t'avoir à la maison pendant presque vingt ans. Je ne crains pas sérieusement non plus que tu ailles m'excommunier de ta mémoire. Je ne crois pas que tu feras cela. Parce que tu es noire, tu comprends. Tu sais ce que ça signifie d'être un esclave.

Vénus, je suis désolé que tu m'en veuilles encore de ne pas t'avoir laissée me conduire à O'Hare. « C'est comme ça qu'on fait, as-tu dit : Je te conduis à l'aéroport, je te ramène de l'aéroport. » Est-ce que tu sais que c'est très rare ? Personne *ne fait plus ça, même pas les jeunes mariés. Bon, c'est vrai : j'ai été égoïste de ne pas te laisser faire. J'ai dit que c'était parce que je ne voulais pas te dire au revoir en public. Mais je crois que c'était l'asymétrie qui me dérangeait. Toi et moi, on se conduit à l'aéroport, on va se chercher. Et je ne voulais pas être* conduit *parce que je savais que je ne serais pas* ramené.*

Tu es aussi bien préparée à la vie que peut l'être n'importe quelle autre jeune Occidentale, tu as eu droit à une bonne alimentation, une excellente assurance-maladie, deux diplômes, séjours linguistiques, orthodontie, psychothérapie, biens immobiliers, et capital ; et ta peau a une couleur magnifique. Regarde-toi — regarde ces reflets.

PREMIÈRE PARTIE

1

Le Ienisseï, 1ᵉʳ septembre 2004

Mon petit frère arriva au camp en 1948 (j'y étais déjà), au plus fort de la guerre entre les brutes et les chiennes... Voilà qui ne serait pas une mauvaise phrase pour entamer le récit proprement dit, et je suis impatient de l'écrire. Mais pas encore. « Pas encore, pas encore, mon trésor ! » C'était ce que disait le poète Auden à ses poèmes lyriques, à ces interminables épîtres, qui paraissaient revendiquer une naissance prématurée. Il est trop tôt encore pour la guerre entre les brutes et les chiennes. La guerre sera présente dans ces pages, inévitablement : j'ai participé à quinze batailles et, pendant la septième, j'ai failli être châtré par un projectile secondaire (un projectile en fer de trois livres) qui s'est logé dans la face interne de ma cuisse. Quand on subit une blessure pareille, pendant la première heure, on ne sait pas si on est un homme ou une femme (ni si on est jeune ou vieux, ni qui était votre père ni quel était son nom). De toute façon, quelques centimètres plus haut, comme on dit, et il n'y aurait pas eu d'histoire à raconter — parce que c'est une histoire d'amour. Bon, d'accord, d'amour russe. Mais d'amour quand même.

L'histoire d'amour est de forme triangulaire, et le triangle n'est pas équilatéral. J'aimerais parfois me dire que le triangle est isocèle : en tout cas, il se termine en une pointe très aiguë. Soyons honnête, toutefois, et admettons que le triangle demeure brutalement scalène. J'espère, ma chère, que tu as un dictionnaire près de toi ? Tu n'as jamais eu besoin d'être vraiment encouragée pour adopter une attitude respectueuse envers les dictionnaires. Scalène, du grec, *skalenos* : inégal.

C'est une histoire d'amour. Et naturellement je dois commencer par la Maison des Rencontres.

Je suis assis dans la salle à manger en forme de proue d'un vapeur pour touristes, le *Gueorgui Joukov*, sur le fleuve Ienisseï, qui coule depuis les contreforts de la Mongolie jusqu'à l'océan Arctique, clivant ainsi la plaine eurasienne du Nord — une distance de deux mille cinq cents verstes. Étant donné les distances russes et la rudesse habituelle de la vie russe, on s'attendrait à ce qu'une verste soit l'équivalent de — je ne sais pas — soixante kilomètres. En fait, c'est à peine plus d'un kilomètre. Mais c'est quand même un assez long trajet. La brochure décrit le trajet comme « un voyage vers une destination inoubliable » — une expression qui a une résonance un peu fâcheuse. N'oublie pas, s'il te plaît, que je suis né en 1919.

Contrairement à presque tout par ici, le *Gueorgui Joukov* ne ressemble à rien de connu : il n'est ni futuristiquement ploutocratique ni futuristiquement austère. Il est l'image d'un *Komfortismus* troisième âge, plus ou moins tsariste. Sous la ligne de flottaison, là où les employés et les membres de l'équipage s'amusent et dorment paisiblement, le navire est évidemment une ruine fétide — mais regarde-moi cette salle à manger, avec ses rideaux miel doré, son velours rouge de maison close. Et notre charge est légère. J'ai une cabine à quatre couchettes pour moi tout seul. La croisière du goulag, c'est ce que m'a dit le commissaire, n'a jamais vraiment eu de succès... Moscou *est* impressionnante — sévèrement fantastique dans tout ce lucre. Et Pétersbourg également, sans aucun doute, après son anniversaire à un milliard de dollars : un tricentenaire pour la ville « arrachée à la mer » par des esclaves. C'est partout ailleurs que l'on est désormais sous la ligne de flottaison.

Ma vision périphérique est ceinte de serveurs à l'affût, prêts à bondir. Il y a deux raisons à cela. D'abord, nous avons atteint le pénultième jour de notre croisière, et il est maintenant admis sans ambiguïté, à bord du *Gueorgui Joukov*, que je suis un vieillard mal embouché d'humeur massacrante — énorme et hirsute, mes cheveux n'ont pas le blanc duveteux du gâteux docile mais un gris acerbe et ébouriffé. Ils savent également, maintenant, que la largesse de mes pourboires est proprement psychotique. J'ignore pourquoi. J'ai toujours été, je crois bien, un vingt-pour-cent plutôt qu'un dix-pour-cent, et cela n'a cessé de grimper depuis lors ; mais c'est ridicule. J'ai toujours eu une grosse quantité d'argent liquide, même en URSS. Mais maintenant je suis riche. Ajoutons pour mémoire (et ce *sont* mes mémoires) un seul brevet, mais ayant de très larges applications : un mécanisme qui améliore de façon significative l'« élasticité » des extrémités prosthétiques... Ainsi, les serveurs savent que s'ils survivent à mon délire cloacal, une certaine gratification les attend à la fin de chaque repas. Calé devant moi, un recueil de poèmes. Ni Mikhaïl Lermontov, ni Marina Tsvétaïéva. Samuel Coleridge. Le marque-page que j'utilise est une épaisse enveloppe contenant une longue lettre. Elle est en ma possession depuis vingt-deux ans. Un vieux Russe, rentrant à la maison, se doit d'avoir sur lui un souvenir important — son *deus ex machina*. Je n'ai pas encore lu la lettre, mais je le ferai. Je le ferai, même si c'est la dernière chose que je fais.

Oui, oui, je sais — les vieillards ne devraient pas jurer. Toi et ta mère aviez tout à fait raison de me faire les gros yeux. C'est effectivement un spectacle pitoyable et dénué de charme, toutes ces grossièretés sortant d'une vieille bouche, les dents fausses ou manquantes, les lèvres à moitié avalées. Et pitoyable parce que c'est une protestation évidente face à une puissance disparue : dire *enculé* est la seule chose grossière que nous sommes capables d'ériger en habitude. Mais j'aimerais souligner les propriétés thérapeutiques des grossièretés. Tous ceux qui ont réellement ressenti le chagrin connaissent le soulagement qu'elles finissent par procurer : baisser la tête et, heure après heure, sangloter et jurer... Bon Dieu, regarde ces mains. Aussi grandes que des pelles, avec leurs crevasses et leurs rides, leur envergure, leur vert-de-gris. J'ai fait mal à tant d'hommes et de femmes avec ces mains.

Le 29 août, nous avons traversé le cercle polaire, et il y a eu des festivités très élaborées à bord du *Gueorgui Joukov*. Un accordéon, un violon, une guitare incrustée de bijoux, des filles en blouse paysanne, un ivrogne en culotte de cheval qui a fait semblant de se lancer dans une danse cosaque et qui n'arrêtait pas de tomber de son tabouret. Or à mon âge, un âge, disons, mûr (ce qui vaut toujours mieux que de dire que je suis mûr pour la tombe), il n'y a vraiment plus de *place* pour une gueule de bois. Oh là là... Oh là là, oh là là. Je ne me croyais plus capable de me polluer aussi complètement. Pire, j'ai succombé. Tu sais très bien ce que je veux dire. Je me suis joint à tous les toasts (une poubelle miniature avait été apportée pour que nous puissions y briser nos verres), et j'ai chanté toutes les chansons ; j'ai pleuré pour la Russie, et j'ai essuyé mes larmes sur son drapeau. J'ai énormément parlé des camps — de Norlag, de Predposylov. À l'aube, j'ai tenté d'empêcher des gens de quitter le bar, par la force. Plus tard, j'ai occasionné pas mal de dégâts dans ma cabine et on a dû me faire déménager le lendemain, au milieu d'une tempête de jurons et de billets de vingt dollars.

Gueorgui Joukov, général Joukov, maréchal Joukov : j'ai servi dans une de ses armées (il commandait tout un front) en 1944 et 1945. Il a également contribué à me sauver la vie — huit ans plus tard, pendant l'été 1953. Gueorgui Joukov est l'homme qui a gagné la Seconde Guerre mondiale.

Notre navire grogne, comme s'il se chargeait de fardeaux et de soucis supplémentaires. J'aime ce bruit. Mais quand les portes des cuisines s'ouvrent dans un cri, j'entends la musique du *ghetto-blaster* (une mesure à quatre-quatre, et un gamin de dix-sept ans hurlant son moi torturé), et elle pénètre dans mes oreilles sous forme de douleur. Naturellement, un seul battement de paupières et les serveurs prennent la coquerie d'assaut. Quand on est vieux, le bruit vous arrive sous forme de douleur. Lorsque je monterai sur le pont ce soir, car c'est ce que je ferai, je m'attends à ce que la neige mouillée m'arrive sous forme de douleur. Ce n'était pas comme ça quand j'étais jeune. Le réveil : *ça*, ça faisait mal, et ça a continué à faire mal, de plus en plus. Mais le froid ne faisait pas mal. À propos, essaye donc de pleurer ou de jurer au-delà du cercle polaire, en hiver. Toutes tes larmes gèleront, et même tes obscénités se transformeront en glaçons et tinteront à tes pieds. Ça nous affaiblissait, ça nous démolissait profondément, mais ça ne nous arrivait pas sous forme de douleur. Ça répondait à quelque chose. C'était comme un projecteur éclairant l'univers de notre haine.

Maintenant le ghetto-blaster a été remplacé par une radio. Je lève une main. C'est autorisé. Aujourd'hui, c'était le début du siège de l'École Numéro Un, en Ossétie du Nord. Quelques-uns des enfants regardaient les terroristes, hommes et femmes, quand ils sont arrivés le long de la voie ferrée, cagoulés de noir — et ils riaient et les montraient du doigt, pensant que c'était un jeu ou un exercice. C'est alors que la camionnette s'est arrêtée et qu'il en est descendu, le tueur à l'énorme barbe rousse : « Russes, Russes, n'ayez pas peur. Venez, venez... » Les autorités parlent de trois ou quatre cents mais en fait il y a plus de mille otages — enfants, parents, enseignants. Et pourquoi nous préparons-nous à la pire des issues possibles ? Pourquoi sommes-nous en train de nous préparer à un phénomène que le monde entier comprend — la main lourde des Russes ? Pour quelle raison nos mains sont-elles si lourdes ? Qu'est-ce qui les accable autant ?

Un autre café, une autre cigarette, et je monte sur le pont. Les étendues de Sibérie, l'immensité vert olive — cela te ferait peur, je crois bien ; mais les Russes, là, ils se sentent importants. La masse de cette terre, de ce pays, la dimension de l'enjeu pour la planète : c'est cela qui nous hante, et c'est cela qui projette l'État dans la folie... Nous naviguons vers le nord, mais vers l'aval. Une anomalie, semble-t-il. Vu du pont, c'est comme si le navire était immobile et que les rives, de chaque côté, se déplaçaient. Nous sommes immobiles ; les rives dansent et ondulent. Nous sommes entraînés vers l'avant par une force qui voyage dans l'autre sens. Nous avons l'impression, aussi, que nous nous approchons des contreforts du monde et que nous nous dirigeons vers une chute d'eau infinie. Territoire des monstres.

Mes yeux, au sens conradien, ont cessé d'être occidentaux pour se faire peu à peu orientaux. Je suis revenu au bidonville, dans le sein d'une immense famille. À présent, elle doit s'en sortir toute seule. Tout l'argent a été partagé entre les criminels et l'État.

C'est étrange. Taper le mot « Kansas » me paraît toujours d'une banalité rassurante. Et taper le mot « Krasnoïarsk » me paraît toujours parfaitement grotesque. Je pourrais évidemment taper « K... », tel un écrivain d'une autre époque. « Il se rendit à M..., la capitale de la R... ». Mais tu es une grande fille maintenant. « Moscou », « Russie » : rien que tu n'aies déjà vu. Ma langue maternelle — je m'aperçois que je veux m'en servir le moins possible. Si la Russie disparaît, alors le russe a déjà disparu. Nous étions très en retard, tu comprends, pour développer un langage des sentiments ; le processus s'est arrêté après un siècle à peine, et maintenant toutes les associations, les résonances implicites se sont perdues. Je dois juste ajouter que j'ai en permanence l'impression de verser dans l'euphémisme — en racontant mon histoire en anglais, et en outre dans un anglais suranné. Mon histoire serait encore pire en russe. Car c'est réellement un récit plein de gutturales et de sifflantes aiguës.

Le reste de ma personne, néanmoins, se fait oriental — se russifie de nouveau. Alors, guette, dorénavant, d'autres traits nationaux : l'affranchissement de toute responsabilité et de tout scrupule, la défense énergique d'opinions et de croyances qui ne sont pas seulement irréconciliables mais encore incompatibles, le penchant pour un humour sordide et cynique, la tendance à parler avec d'autant plus de passion qu'on est moins sincère, et la soif d'arguments abstraits (abstraits jusqu'à la prétention) dans les moments les plus inattendus — disons, au milieu d'une fuite éperdue hors de prison, au point culminant d'une émeute provoquée par le choléra ou lors de la phase la plus sépulcrale d'une gigantesque famine.

Oh, et pour ne plus avoir à y revenir. Ce n'est pas l'URSS que je n'aime pas. Ce que je n'aime pas, c'est la plaine d'Eurasie du Nord. Je n'aime pas la « démocratie surveillée », et je n'aime pas le pouvoir soviétique, et je n'aime pas les tsars, et je n'aime pas les chefs de guerre mongols, et je n'aime pas les souverains héréditaires de l'ancienne Moscou et de l'ancienne Kiev. Je n'aime pas l'empire multiethnique aux douze fuseaux horaires. Je n'aime pas la plaine d'Eurasie du Nord.

Je te prie d'accepter ma légère excentricité dans mon utilisation du dialogue. Il n'y a là rien de russe. C'est être « anglais ». J'ai l'impression que se citer soi-même, cela ne se fait pas. Disons-le ainsi.

Oui, en ce qui concerne l'individu, Vénus, il est fort possible que le caractère soit le destin. Et vice versa. Mais, à une plus grande échelle, le caractère ne veut rien dire. À une plus grande échelle, le destin, c'est la démographie ; et la démographie est un monstre. Quand on regarde attentivement, quand on examine le cas de la Russie, on sent s'agiter une force massive, une force non seulement aveugle mais insensible, pareille à un tremblement de terre ou à un raz de marée. Rien de tel ne s'est encore jamais produit.

J'ai ça devant les yeux sur l'écran de mon ordinateur, le graphe avec ses deux lignes crêpelées qui se croisent, l'une rose, l'autre bleue. Le taux de natalité, le taux de mortalité. Ils appellent ça la croix russe.

J'étais là quand mon pays a commencé à mourir : la nuit du 31 juillet 1956, dans la Maison des Rencontres, un peu au-delà du soixante-neuvième parallèle.

2

La Maison des Rencontres

Ce fut avec quelque cérémonie, je m'en souviens, que je montrai à mon jeune frère l'endroit où il pourrait recevoir sa jeune épouse. Je dis bien « jeune épouse ». Ils étaient mariés depuis huit ans. Mais ce serait leur première nuit ensemble en tant que mari et femme... On va vers le nord à partir de la zona et, après huit cents mètres, on prend sur la gauche, on grimpe le petit sentier raide, l'invraisemblable volée de vieilles marches en pierre et on y est : plus loin, sur la pente du mont Schweinsteiger, le chalet de deux étages appelé la Maison des Rencontres et, sur le côté, son annexe enviée, une cabane solitaire en rondins pareille à un avant-poste d'extrême liberté.

Une chambre unique, évidemment : le lit étroit, avec son drap du dessous duveteux et la couverture grise inerte, le tonneau d'eau avec sa tasse en fer-blanc attachée par une chaîne, le seau de toilette impeccable et son délicat couvercle en bois. Et puis la chaise (sans accoudoirs, sans dossier) et le plateau du dîner qui attend — deux morceaux de pain gros comme le poing, un hareng entier (un peu verdâtre sur les bords) et la grosse cruche de bouillon froid à la surface de laquelle sont figées au moins quatre ou cinq perles de graisse. Des heures de préparation, et beaucoup de monde avaient dû être mobilisés.

Lev siffla.

Je dis : Eh bien, mon petit, on en a fait du chemin. Regarde.

« Bon Dieu », dit-il.

Et je sortis de ma poche le thermos de vodka trapu, les six cigarettes (roulées dans le journal de l'État) et les deux bougies.

Peut-être ne s'était-il pas encore remis du puissant jet d'eau et de la tonte — il y avait des gouttes de sueur sur sa lèvre supérieure. Mais il m'adressa alors le regard que je connaissais bien : le rictus sans joie, avec les deux chevrons inversés au milieu du front. Ce que j'interprétais, sans la moindre hésitation, comme l'expression d'un doute sexuel. Doute sexuel — fardeau exclusivement masculin. Dis-moi, ma chérie : pourquoi existe-t-il ? La réponse fonctionnelle, je suppose, serait qu'il est supposé empêcher de se reproduire tous ceux qui sont faibles, ou maladifs, ou simplement trop vieux. Peut-être également (sans doute au stade de la conception de l'idée masculine) avait-on pensé que le fiasco occasionnel, ou le fiasco en tant que risque toujours présent, pourrait aider les hommes à rester honnêtes. Sans doute au stade de la conception.

Lev, mon garçon ? dis-je. C'est un sacré paradis qui t'attend là-dedans. Et alors je lui dis, avec un manque de confiance total, de ne pas en attendre trop. *Elle* n'en attendra pas tant. Alors, toi non plus.

Il dit : « Je ne crois pas que j'en attende trop. »

Nous nous étreignîmes. Lorsque je me courbai pour sortir de l'appentis et que je me redressai, je vis quelque chose que je n'avais pas remarqué, sur l'appui de la fenêtre — et amplifié, à présent, par un renflement en forme de lentille dans le verre. C'était une éprouvette, avec une base arrondie, maintenue verticale par un cadre en bois sculpté à la main. Une unique fleur sauvage, sans tige, y flottait, l'inondait — d'un rouge rubis amoureux. Je me rappelle avoir pensé qu'elle ressemblait à une expérience sur l'idée masculine. Une expérience poétique, mais une expérience tout de même.

Le garde avança d'un pas et fit un geste avec son arme : je devais marcher devant lui sur le sentier. Arrivant de l'autre côté et également sous escorte, venait ma belle-sœur. Cette démarche qu'elle avait, ce célèbre balancement assuré et cadencé — il avait mis un monde en marche.

Les cinq semaines de l'été arctique avaient commencé. Comme si la nature s'éveillait en juillet et se rendait compte à quel point elle avait négligé ses invités ; et alors, naturellement, elle en faisait dix fois trop. Il y avait quelque chose de bien trop exubérant et hystérique dans le spectacle qu'elle offrait : le soleil avec son cadran intensifié, le regard fixe, une présence constante ; le tapis rouge des fleurs sauvages, les couleurs luxuriantes mais profondément irritantes, provoquant des démangeaisons dans les yeux ; et les moustiques excités, gros comme des colibris. Je continuai à avancer, sous une résille de moucherons, de brûlots et de maringouins. Il y avait, je m'en souviens, un immense nuage gris luisant au-dessus de nous ; son bord d'attaque avait l'air effiloché et s'apprêtait à se déchiqueter ou à se disloquer en pluie.

La nuit du 31 juillet 1956 : nuit cruelle et cruciale. Comment l'ai-je passée ?

D'abord, la Cafétéria du Comte Krzysztov. Dans la Cafétéria du Comte Krzysztov, voilà comment se déroulaient les événements : en essayant de ne pas rire, Krzysztov vous servait une tasse de boue noire et brûlante ; puis, en essayant de ne pas rire, vous la buviez. Krzysztov m'apprit, entre autres choses, qu'une conférence devait être donnée au mess à huit heures — sur l'Iran. Les conférences sur les pays étrangers, particulièrement les pays étrangers limitrophes, étaient toujours très populaires (« Les Maoris de Nouvelle-Zélande » n'attirait pas vraiment les foules, mais n'importe quoi sur la Finlande ou l'Afghanistan, et la salle était pleine). Cela parce qu'une description de la vie de l'autre côté de la frontière donnait un peu de chair aux fantasmes d'évasion. Les hommes restaient assis là, le regard vitreux, comme devant une danseuse exotique. Pour des raisons analogues, le spectacle ayant de loin le plus de succès était un double programme, deux fragments inconnus et anonymes intitulés « Trois Fainéants » et « Kedril le Glouton ». Sa popularité était telle qu'on redonnait ce spectacle presque chaque mois ; Lev et moi, nous nous battions chaque fois pour y aller, comme tout le monde. Ah, le culte des « Trois Fainéants » et de « Kedril le Glouton »... Mais j'avais dans la tête, ce soir-là, d'éviter toute excitation. Je me décidai plutôt pour un léger dépresseur. Je rendis donc visite à Tanya.

Notre camp était mixte depuis 1953, quand le mur de séparation avait été abattu, et nombre d'entre nous avaient à présent une petite amie. Nous rêvions une grande variété de noms génériques pour les désigner (et elles faisaient de même pour nous : « ma coqueluche », « mon chou à la crème », « mon Tristan », « ma Daphné »), et on pouvait en apprendre beaucoup sur un homme à sa façon de parler de sa petite amie. « Mon Ève », « ma déesse » ou même « ma femme » signalaient un romantique ; les gens moins délicats se servaient de tous les synonymes possibles de la copulation, plus tous les synonymes possibles de la vulve. Mais, bien qu'il y eût de véritables liaisons (grossesses, avortements, même des mariages, même des divorces), je dirais que quatre-vingt-dix pour cent de ces liaisons étaient entièrement platoniques. Je sais que la mienne l'était. Tanya était une ouvrière, et son crime n'était pas politique. Elle était une « trois fois de suite ». Trois fois, elle l'avait commis : arriver au travail avec vingt minutes de retard. Moins tendrement qu'il ne pourrait paraître à première vue, je l'appelais « ma Dulcinée » : comme la maîtresse de Don Quichotte, elle était en grande partie une projection de mon imagination.

L'amour d'un prisonnier pour un autre pouvait être une chose très pure. Il y avait en fait d'énormes quantités d'amours contrariées, d'amours piégées, dans l'archipel des esclaves. Aveux, fiançailles, mains serrées à travers le grillage. Un jour, dans un camp de transit, j'ai été témoin du mariage spontané (avec prêtres) de parfaits inconnus, des dizaines et des dizaines, tous ensemble, suivi d'une nouvelle ségrégation et du départ de chacun dans des directions opposées... Mon histoire avec Tanya était terre à terre et ordinaire. Je m'étais simplement rendu compte qu'avoir quelqu'un dont je pouvais prendre soin, ou que je pouvais retrouver, renforçait ma volonté de survivre. Et c'était tout.

Cette nuit-là, notre rendez-vous fut un échec. Il était considéré comme axiomatique, au camp, que les femmes étaient plus résistantes et plus solides que les hommes. Elles nous prenaient en pitié et nous maternaient. Toi aussi, tu nous aurais pris en pitié et tu nous aurais maternés. Notre saleté, nos haillons, notre dérive vers un abandon sans espoir... Elles étaient plus fortes, mais le prix qu'elles devaient payer était l'évaporation de toute leur essence féminine, jusqu'à la dernière goutte de rosée. « Je suis à la fois une vache et un taureau, écrivit la poétesse encampée. Une femme et un homme. » Non, ma chère, ni l'une ni l'autre. La production d'hormones avait cessé. C'était pareil pour nous. Nous non plus, ni l'une ni l'autre.

Le plus souvent, avec Tanya, je pouvais me livrer aux évocations et recréer la petite chérie qu'elle avait certainement dû être en liberté. Mais ce soir-là, assis pendant des heures sur les souches de la clairière derrière l'infirmerie, je fus tout juste capable d'une sorte de fascination grossière. C'était sa bouche. Sa bouche ressemblait à un de ces hiéroglyphes gravés sur les murs de la cellule du solitaire archétypal, dans les dessins humoristiques, dans les illustrations de romans du dix-neuvième siècle traitant d'incarcérations épiques : une ligne horizontale barrée par six entailles verticales, symbolisant encore une semaine de votre temps. La seule pulsion ressemblant au désir que Tanya éveillait en moi était l'envie évanescente de manger les boutons de sa chemise, qui étaient faits de mie de pain. Oh oui : et le grain grossier de la chair rougie de ses joues, dans la pénombre blanche, me faisait rêver à la peau d'une orange. Une semaine plus tard, ils l'ont transférée. Elle avait ton âge. Elle avait vingt-quatre ans.

Minuit arriva puis passa. Je partis me coucher. Quand on arrive au camp, les sept péchés capitaux s'organisent en une nouvelle configuration. Les pivots de la liberté, orgueil et avarice, sont instantanément abandonnés et remplacés, sous forme d'obsessions endémiques, étincelantes de délices insoupçonnés, par les deux péchés auxquels on ne pensait jamais auparavant : la gloutonnerie et la paresse. Tandis que mon esprit patrouillait la Maison des Rencontres, où Lev était couché avec une femme qui ressemblait à une femme, j'étais couché, seul avec les trois autres — l'envie, la luxure et la colère.

Tout autour de moi résonnait la rumeur faible mais unanime des déglutitions et des gargarismes. Cela aurait pu être d'une lubricité encourageante pour qui ne savait pas de quoi il s'agissait. Mais je savais. C'était le bruit de trois cents hommes mangeant dans leur sommeil.

La vie était facile, en 1956. Il y avait la saleté et le froid, la faim et la haine ; mais la vie était facile. Joseph Vissarionovitch était mort, Beria était tombé, et Nikita Sergueïevitch avait prononcé le Discours secret*. Le Discours secret avait provoqué une émotion planétaire. C'était « la première fois » qu'un dirigeant soviétique reconnaissait les transgressions de l'État. C'était la première fois. C'était également la dernière fois, plus ou moins ; mais nous y reviendrons.

Joseph Vissarionovitch : je connaissais son visage mieux que celui de ma propre mère. Le sourire moustachu d'un sergent recruteur (je *vous* veux) et puis les yeux jaunâtres, pleins de rancune, d'un montagnard qui vous observe depuis l'ombre d'un promontoire ou d'une fissure.

Il vous veut mais vous ne voulez pas de lui. J'utilise la forme « correcte », prénom et patronyme, Vénus, afin d'établir une distance. Pendant bien des années, cette distance n'existait pas. Tu dois faire l'effort d'imaginer ça, l'écœurante proximité de l'État, l'odeur de transpiration, l'haleine dans ton cou, le regard bêtement en attente.

En fin de compte, c'est surtout embarrassant d'avoir été aussi intimement formé par une telle présence.

---

* Joseph Vissarionovitch est Staline, dirigeant de la Russie, 1928-1953. Lavrenti Beria était à la tête de la Tcheka, ou police secrète, 1938-1953. Nikita Sergueïevitch est Khrouchtchev, dirigeant de la Russie, 1953-1964. Je ne vois pas comment éviter ces notes de bas de page. Je sais que, pour l'homme qui rédigea ces mémoires-là, écrire le mot *Staline* lui aurait arraché son âme. *(Toutes les notes sont de l'auteur.)*

Par un navigateur du ciel, un enjambeur d'océans de la trempe de Joseph Vissarionovitch. Et je me suis battu contre l'autre : l'autre, en Allemagne. Ces deux dirigeants avaient certains traits en commun : petite taille, mauvaises dents, antisémitisme. L'un d'eux avait une mémoire exceptionnelle ; l'autre était un orateur hystérique mais de toute évidence charismatique, en tout cas pour cette nation-là à ce moment-là. Et il y avait évidemment la force de leur volonté de puissance. Pour le reste, tous deux étaient des hommes quelconques.

« Je ne suis pas un personnage de roman », dit à plusieurs reprises le Razumov de Conrad (à mesure que le terrible dilemme s'épaissit autour de lui), et il a toutes les raisons de le dire, je crois. Je ne suis pas, moi non plus, un personnage de roman. Comme des millions d'autres, moi et mon frère, nous sommes des personnages d'une œuvre d'histoire sociale vue d'en bas, à l'époque des nullités titanesques.

Mais la vie était facile en 1956.

3

La guerre entre les brutes et les chiennes

Mon petit frère arriva à Norlag en février 1948 (j'y étais déjà), au plus fort de la guerre entre les brutes et les chiennes. Il arriva de nuit. Je le reconnus immédiatement, dans la foule et de loin, parce qu'un frère, Vénus, bien plus éloquemment qu'un enfant, déplace une quantité d'air bien précise. Un enfant grandit, tandis que ses parents restent statiques dans l'espace. Entre frères, c'est toujours le même écart.

Je fumais une cigarette avec Semyon et Johnreed sur le toit de l'usine de ciment et je vis Lev passer avec les autres dans le bâtiment de désinfection, bêtement exposé aux regards avec sa grande batterie d'ampoules grillagées. Quarante minutes plus tard, il ressortit dans la cour en même temps que les autres. Il était nu à part la pellicule d'onguent blanc et épais dont on vous recouvrait là-dedans à l'aide de tuyaux d'arrosage, pour la purge de la vermine ; le feu caustique produit à la surface de la peau ne faisait rien pour alléger les tremblements galvaniques dus à trente degrés de gel. Il avança maladroitement (il était héméralope), tomba à quatre pattes et fut réellement saisi par le froid : il ressemblait à un chien sans poils essayant de se sécher en se secouant. Puis il se remit debout et resta là, tenant quelque chose dans ses mains fermées — quelque chose de précieux. Je restai à l'écart.

C'était l'année où les pouvoirs tutélaires perdirent le monopole de la violence. C'était un moment de violence par spasmes, où la brute s'en prenait à la chienne et où la chienne s'en prenait à la brute. Les factions disposaient chacune d'un atelier, ce qui donnait du relief à leurs rencontres : un travail enthousiaste avec clé et pinces, anspect et pied-de-biche, travail à l'étau, à l'alène, au tour, utilisation dingue du marteau piqueur, terribles coups de gouge. Alors même que Lev traversait la cour en boitillant jusqu'à l'infirmerie, le brouillard fut déchiré par des hurlements stridents provenant de l'entrée de la fabrique de jouets, où deux brutes (comme nous l'apprîmes plus tard) étaient châtrées par une bande de chiennes armées de scies à chantourner, en représailles pour des yeux crevés plus tôt ce jour-là.

La guerre entre les brutes et les chiennes était une guerre civile, parce que les brutes et les chiennes étaient, les uns comme les autres, des urkas. Substrat social de criminels héréditaires, les urkas existaient depuis des siècles — mais étaient restés invisibles. Ils étaient fugitifs dans les deux sens : fuyards, et fuyants. Dehors, dans le pays de la liberté, on les apercevait rarement, et encore avec un étonnement innocent, comme un enfant qui entrevoit des silhouettes plus ou moins dissimulées dans les coulisses d'un cirque ou d'une foire : un monde de siamois, de sirènes et de femmes à barbe, de tatouages et de scarifications monstrueuses, un monde de chaos réglementé. On pouvait également les *entendre*, parfois : dans une allée moscovite, le bruit pouvait vous figer sur place — le sifflement des urkas, scandaleusement aigu (impliquant, on en était sûr, un usage indécent de la langue). Dehors, les urkas étaient une sous-classe spectrale. Dans les camps, naturellement, ils devenaient une élite manifeste et vociférante. Mais à présent, ils étaient en guerre.

Voici comment le pouvoir était distribué dans notre ferme des animaux. Tout en haut on trouvait les *porcs* — la conciergerie d'administrateurs et de gardes. Ensuite venaient les *urkas* : désignés comme « éléments socialement amicaux », ils avaient droit à un régime de faveur et, en outre, ils ne travaillaient pas. En dessous des urkas, on trouvait les *serpents* — les informateurs, les un-sur-dix — et en dessous des serpents, les *sangsues*, les escrocs bourgeois (faussaires, arnaqueurs et autres individus de la même engeance). Plus bas dans la pyramide se trouvaient les *fascistes*, les anti, les cinquante-huitards, les ennemis du peuple, les politiques. Et puis il y avait les *sauterelles*, les juvéniles, les petits calibans : fruits de la révolution, des déportations et de la terreur, ils étaient les orphelins sauvages de l'expérience soviétique. Sans leurs lois et leurs protocoles absurdes, les urkas auraient été exactement pareils aux sauterelles, en un peu plus gros. Les sauterelles n'avaient absolument aucune norme... et pour finir, tout en bas, dans la poussière, il y avait les *bouffeurs de merde*, les foutus, les faiblards ; ils ne pouvaient plus travailler, et ils ne pouvaient plus supporter la souffrance de la faim, de sorte qu'ils n'avaient pas vraiment la force de se disputer les eaux sales et les ordures. Comme mon frère, j'étais un « élément socialement hostile », un politique, un fasciste. J'étais un communiste. Et je suis resté communiste jusqu'au début de l'après-midi du 1er août 1956. Il y avait également des animaux, de vrais animaux, dans notre ferme des animaux. Des chiens.

La guerre civile des urkas était la conséquence de la tentative moscovite de miner le pouvoir des urkas, l'oisiveté des urkas. Sa politique était de promouvoir les urkas encore davantage : de leur donner, en échange de certaines tâches, une paie et des privilèges proches de ceux de la conciergerie. Les chiennes étaient les urkas qui ne voulaient plus être des urkas et avaient envie de devenir des porcs ; les brutes étaient les urkas qui voulaient continuer à être des urkas. Au commencement, quand la guerre a éclaté, nous avons cru que c'était bon pour nous. Tout à coup les urkas avaient autre chose à faire de leur inépuisable temps libre — autre chose à faire que de torturer les fascistes, leur activité favorite. Mais maintenant la guerre entre les brutes et les chiennes échappait à tout contrôle. Ayant perdu le monopole de la violence, les porcs appliquaient la violence avec plus de dureté encore. Il y avait une ambiance sauvage et aléatoire que nous commencions à ressentir comme presque abstraite.

Vénus. Tu te souviens de ta déception devant les crocodiles de la maison des reptiles au zoo — parce que « les lézards ne bougeaient jamais » ? Imagine le calme de l'hibernation, cette stase immonde. Puis vient le coup de fouet, une convulsion d'une extraordinaire instantanéité ; et une demi-seconde plus tard, un des crocodiles se retrouve dans un coin, raide et à moitié mort sous le choc, et il lui manque la moitié de sa mâchoire supérieure. *Voilà* ce qu'était la guerre entre les brutes et les chiennes.

À présent, quand je parle, ici et ailleurs, de Moscou et de sa soi-disant politique, je le fais avec toute l'assurance que donnent le recul et une bonne documentation. Mais à l'époque nous n'avions aucune idée de ce qui se passait. Nous n'eûmes jamais aucune idée de ce qui se passait.

Le premier jour de Lev (il allait en passer la plus grande partie avec les médicos et avec ceux qui lui affecteraient un travail) était également le jour mensuel de repos.

Je m'approchai derrière lui dans la cour. Il était assis sur un muret en pierre construit là où s'était trouvé le puits, genoux serrés, épaules penchées en avant. Il choyait ses lunettes cassées et n'en croyait pas ses yeux.

Et que voyait-il ? Le plus difficile à saisir, c'était l'échelle — l'étendue démesurée d'espace nécessaire pour contenir tout ça. Dans son champ visuel, il y avait cinq mille hommes (il y avait dix fois ce nombre sur les côtés, au-delà, derrière). Quand on s'y était habitué, il fallait digérer le fait évident que l'on vivait dans un endroit qui ressemblait à une base militaire, où les conscrits auraient été arrachés à une maison de fous particulièrement indigente. Ou bien à un hospice particulièrement indigent. Dans le nez et la bouche, il y avait l'haleine humide du camp, de Norlag et, un peu plus loin, le ciment frais de la ville arctique toute neuve, la denture monumentale de Predposylov. Et pour finir, il fallait absorber et accepter l'agitation incessante, la danse folle des phasmes — la furie survoltée de la zona.

Je lui dis : Ne te retourne pas, Dmitriko.

Jamais plus je n'allais lui donner ce nom. Ce n'était pas le moment pour les diminutifs. Ce ne fut jamais le moment... Un administrateur de camp qui permettait à deux membres de la même famille d'échanger un regard, a fortiori de se rencontrer et de parler (a fortiori de cohabiter, pendant presque dix ans), serait puni pour s'être montré d'une indulgence criminelle. Au demeurant, nous n'aurions pas besoin d'être de grands experts en duperie, me disais-je, pour éviter d'être démasqués. Nous étions des demi-frères avec des noms de famille différents, et nous étions radicalement différents. Pour être bref. Mon père, Valeri, était un Cosaque (dûment décosaquisé en 1920, quand j'avais un an). Le père de Lev, Dmitri, était un paysan aisé, ou koulak (dûment dékoulakisé en 1932, quand Lev avait trois ans). Les gènes paternels prédominaient : je mesurais un mètre quatre-vingt-dix, avec d'épais cheveux noirs, alors que Lev...

Il me semble que je ferais mieux de le décrire maintenant, ton demi-oncle, pour te préparer au coup de tonnerre qui va claquer dans un peu moins d'une page. Il y avait quelque chose de presque péquenaud, voire de troglodyte, dans les asymétries de son visage, dans les traits assemblés là au petit bonheur, comme par une nuit sombre. Même ses oreilles paraissaient appartenir à deux personnes complètement différentes. Tu peux en dire absolument tout ce que tu veux, mais mon nez est indiscutablement un nez, tandis que celui de Lev n'était qu'une protubérance. Et quand on le regardait de profil, on se demandait : Est-ce que c'est son menton ou sa pomme d'Adam ? Enfant, il était en outre petit, maigre et maladif — un pisse au lit bredouillant aux épaisses lunettes. Il n'avait que son sourire (dans la pagaille de son visage vivaient les dents d'une jolie femme) et ses riches yeux bleus, les yeux d'un *intelligent*. Sans conteste un *intelligent*.

Je dis : Ne te retourne pas. Et quand tu te retourneras, ne montre aucun plaisir à voir ton vieux frère.

Il se leva ; il s'éloigna, puis décrivit une boucle pour se rapprocher. Pendant un moment, j'eus l'impression que son expression était légèrement fermée, comme s'il se faisait plaisir, qu'elle était impossible à déchiffrer ; elle paraissait, dans ces circonstances, tout simplement d'un autre monde. Après la prison et après l'interrogatoire, après le voyage, beaucoup de nouveaux arrivants étaient déjà fous ; et j'eus peur que mon frère ne fût déjà fou.

« Devine ce qui m'est arrivé », dit-il.

Je répondis, patiemment : On t'a arrêté.

« Non. C'est-à-dire, oui. Mais non. Je me suis *marié*. »

Félicitations, dis-je. Alors tu as fini par engrosser la petite Ada. Ou bien était-ce la petite Olga ?

Il ne répondit pas. Regarde ses yeux — les yeux d'un vieux-croyant. Une partie de son esprit était ailleurs, et dansait avec elle-même. Il avait évidemment mené à bien un grand coup de l'amour : un grand chelem de l'amour. Cela t'est-il déjà arrivé, Vénus ? La couleur du jour se transforme tout à coup en ombre. Et tu sais que tu te souviendras de cet instant pour le restant de tes jours. Éprouvant une contraction violente dans mon cœur, je dis :

Pas *Zoya*.

Il hocha la tête. « Zoya. »

... Petit *connard*, dis-je. Et je me détournai de lui pour marcher dans la cour.

Un moment plus tard, alors que j'avançais en titubant, m'affalant et me redressant, secouant la tête, me grattant le cuir chevelu, je le sentis marcher à mon rythme à côté de moi.

« Je suis désolé. Je t'en prie, ne me déteste pas. Je suis vraiment désolé. »

Non, ce n'est pas vrai. Je me retournai. Et avec la cruauté encroûtée d'un frère aîné (l'étirant sur au moins cinq syllabes), je dis : Toi ?

Nous reprîmes notre souffle et balayâmes des yeux le secteur. Pour voir quoi ? En trois minutes à peine, nous vîmes une chienne courir à toute vitesse après une brute, une pioche ensanglantée à la main, un porc matraquant méthodiquement un fasciste à terre, un serpent tire-au-flanc se coupant les quelques doigts restants de la main gauche, une bande de sauterelles balançant un vieux bouffeur de merde dans le fumier et, finalement, une sangsue dont les dents saillaient à angle droit de ses gencives (scorbut), et qui essayait néanmoins avec le plus grand sérieux de manger sa chaussure.

Je chuchotai ces mots : Lev et Zoya se sont mariés. Si je peux survivre à ça, alors jamais je ne mourrai.

« Non, mon frère, tu ne mourras jamais. »

Dans un soupir héroïque, j'ajoutai d'une voix claire :

Et *toi*, tu peux survivre à *ça*. Et maintenant il le faudra bien.

4

Zoya

Quand un homme porte une femme, et une seule femme, aux nues, « par-dessus toutes les autres », on peut être plus ou moins certain qu'on se trouve en présence d'un misogyne. Cela le libère, et il peut penser que toutes les autres ne sont que de la merde. Alors, que suis-je donc ? Tu as consommé ta part de romans russes : chaque fois qu'apparaît un nouveau personnage, s'ouvre un nouveau chapitre et on vous apprend tout à coup qui sont ses grands-parents. Ceci est également une digression. Et sa teneur est sexuelle. Alors, facilite-toi la tâche, va chercher la photo encadrée sur mon bureau et pose-la devant toi pendant que tu lis. Je ne veux pas que tu penses à moi tel que je suis maintenant. Je veux que tu penses au lieutenant de vingt-cinq ans qui lance son chapeau en l'air le jour de la Victoire.

Écoute. En Russie, après la guerre, il y eut une pénurie de tout, y compris de pain. En vérité, il y a eu une famine en Russie, après la guerre, et deux *autres* millions de personnes en sont mortes. Il y avait également une pénurie d'hommes. C'est vrai, il y avait également une pénurie de femmes (et d'enfants, et de vieillards), mais la pénurie d'hommes était telle que la Russie n'est jamais parvenue à remonter la pente : la disparité, aujourd'hui encore, est de dix millions. C'était donc un moment corruptivement parfait pour un mâle en Russie, après la guerre, particulièrement quand on revenait du front et qu'on était bel homme (et blessé), ce que j'étais, retournant à la grande source de gratitude et de soulagement, et tout particulièrement quand on est déjà corrompu, ce que j'étais. Mes rapports avec les femmes, je l'avoue, étaient impitoyables, inexcusables, implacables et solipsistes jusqu'à la malveillance. Mon comportement s'explique sans doute aisément : pendant les trois premiers mois de 1945, c'est en violant que j'ai traversé ce qui allait bientôt être l'Allemagne de l'Est.

Il me serait fort agréable de pouvoir, à ce point précis, orientaliser tes yeux d'Occidentale, ton cœur d'Occidentale. « Les soldats russes ont violé toutes les femmes allemandes de huit à quatre-vingts ans, a écrit un témoin. C'était une armée de violeurs. » J'ai avancé avec l'armée de violeurs. Je pouvais chercher la sécurité dans le nombre et me perdre parmi mes semblables ; car nous savons, Vénus (l'étude fondamentale est *Le 101ᵉ Bataillon de réserve de la police allemande*), que des enseignants quadragénaires allemands, presque sans exception, préférèrent mitrailler des femmes et des enfants du matin au soir plutôt que de demander une nouvelle affectation et d'en subir les conséquences. La conséquence n'était pas une punition officielle, comme d'être envoyé au front ou toute autre marque de mécontentement officiel ; la conséquence consistait à subir pendant quelques jours la désapprobation de leurs camarades avant d'être assignés ailleurs — les insultes, toutes ces bousculades dans la queue pour le déjeuner. Tu vois donc, Vénus, que nos pairs peuvent nous obliger à faire *n'importe quoi*, et à le faire quotidiennement. Dans l'armée des violeurs, tout le monde violait. Même les colonels violaient. Et moi aussi, je violais.

Il existe une autre circonstance atténuante : à savoir, la Seconde Guerre mondiale, et quatre années sur le front le plus sale du combat le plus sale de toute l'histoire. N'applique pas la tolérance zéro — une politique qui réclame une pensée zéro. Je te demande de ne pas détourner les yeux. J'ai payé un prix, comme je l'ai dit, et j'ai du travail devant moi, un travail spécifique, pour finir de payer ce prix. J'ai un travail à accomplir et je le ferai. Je sais que je le ferai. Ainsi, Vénus, je te demande de continuer à lire, et de noter simplement, pour l'instant, comment se constitue une certaine nature masculine. Jeune garçon timide et livresque pendant les années trente (une époque de catastrophe et de terreur totale mais également, ne l'oublie pas, une époque de pruderie vigilante dictée d'en haut), j'ai perdu ma virginité avec une ménagère silésienne, dans un fossé au bord de la route, après dix minutes de poursuite. Non, ce n'était pas le plus prometteur des éveils. J'ajouterai, par esprit de pédagogie, que la transformation du phallus en arme, dans la victoire, est un fait ancien, un fait dont nous avons vu une nouvelle manifestation sur une grande échelle, en Europe, en 1999. Sur le front où je me battais, en 1945, beaucoup, beaucoup de femmes furent tuées après avoir été violées. Je n'ai pas tué de femmes. Pas à cette époque.

Je m'apprête à décrire une jeune femme exceptionnellement séduisante, et l'expérience me dit que tu ne vas pas aimer ça, parce que toi aussi tu es exceptionnellement séduisante. Je suis certain que tu as évolué, que tu es sortie de cette phase — sortie de cette jalousie ; mais on n'évolue pas en une après-midi. Et dans mon expérience, une femme séduisante n'a pas envie d'entendre parler d'une *autre* femme séduisante. C'est d'autant plus problématique, sans doute, que tu vas éprouver le désir de protéger ta mère, ce qui n'est que justice. Je t'invite donc à te mettre à la place d'une des contemporaines de Zoya. Elle avait dix-neuf ans et, dès le début, sa réputation était vraiment terrible. Ce qui va te ragaillardir. Et pourtant les autres jeunes filles pensaient qu'il y avait chez Zoya quelque chose d'exceptionnel. Elles lui accordaient instinctivement une image de figure de proue — *l'esprit fort.* Zoya vivait davantage qu'elles, mais elle souffrait aussi davantage qu'elles ; et elle leur ouvrait des possibilités.

On disait autrefois que Moscou était le plus gros village de Russie. Dans les faubourgs, en hiver, il y avait de petits sentiers reliant chaque maison à des arrêts de tram et à des épiceries (Lait, lisait-on sur une pancarte), chacun circulait comme un campagnard dans son court manteau en peau de mouton, et on s'attendait à voir des mammouths et des icebergs. Mais c'est là un souvenir d'enfance (fini le lait). Ça a changé : un enchevêtrement primitif dans lequel diverses fonderies et hauts-fourneaux et usines à gaz et tanneries furent posés au milieu des petites maisons et des pavés. Il y avait un village dans le village (le quartier à l'est connu sous le nom de Coude) et, quand Zoya est arrivée, en janvier 1946, elle était comme un reproche aux conditions de vie, à l'absence de nourriture et de combustible, l'absence de livres, de vêtements, de verre, d'ampoules, de bougies, d'allumettes, de papier, de caoutchouc, de dentifrice, de ficelle, de sel, de savon. Non, plus encore : elle était pareille à un acte de désobéissance civile. Elle était ostentatoire, Zoya, et ne s'en souciait pas, et juive — une cible désignée pour la dénonciation et l'arrestation. Car c'est à cela qu'aboutissaient le ressentiment et la jalousie dans mon pays, durant des centaines d'années. C'était ainsi qu'un « triangle amoureux » pouvait être merveilleusement simplifié. Un coup de téléphone anonyme, ou une lettre non signée, à la police secrète. On s'y attendait à tout moment, mais elle était là, tous les jours, pas dans un camp ou en prison, mais dans la rue, avec le même sourire, la même démarche.

Et je me suis moi-même surpris : moi, le violeur héroïque, avec ses médailles et son insigne jaune. Ma première pensée ne fut pas la première pensée à laquelle j'étais habitué — une quelconque variante de *Quand puis-je lui arracher ses vêtements ?* Non, ce fut la phrase suivante (et elle me vint spontanément et dans son entier) : *combien de poètes vont se suicider à cause de toi ?* Zoya n'était pas quelqu'un que l'on appréciait progressivement. Son visage était original (davantage turc que juif, le nez dirigé vers le bas, pas vers l'avant, la bouche invraisemblablement large quand elle riait ou pleurait), mais sa silhouette était un lieu commun — grande et plantureuse, sans oublier la taille de guêpe. Tous les mâles étaient condamnés à recevoir son message. On le sentait courir dans son épine dorsale. Tous, nous le recevions, depuis le va-nu-pieds qui implorait qu'elle le laisse porter ses livres et lui tenir la main, jusqu'à, tout en haut de la hiérarchie, notre facteur blême et âgé qui, chaque matin, s'arrêtait pour la regarder fixement, bouche grande ouverte et dissymétrique, un œil fermé, comme devant une mire de fusil.

La chose la plus incroyablement merveilleuse à son propos était le fait qu'elle possédait un endroit à elle toute seule : un grenier de la taille d'une place de parking, deux étages au-dessus de chez sa grand-mère, mais avec son propre escalier et sa propre entrée. Une jeune fille de dix-neuf ans, à Moscou, qui possédait une chambre à elle : l'équivalent, Vénus, à Chicago, serait une jeune fille de dix-neuf ans possédant son propre yacht. On la voyait monter chez elle le soir, avec un homme ; on la voyait en redescendre, avec un homme, *le matin*. Et il y avait autre chose. Tu ne vas pas le croire mais, dans ces circonstances, je ne peux pas l'omettre. Une des rumeurs les plus fétides qui couraient sur elle était que, avant chaque liaison, elle pratiquait une sorte d'ablution hassidique l'empêchant de tomber enceinte. C'était donc sa version personnelle du truc des Juifs consistant à tuer les bébés chrétiens. Il n'y avait évidemment pas de contraceptifs en Russie en 1946 ; et, comme le rappelaient avec monotonie toutes les amantes potentielles, la peine requise pour un avortement (plutôt douce, quand on y pense) était de deux ans en prison.

Nous savons pas mal de choses sur les conséquences d'un viol — pour les femmes violées. À juste titre, personne n'a perdu le sommeil à réfléchir aux conséquences du viol pour le violeur. La résonance particulière de sa tristesse postcoïtale, par exemple ; aucun animal n'est plus triste que le violeur... Quant aux effets à long terme, ce qu'ils furent pour moi, je commençais à le comprendre. La forme mentale qu'ils prenaient était la suivante : je ne parvenais pas à voir les femmes entières et intactes. Je ne parvenais même pas à voir leur corps en entier. Or, Zoya affichait une répartition outrageuse de dons physiques, et il aurait été tout à fait dans mon style de les atomiser : faire ce que Marvell fit pour sa timide maîtresse (même ses seins, rappelle-toi, devaient être considérés séparément), la découper sur la table de marbre, chaque morceau percé d'un petit drapeau, pour en indiquer le prix. C'était ainsi que fonctionnait mon esprit. Donc, pour résumer : Zoya, contrairement à « toutes les autres », je la voyais comme indivisible. Être indivisible était son principal élément constitutif. Chacune de ses actions incorporait sa totalité. Quand elle marchait, tout tanguait. Quand elle riait, tout était secoué. Quand elle éternuait — on avait l'impression que tout pouvait arriver. Et quand elle parlait, quand elle argumentait et contredisait, à l'autre bout d'une table, elle se penchait sur ses mots et accomplissait sur place une danse du ventre de réfutation. Et naturellement je me demandais ce qu'elle faisait d'autre ainsi, avec son corps tout entier. Nous étions voisins, et également collègues au Tech, l'Institut pour les Systèmes, où elle étudiait dans la mouvance juive. J'avais vingt-cinq ans, elle en avait dix-neuf. Et Lev, bon Dieu, il allait encore à l'école.

Elle avait l'habitude de rendre un service à sa mère, la vieille Esther, régulièrement, elle apportait quelques reliefs comestibles au rabbin scrofuleux qui était couché en permanence à prier et à mourir dans le sous-sol situé en dessous de notre appartement. La seule façon de s'y rendre était par le rez-de-chaussée et par l'escalier en colimaçon à l'arrière de notre cuisine. Ces marches en fonte étaient souvent recouvertes de glace et, suite à une ou deux mésaventures, elle accepta à contrecœur, après mes offres insistantes de soldat, de se laisser guider par ma main dans l'escalier. Elle n'était en fait absolument pas stable sur ses jambes, et elle le savait ; bien plus tard, Lev allait apprendre qu'il lui manquait quelques connexions spatiales, certaines facultés, parce que, pendant l'enfance, elle n'avait jamais appris à marcher à quatre pattes... À la porte du sous-sol, elle m'adressait toujours un sourire de gratitude, et je me demandais toujours quelle était cette force, la force qui m'empêchait de la prendre dans mes bras, ou même de croiser son regard, mais la force était là et c'était une force puissante. Appelle-moi quand tu voudras remonter, disais-je. Mais jamais elle ne m'appela. D'après l'expression de son visage, parfois, je me disais qu'elle grimpait ces marches à quatre pattes. Mais un soir, j'ai entendu sa voix, perdue et rauque, qui prononçait mon nom. Je suis sorti et j'ai saisi sa main étonnamment chaude dans la mienne.

Bon Dieu, dis-je en haut de l'escalier. J'ai cru que j'allais, moi, me casser la figure.

Elle sourit goulûment et dit : « Il faudrait être un putain de chamois pour grimper ça. »

Nous éclatâmes de rire. Et j'étais perdu.

Oui, Vénus, à cet instant, ma fascination désespérée devint un amour fulminant ; et celui-ci me vint comme un honneur. J'avais tous les symptômes du troubadour : ne plus manger, ne plus dormir et soupirer à chaque respiration. Te souviens-tu de Montaigu, le père, dans *Roméo et Juliette* — « Mon fils, accablé, fuit la lumière, et rentre chez nous » ? C'est ainsi que j'étais, accablé, incroyablement accablé. L'accablement que l'on ressent quand, après s'être battu contre la mort une heure durant sur une mer anarchique, on échappe aux vagues, on s'affale sur le sable, et l'on sent l'attraction massive du centre de la terre. Chaque matin, je me demandais comment mon lit supportait mon poids. J'écrivais des poèmes. Je sortais marcher la nuit. J'aimais me tenir dans l'ombre sur le trottoir en face de chez elle, sous la pluie, sous la neige ou (mieux encore) dans une tempête électrique. Quand le store était relevé, on savait que l'on serait là pour la voir le baisser.

Une fois, je vis un homme appuyé contre le cadre de la fenêtre, ses aisselles insolemment visibles dans l'échancrure du débardeur, menton relevé. J'étais jaloux, et tout ça, mais j'étais aussi vivement excité. C'est vrai. Je pouvais bouder et languir, mais mon obsession était fiablement et gothiquement charnelle. J'avoue en outre que, sans vraiment y croire, j'étais fort attiré par l'ablution prophylactique. J'étais habitué à certains comportements — caresses gauches à moitié vêtu, compromis intercruraux maladroits et séquelles nasillardes ; et tout cela avait lieu dans des cages d'escalier, dans des allées et des maisons bombardées — ou sur un tapis, ou contre une table, avec toute la famille entassée de l'autre côté d'une porte verrouillée. Le soulagement « oral », durant une demi-minute, était l'acte sexuel de choix et de nécessité. Et j'offre cette dernière observation (très vulgaire mais pas entièrement gratuite) dans un esprit pédagogique, parce qu'elle montre que, même lors du plus intime de leurs comportements, les femmes étaient soumises à la réalité socio-économique. Pendant les années d'après-guerre, personne n'a refusé d'avaler en Union soviétique. Personne.

Retire cette petite enjolivure d'enthousiasme, et l'ambiance sexuelle était celle de la coercition : mon insistance sans humour, leur soumission vacillante. Ainsi, dans la tourelle de Zoya, sous l'éteignoir de son chapeau pointu de sorcière, attendait quelque chose de plus futuriste que le consentement féminin ou même l'abandon féminin. Je veux parler de la lubricité féminine.

« Tu sais de quoi t'as l'air quand t'es avec elle ? »

Lev avait dit ça, pensai-je, avec une malveillance dissimulée : je venais de décliner son offre d'une partie d'échecs d'un geste préoccupé de la main qui signalait la frivolité de la chose. De sorte que je me préparai.

« Je vais te dire de quoi t'as l'air. Si tu veux. »

Il était plus avancé, et bien plus occupé que moi à dix-sept ans, en ce qui concerne les filles. Et il en allait de même pour ses amis. En outre, la pénurie de logement avait été légèrement compensée par la pénurie de gens : il y avait un tout petit peu plus d'espace et d'air — bien que je n'eusse jamais su exactement jusqu'où Lev pouvait aller, dans ces moments à l'écart, avec ses diverses Ada et Olga... Le rythme de l'époque s'accélérait, ou essayait d'accélérer. On ne parvient pas à se voir dans l'Histoire, mais on y est bien, dans l'Histoire ; et, après la Première Guerre mondiale, la révolution, la terreur, la famine, la guerre civile, la gigantesque famine, davantage de terreur, la Seconde Guerre mondiale, et encore la famine, il existait un sentiment selon lequel les choses ne pouvaient que changer. L'insatisfaction universelle prit la forme suivante : tout le monde partout se plaignait de tout. Nous sentions tous que la réalité allait changer. Mais l'État sentait que nous le sentions, et la réalité n'allait pas changer.

Très bien, dis-je. J'ai l'air de quoi ?

Une certaine expression apparaissait sur son visage, parfois, que je craignais — une plus grande convergence du regard, un amusement contenant un peu de sauvagerie.

« Tu ressembles à Vronski quand il commence à suivre Anna. "Comme un chien intelligent qui sait qu'il a mal agi." »

Je transcris les mots de Lev de façon normale mais, en fait, il parlait avec un bégaiement. Et le bégaiement est une chose que la prose est incapable de dupliquer. Écrire « ch-ch-ch-chien » est d'une superficialité qui tend à l'insulte. Et *bégayer* est de toute façon un mot bien pauvre pour décrire ce qui arrivait à Lev. C'était plutôt comme une incapacité soudaine à parler — voire à respirer. D'abord, la tension, l'éclat passager de haine de soi-même, puis le petit nez se soulevait et la lutte commençait. Mon frère n'apparaissait pas à son meilleur jour dans ces moments-là, avec sa tête rejetée en arrière et ses narines qui vous regardaient comme une paire d'yeux importuns. Quand les gens bégaient, il faut rester là à regarder. On ne peut pas tout simplement se détourner. Et, avec Lev, je voulais toujours savoir ce qu'il allait dire. Même quand il était enfant, avant qu'il commence à bégayer, je voulais toujours savoir ce qu'il allait dire.

« Oui, j'en ai bien peur, dit-il en éteignant sa cigarette. Et puis, de toute façon, elle a déjà un petit ami. »

Je dis : Je sais ça. Et j'attends qu'elle en ait fini avec lui.

« ... Voilà, c'est ça, conclut-il avec satisfaction (comme s'il se frottait les paumes). C'est à ça que tu ressembles. Tu ressembles à un chien intelligent qui sait qu'il va être battu. »

Mon frère avait commencé à fumer très tôt. Il avait commencé à boire très tôt aussi, et très tôt à avoir des petites amies. De plus en plus, les gens font tout plus tôt en Russie. Parce qu'il n'y a pas beaucoup de temps.

5

Parmi les bouffeurs de merde

Les gens parlaient toujours de l'étrange lumière dans les yeux des bouffeurs de merde — ce scintillement du bouffeur de merde. J'en fus fort troublé lorsque j'identifiai l'étrange lumière comme étant une ébauche de flirt, étrangement féminine. Pareille à la brillance dans l'œil d'une tante imprévisible qui a trop bu à Pâques et s'apprête à obéir à une pulsion qu'elle sait être peu judicieuse — un baiser, une étreinte, un pincement... Avec un air furtif de conspirateur, ce scintillement du bouffeur de merde avait quelque chose à dire et quelque chose à demander. J'ai franchi une frontière, disait-il. Et il demandait : Pourquoi ne pas la franchir toi aussi ?

Lev et moi, nous nous trouvions parmi eux, les bouffeurs de merde, devant la porte cadenassée des cuisines, dans le noir et la pluie fine. La pluie fine, qui ne tombait même pas, mais qui flottait, comme les moucherons et les brûlots de juillet. Il arrivait à la fin de sa première journée, et j'avais choisi cet endroit pour une conversation dont nous avions grand besoin. Les bouffeurs de merde apparaissaient et vacillaient sous l'unique ampoule, attendant que le dernier seau soit vidé par la fenêtre à l'arrière. À présent, il était rare que les porcs passent, parce que, malgré toutes les raclées du monde, il était impossible d'écarter des ordures un bouffeur de merde. Il ne semblait pas y avoir beaucoup de douleur — là où ils vivaient, au-delà de la frontière qu'ils avaient franchie.

Même dans la strate des bouffeurs de merde, Vénus, il existait deux échelons. Il y avait des bouffeurs de merde que d'autres bouffeurs de merde regardaient de haut. Ils étaient désignés sous le nom de *bouffeurs de merde à quatre pattes*... Je te fais part de ces détails, ma chère, de ces détails sur les alènes et les gouges, sur des hommes instruits, cultivés mangeant des ordures à quatre pattes, parce que je veux que tu réfléchisses à leur *étrangeté*. Une violence dirigée avec sauvagerie, une dégradation radicale : tout cela est terriblement étrange.

« Pourquoi ces putain de *ténèbres* par ici ? » dit-il.

C'était une plainte, pas une question. Lev, le géographe bûcheur, savait pourquoi il faisait aussi sombre par ici.

« Oui, oui, dit-il. L'Arctique en février. Le soleil se lèvera en mars. Qu'est-ce que je fais, mon frère ? Qu'est-ce que je fais ? »

J'étais prêt pour ça. La majorité des fascistes qui eurent droit à une peine de dix ans en 1937-1938 avaient été arrêtés une fois de plus, selon l'ordre alphabétique, et de nouveau condamnés en 1947-1948. Et ils ressemblaient tous à Lev. Plus âgés, plus minces, plus sauvages — mais ils ressemblaient tous à Lev, l'*intelligent* qui cligne rapidement des yeux, avec ses impossibles chaussures (immensément dissemblables, mais chacune véritablement spectaculaire — ficelle effilochée et pneu de voiture), sa moitié de livre, et sa veste d'été déchirée. Et choyant toujours ses lunettes brisées. Tandis que les nouveaux fascistes étaient des hommes qui avaient passé cinq ans dans l'Armée rouge. Pour nous, le camp n'était que la continuation de la guerre, avec une différence saisissante. Nous avions combattu les fascistes — l'ennemi. Puis l'État russe, à présent lui-même fasciste, nous apprit que c'était *nous* les fascistes, et voilà pourquoi il nous arrêtait et nous réduisait en esclavage. À présent c'était nous l'ennemi, et nous devions être jetés par-dessus l'épaule du monde. J'ai remarqué que toi et ta clique vous manifestez une grande tolérance envers l'apitoiement chez les autres, et je vais donc ajouter ceci. Ce qui rendait ce renversement difficile à oublier c'était ma blessure de guerre qui me lancinait dans le froid de septembre à juin. Mais je ne dois pas m'apitoyer sur moi-même. Je ne dois pas devenir un lacrymiste. Il y a d'autres choses que je ne dois pas être — le dur, le martyr. Et je ne dois pas m'indigner. Ni être sérieux. C'est moins difficile. Les Américains sont sérieux, les Russes, quand ils sont d'humeur, sont sérieux. Tandis que je préfère les cultures plus drôles, et les ironistes blasés, que l'on rencontre sur les marges nord-ouest de la plaine eurasienne.

Ce que tu fais ? commençai-je. Oh, on y viendra. Mais d'abord — tu ne vas pas le dire ?

60

« Dire quoi ? »

Tu sais : « Ça doit être une erreur. » Ou : « Si seulement quelqu'un acceptait d'en parler à Joseph Vissarionovitch. »

« ... Mais bordel, pourquoi je dirais ça ? Ils arrêtent *selon des quotas.* Voilà ce qu'ils font. Je te parie que c'est ça qu'ils font. »

Lev avait raison. La Terreur, elle aussi, était activée par les quotas : tant ou tant de gens de telle ou telle région ou classe sociale, à telle ou telle vitesse, quotas, normes, minima.

« Tu sais ce qui s'est passé, dit-il. Toi et moi, nous avons été vendus comme esclaves. Toutes ces conneries d'interrogatoires, de confessions, de documents. C'est simplement le processus de vente en esclavage. Ça fait très romantique, tu sais, vendu en esclavage... »

Il regarda autour de lui. Non, il n'y avait rien de romantique dans Norlag, dans Predposylov.

« Tu comprends, on pourrait s'attendre à un endroit chaud. Bon Dieu. »

Lev avait dix-neuf ans. Et déjà il voyait plus loin que je ne voyais (je n'ai pas la tête politique, ce qui sera bientôt évident). En y repensant, aujourd'hui, je me souviens de ma crainte fiévreuse quand je me rendis compte que le frère cadet voyait plus loin que son aîné. Cela s'était passé devant une partie d'échecs. Je me sentis exposé à une plus grande puissance de combinaison, de permutation, de pénétration. Et il se tenait toujours en dehors de l'opinion générale, de l'humeur générale. Sauf quand cela lui convenait, il n'acceptait jamais de suivre quoi que ce soit. Il faisait toujours ses propres calculs. Il projetait en avant une lèvre inférieure raide, légèrement décalée, baissait le regard, et faisait le calcul.

Et je lui demandai : Quelle prison ?

« Boutyrki. »

Boutyrki est magnifique, pas vrai ?

« Magnifique. Dans ma cellule, j'avais trois professeurs rouges, deux compositeurs, et un poète. Ah oui — et un indic. J'étais fier d'être là. Boutyrki est magnifique. »

Magnifique. Comment ça s'est passé ? Avant.

« Le truc habituel. On m'a appelé quand j'étais en cours au Tech. Plutôt polis. Et puis, pendant deux semaines, j'ai dû aller au Chenil tous les deux jours pour bouffer de la merde. »

Un bouffeur de merde sortit des ténèbres et vira vers nous, avant d'y retourner en soulevant un bras enroulé dans une couverture. Je demandai :

Quelle était l'accusation ? Ou est-ce qu'ils ne t'en ont pas donné ?

« Ils m'en ont donné une. » Il grogna doucement et dit : « Avoir fait l'éloge de l'Amérique. »

Je savais que c'était un crime, effectivement, et avec de nombreuses subdivisions. Beaucoup de fascistes récemment arrivés l'avaient commis — l'Éloge de la Démocratie américaine ou l'Éloge de la Technique américaine ou l'Avilissement devant l'Amérique. Ou alternativement Avilissement devant l'Occident. Un bon nombre d'entre nous avait vu à présent une partie de l'Occident ; et même en ruine, il nous avilissait...

Il y avait quantité d'*Américains* à Norlag, y compris un

Américain américain. Venu ici pour participer à l'expérience soviétique, il avait dit au préposé du PC qui lui délivrait son passeport qu'il était tout à fait prêt à subir une coupe drastique dans son niveau de vie. Le jour même, il eut droit au *quart* — vingt-cinq ans.

Et tu faisais vraiment l'éloge de l'Amérique ?

« Non, je louais Les Amériques. Je me trouvais dans une queue avec Kitty et je louais Les Amériques. »

Nous fîmes alors quelque chose que nous ne pensions pas faire pendant longtemps encore : nous nous mîmes à rire — et notre haleine se transformait en vapeur et s'enfuyait. Je comprenais. « Les Amériques » était le code de la fratrie pour désigner Zoya. Et c'était un nom parfait pour la désigner, parce qu'il illustrait sa démarche. Les relations spatiales entre les deux continents, Vénus, ont été évoquées par Nabokov, l'exilé, mieux que par tout autre : deux figures sur un trapèze, sous le chapiteau, l'une en dessous de l'autre, au moment où le trapèze est au plus loin en arrière. Mais la démarche de Zoya l'exprimait également, cette disjonction vertigineuse entre le Nord et le Sud, et aussi sa taille, aussi mince que Panama. Kitty était de la famille, la vraie sœur de Lev, comme Vadim, le vrai frère.

Et Kitty refusait de faire l'éloge des Amériques ?

« Tu sais. Un peu. En fin de compte, à côté de Zoya, Kitty a l'impression d'être un crayon. Non. D'être le Chili. C'est ce que je lui ai dit. Tu es jalouse des Amériques parce qu'elle te donne l'impression d'être le Chili. »

Je dis : Je croyais que Kitty appréciait Zoya.

« Kitty est fascinée par Zoya. Mais elle dit que Zoya va me détruire. Pas exprès. Mais que c'est ce qui va se passer, en fin de compte. »

J'allais me souvenir de ça. Dès le début, j'avais pigé que Zoya était une décimatrice de poètes, et un poète (acméiste, mandelstamien), voilà ce que Lev, à ce stade, espérait devenir... Il y eut un fracas à l'intérieur, et des bruits de voix. Les bouffeurs de merde dressèrent l'oreille, les lèvres pincées, les yeux souriants.

« Le Chili, dit brusquement Lev. Il faudrait être une *île* pour être moins enclavé que le Chili. »

Il renifla, s'essuya le nez et redressa les épaules. Sa lèvre supérieure, momentanément pareille à un bec, et son regard las : il avait l'air de ce qu'il était — un adolescent, craignant le ridicule après une remarque qui l'avait cinglé... Lev avait toujours été capable, telle une chouette, de s'exciter sur la géographie. Je me rappelle qu'il avait dit un jour : « Le Pacifique est le prince des océans. En comparaison, l'Atlantique est à peine un *détroit.* » Et il avait toute une théorie sur la géographie de la Russie, comment elle déterminait à la fois son histoire et son destin. Oh, Vénus, comme nous étions de *bons* garçons, au début. Je crois t'avoir déjà dit que notre mère était institutrice. Elle était en fait un être humain d'un tout autre genre : elle était directrice d'école. Et en conséquence, une harpie pleine d'ambition. « Vous êtes des *intelligents* ! glapissait-elle devant nous, parfois sans raison précise. Vous êtes au service de la *nation*, pas de l'État ! » Et nous voilà, nous, avec nos livres et nos épais magazines, notre allemand, notre français, notre anglais de base, nos lourdes pièces d'échecs, nos cartes et nos diagrammes.

Je lui dis, comme j'avais projeté de le faire : Tu es arrivé en enfer. Je n'ai pas besoin de te le dire. Ici, l'homme est un loup pour l'homme. Mais ce qui est drôle, c'est que c'est exactement comme partout ailleurs.

« Non, ce n'est pas vrai. Ce n'est pas comme partout ailleurs. »

Mais si. Tu es arrivé après Vad, je crois bien, non ?

Vad, Vadim, était le frère jumeau de Lev (des faux jumeaux — profondément non identiques), un gamin mauvais, furtif, intrigant, et « *très* socialiste », comme le disait notre mère tout en s'éventant et en soufflant pour repousser la frange de son front. Tourmenter Lev avait été le passe-temps, le projet favori de Vad pendant quinze ans. Je disais à Lev : Rends-lui ses coups. Et continue à frapper. Et Lev rendait les coups. Mais toujours ce pauvre petit geste avant de se recroqueviller à nouveau pour encaisser. Vad, en 1948, était un politico-militaire, subalterne mais hyperactif, affecté en Allemagne de l'Est. D'ailleurs, il me ressemblait bien plus qu'il ne ressemblait à son jumeau. Selon la tradition familiale tacite, Vadim, dès avant sa naissance, avait poussé Lev de côté d'un coup de coude et s'était ensuite emparé de tout ce qui était bon.

Je dis : Jusqu'au jour où tu as rendu les coups et continué à frapper. Qu'est-ce qui a changé ?

Seuls ou par deux, les bouffeurs de merde avaient commencé à s'éloigner, à retourner vers le secteur.

Parmi ceux qui étaient restés, certains paraissaient découragés par les défections et la perte générale d'espoir ; d'autres étincelaient à neuf — ils rêvaient de la part du lion, avec des yeux d'Irlandais...

Lev dit : « J'étais différent à l'intérieur. »

... *Merde*, dis-je. Je viens d'y penser. Qu'est-ce qu'il est devenu, ton bégaiement ? Il est passé où, ton bégaiement ?

Il hocha la tête, nerveux, et dit : « C'est elle. Après la première nuit, je me suis réveillé et il n'était plus là. Tu t'imagines ? Tu sais ce que ça veut dire ? Ça veut dire que je ne peux pas mourir. Pas encore. »

Non, tu ne peux pas mourir. Pas encore.

Vénus, tu es sans doute émerveillée — je sais que moi, je le suis — par mon calme et ma bienveillance, ainsi que par la superbe courtoisie de mon échange fraternel avec le mari de la femme que j'aimais, le mari de Zoya, guérisseuse des bégayeurs. En vérité, j'étais sous le choc. Et pas simplement « encore sous le choc » : j'avais à peine commencé à l'être. Je continuerais à être sous le choc pendant plus d'un mois, flottant sur une joyeuse chimie. Elle me faisait du bien, moralement. Mon état empira quand elle cessa d'agir.

Je dis : Ici, *tout le monde* est Vad. Vad avec une clé à molette et un tournevis. Et tu n'as pas quinze ans pour t'y adapter. Tu n'as pas quinze heures. Tu as jusqu'à demain matin.

Mon haleine flottait dans l'air. Même en juin, l'haleine flottait dans l'air comme si on fumait un énorme et flamboyant cigare. Elles se déployaient sur deux mètres avant de se recourber vers vous, ces écharpes d'haleine.

La dernière lumière des cuisines s'éteignit, la dernière porte intérieure fut claquée, et le dernier bouffeur de merde en vadrouille s'éloigna en pleurant dans ses poings comme un enfant.

Je dis : Voilà ce que tu dois faire.

« Explique-moi. »

Je le lui expliquai. Et puis j'ajoutai : C'est pour toi qu'elle accepte de perdre sa jeunesse. Bon Dieu. Penses-y. Et puis, quand il fait froid comme ça, ne mange pas la neige. Tu aurais du sang sur les lèvres et sur la langue. La neige brûle.

Je vais maintenant décrire brièvement la conclusion de mon histoire avec Zoya. Je vais brièvement décrire mon avilissement devant Les Amériques.

Le 20 mars 1946, il se trouva que j'étais seul avec elle, dans le grenier conique, à une heure et demie du matin.

En fait, ce n'était pas elle qui m'avait demandé de monter. Je m'étais simplement joint à un groupe qui montait lui rendre visite. Nous n'étions pas de bons communistes, c'était fini ; mais nous étions d'excellents communautaristes. La communauté : la grande force de la Russie, alors même que l'État s'était mis à la craindre et à la haïr. Les Russes s'organisaient en groupes. Les Russes étaient comme ça... Nous étions assis en pardessus. Il n'y avait ni chauffage ni lumière. Il n'y avait ni à manger ni à boire. Nous avions, je m'en souviens, un sachet en papier rempli d'un thé à l'orange sans nom, mais pas d'eau. Le thé était en fait des pelures de carottes. Alors nous les avons mangées. Tous étaient plus jeunes que moi ; il était sans doute prévisible que je parle très peu. Je me fichais que ça soit aussi transparent, maussade et transparent — ma détermination à être le dernier à partir.

Parce que je sentais à présent que le temps était compté. Zoya, ce jour-là, avait fait quelque chose, dit quelque chose, qui ne pouvait que mener à son arrestation, c'était en tout cas ce que je pensais. Cela ne te paraîtra pas bien sérieux, Vénus ; mais c'était assez sérieux. Le Tech tout entier en parlait. Zoya arriva après les cours pour assister à la réunion plénière du Komsomol, ou de la Ligue des jeunes communistes. Je me souviens des convocations du Komsomol : essaye de t'imaginer quelque chose à mi-chemin entre une réunion antialcoolique et un rassemblement à Nuremberg. En sortant, Zoya annonça, très distinctement, que le discours-programme de deux heures (son titre complet était, je m'en souviens, « Les Ordures de la Déviation anarcho-syndicaliste et la décision du Comité administratif de la ville concernant la réunion du Parti à l'Institut des Mines ») était chiant et lui « faisait mal aux seins ». Et, non non non non non, on ne pouvait tout bonnement *pas* dire ça. Doublement provocateur, et le danger, pour elle, était triple — ennui, seins, judéité. Cette nuit-là, chaque fois que j'entendais une voiture ou un camion dans la rue, je me disais : C'est eux. Ils sont là.

Quelques jours plus tôt, alors que j'accompagnais Zoya au Tech, un homme qui passait à vélo avait crié quelque chose contenant le mot *youpine*. Je lui demandai —Youpine quoi ?

« Sale paillasse youpine », répéta-t-elle sans aucune emphase.

Nous continuâmes à marcher. Je lui demandai : Ça arrive souvent ?

« Tu sais ce que j'aimerais ? J'aimerais être vulgaire en Amérique — tape-à-l'œil. Souvent ? Il y a des périodes où il ne se passe rien pendant une semaine. Et puis, à d'autres périodes, neuf fois en une seule journée. »

Je suis désolé.

« Ce n'est pas de ta faute. »

Un phénomène étrange avait surgi en Union soviétique, après la guerre contre le fascisme : le fascisme. Et je veux dire par là un accent anormal mis sur le *peuple* (les Grands Russes), en même temps qu'une xénophobie anormale. Les pogroms n'allaient pas tarder. Il y avait donc des raisons pratiques, voire cyniques pour que Zoya se montre gentille avec moi. C'était une chose d'afficher des liaisons torrides avec des camarades bohèmes, et particulièrement avec d'autres Juifs ; c'en était une autre d'être la camarade dévouée d'un héros de guerre, grand et bel homme, avec ses médailles et son badge jaune signalant une blessure grave. Pas très drôle à avouer, tout ça. Mais je veux te dire, ma chérie : telle est la signification, tel est le sens quotidien, heure après heure, des systèmes étatiques.

J'étais assis le dos à la fenêtre et aux rayons de lune. Les murs respiraient ou se hérissaient dans le noir, je tendis un bras — un costume (velours), des plumes d'autruche, un tambourin à pompons. Avec la lumière derrière moi, je pouvais contempler Zoya, la voir d'un seul coup en entier, avec une indifférence aux détails sans précédent. Et j'étais de toute façon rempli d'émotion. Contrairement à la majorité des Russes, ma mère m'avait appris à considérer l'antisémitisme comme un réflexe de caniveau ; et la honte que je ressentais pour ma nation était d'une telle intensité qu'elle avait déjà détruit mon souvenir de la guerre. En même temps, j'étais éperdu d'admiration pour elle — parce qu'elle n'avait pas bronché dans la rue, et puis sa résistance, maintenant, alors que tout le monde était déjà en train de faire pour elle son baluchon. Tu possèdes en toi la conscience de tout ça, Vénus, pas moi : ce que c'est d'être l'Autre. Et nous connaissons, grâce à tous ceux qui ont rédigé leurs mémoires, la douleur, la douleur physique, de porter l'étoile, également jaune, le chrysanthème brûlant de l'étoile. Toi, dans ta chair, tu as porté l'étoile... la moitié des Juifs soviétiques avaient été massacrés par les Allemands. Et maintenant les Russes commençaient à regarder l'autre moitié d'un mauvais œil. Cela venait d'en haut, mais également d'en bas, cela venait des profondeurs.

À la porte, Zoya disait bonsoir à son pénultième visiteur (ses adieux ponctués par un violent bâillement). Tout ce temps, je n'arrêtais pas de me demander comment cela avait pu arriver — comment avais-je permis à quelqu'un de prendre un tel pouvoir sur moi sans que je me défende ? Dans ma bouche, pas la lente bave habituelle mais une humble aridité — la gorge douloureuse de l'amoureux transi. J'allais agir, toutefois, j'allais agir ; et la Russie allait m'aider. Tu comprends, quand les profondeurs s'agitent ainsi, quand un pays prend le chemin des ténèbres, on ne voit pas ça comme une horreur mais comme une chose irréelle. La réalité ne pèse rien, tout est permis. Je me levai, menaçant.

Elle posa une main sur ma poitrine, afin d'établir une distance, mais elle accepta le baiser, ou y résista ; et pourtant, lorsqu'elle retira sa bouche, elle garda une seconde ma lèvre inférieure entre ses dents, et son regard s'écarta ; elle réfléchissait — mais pas bien longtemps. Je prononçai trois mots, elle prononça trois mots. Les siens étaient : « Tu m'effrayes... » Tu pourrais imaginer une incitation à la romance. Et j'aurais pu, auparavant, imaginer la même chose. Mais je savais au plus profond de moi qu'elle n'avait pas aimé le goût de mes lèvres.

« Je suis désolée. »

Pendant dix secondes, je restai là, mes mains se contorsionnant l'une dans l'autre. Et alors, moi, le violeur décoré, moi, qui changeais de femme chaque semaine en usant de toutes les formes de flatterie, de fausses promesses, de corruption et de chantage, sans oublier l'application brutale de la masse masculine — je produisis un bruit pareil à un roucoulement de pigeon, je baisai la paume de sa main et je sortis en titubant, avec l'impression de rouler cul par-dessus tête jusqu'en bas de l'escalier.

Ils ne vinrent évidemment pas la chercher. Ils vinrent me chercher, moi. Et comprends bien que ce n'était pas la pire des choses qui me fût jamais arrivée quand, dix semaines plus tard, ils me condamnèrent à dix ans.

C'était son premier matin, et il était là-bas dans le secteur.

C'était ce que je lui avais expliqué, tandis que nous étions parmi les bouffeurs de merde et leur haleine tournoyante et aigre. Je lui expliquai qu'il se joindrait à eux à moins de trouver un meurtre dans son cœur. Je lui expliquai que l'acceptation du meurtre était exactement ce que l'on attendait de lui.

C'était Lev dans la cour. Son visage, déjà couleur rouge brique, s'ornait d'une blessure au front et d'une lèvre fendue. Au cours du fiasco qu'était le comptage (et recomptage, et re-recomptage), nombre d'hommes de sa brigade — une brigade de durs — couraient sur place, ou en tout cas battaient des bras. Lev, lui, sautait sur place en battant des bras.

DEUXIÈME PARTIE

1

Doudinka, 2 septembre 2004

L'expression « vieux dégueulasse » peut être comprise dans deux sens différents, l'un d'eux étant le sens littéral. Il y a un vieux dégueulasse à bord qui est ce genre de vieux dégueulasse. Il est peut-être un vieux dégueulasse dans l'autre sens aussi, mais je suppose que les deux acceptions sont difficilement combinables. Maintenant dis-moi, Vénus. Pourquoi suis-je tenté de suivre l'exemple de ce vieux dégueulasse ? Je déteste de plus en plus me laver chaque jour, et me raser, et je déteste mettre mon linge sale dans des sacs en plastique et écrire, « chaussettes — 4 paires ». J'ai failli éclater en sanglots l'autre jour quand je me suis rendu compte que j'allais devoir me couper les ongles de pieds *une fois de plus*. Un véritable vieux dégueulasse ne s'en inquiéterait pas. Quelle clarté et quelle intrépidité, quel culot et quelle fierté. Je m'aperçois que j'admire profondément ce vieil homme. Sa barbe infestée de restes de nourriture, son haleine de destruction massive et son pardessus pourri aux nombreuses strates sont des choses dont les *autres* doivent s'inquiéter. La puanteur qui le suit et qui le précède va à la vitesse de la lumière : on la reconnaît dès qu'il pénètre dans la salle à manger, alors même qu'il est encore à vingt mètres. Il se comporte comme si ce n'était pas sa faute, comme s'il était innocent. Il est propre : de façon mystérieuse, il est propre. Hier, il a débarqué ; je l'ai vu, déjà loin, quand on l'emmenait en canoë dans la brume — une brume qui venait peut-être de lui — vers ce qui ressemblait à une conserverie de poissons tapie sous les arbres de la rive ouest.

Ça ne dérange pas les femmes, parce que les bains et les douches sont, au moins, « agréables et chauds » (telle est l'expression utilisée par l'une de mes amies, que tu rencontreras) ; et c'est intéressant, l'admiration féminine de la chaleur, combinée à la tolérance reconnue au froid. Mais pour l'homme, je crois, toute cette histoire de ne pas être sale est d'un ennui qui frise la démence. D'un autre côté, je comprends bien que c'est nécessaire, et que c'est de plus en plus nécessaire tous les jours. « Quatrième âge », ça aussi, c'est plein de connotations désagréables. Quatrième âge, cinquième âge — peu importe. De toute façon, quatre-vingt-six, ça ne fait pas très bonne impression.

Je me rends compte que tu dois sursauter et t'éloigner de ces pages au moins trois fois par paragraphe. Et ce n'est pas seulement la morbidité uniforme de mon thème, ni ma prestation, le plus souvent assez mauvaise et qui ne peut que continuer à se dégrader. Non, je veux parler de mon empressement à affirmer et à conclure — mon appétit pour les généralisations. Ta clique, elle est tellement terrifiée par les généralisations qu'elle ne peut même pas sortir une phrase déclarative. « Je suis allé à l'épicerie ? Acheter du jus d'orange ? » C'est ça, restons dans l'hésitation — même si ces actions ont déjà eu lieu. De même, vous diriez « O.K. » là où une personne plus âgée dirait (mais elle ne dirait peut-être rien) « Je vois », ou « Vraiment ». « Je m'appelle Pete ? » « O.K. » « Je suis né dans l'Ohio ? » « O.K. » Ce que vous dites avec vos « O.K. » est ceci : pour l'instant, je n'ai rien à y redire. Vous ne m'avez pas *encore* outragé. Personne n'a été humilié, *pour l'instant.*

Une généralisation peut donner l'impression d'une velléité de stéréotype — et ça, il n'en est pas question. Moi, je suis à l'autre extrême. J'adore les généralisations. Et plus elles sont larges, plus je suis content. Je suis prêt à tuer pour des déclarations à l'emporte-pièce.

Le nom de votre idéologie, si quelqu'un voulait le connaître, c'est l'occidentalisme. Elle ne te serait d'aucune utilité ici.

À présent, à midi, les passagers et l'équipage du *Gueorgui Joukov* débarquent à Doudinka avec autant de triomphalisme que le permet leur nombre. Les haut-parleurs aboient ; moi et ma gueule de bois nous avançons lentement sur la passerelle sous les flonflons d'une marche militaire. Et c'est à ça que ressemble un port — une fanfare délirante, avec ses cheminées et ses dégorgeoirs évasés, ses sirènes et ses cornes de brume, et, un peu plus loin, les timbales des cuves de stockage.

Mais ici, c'est différent. La rouille de la planète

Mars, avec des teintes et des concentrations diverses. Certaines surfaces, ayant perdu leurs bernaches et leurs aspérités, se sont éteintes et ne sont plus qu'une modeste couleur abricot. Partout ailleurs, on dirait du sang artériel, fraîchement versé, fraîchement séché. La rouille bout et se hérisse, et la quille du ferry renversé observe la surface de l'eau avec une furie personnalisée, comme si l'oxydation était un crime dont elle voudrait vous accuser.

Vacillant et oscillant sur ma canne, je pense à ces mots plus ou moins ridicules, dérivés du grec, dépeignant des peurs irrationnelles, et dont un bon nombre décrit un état plus ou moins ridicule : anthophobie (peur des fleurs), pogonophobie (des barbes), deipnophobie (des dîners), triskaidekaphobie (du nombre treize). Oui, ce sont là des âmes sensibles. Mais il existe un mot pour la rouille (iophobie) ; et je crois que j'en suis atteint. Je suis iophobe. Cet état ne m'apparaît pas du tout, maintenant, comme ridicule — ni comme irrationnel. La rouille est l'échec de l'œuvre des hommes. Le projet, l'entreprise, l'expérience : ratés, abandonnés, et sans se préoccuper de nettoyer derrière.

La stupeur de l'autosatisfaction : voilà l'état dans lequel il faut être quand la vie arrive à sa fin. Et pas cet état — pas *mon* état. Ce n'est pas la mort qui semble tellement effrayante. Ce qui m'effraye, c'est la vie, la mienne, et ce qu'elle va finir par signifier.

Il y a une lettre dans ma poche qu'il faut encore que je lise.

Les grandes injustices — on atteint un point où l'on est presque parvenu à les assoupir. Et c'est alors que les petites injustices se réveillent et mordent, avec leurs petites dents vicieuses.

Ce qui m'ennuie aujourd'hui, c'est la pruderie étatique des années trente. C'étaient les années de mon adolescence, et j'aurais pu avoir droit à un bien meilleur début. C'est avec tendresse que je me vois cabriolant avec Katya, marionnettant avec Masha, bobsleighant avec Bronislava, premier baiser, premier amour. Mais l'État ne voulait pas de ça. L'« amour libre » était officiellement catalogué comme une difformité bourgeoise. C'était le côté « libre » qu'il n'aimait pas beaucoup. En outre, il n'aimait pas beaucoup l'amour non plus.

Ce n'est que maintenant que l'on est au courant — on a une image des mœurs sexuelles à la cour de Joseph Vissarionovitch. Et on apprend sans grande surprise que l'énergie révolutionnaire avait un aspect érotique. Le cercle du Kremlin, en bref, était une ruche d'adultères et de cuissage.

C'était comme la nourriture et l'espace vital. Ils y avaient droit. Pas nous. Pourquoi ? Le sexe n'est pas une ressource limitée ; et l'amour libre ne coûte rien. Et pourtant l'État, comme l'a remarqué, je crois, Nikita Sergueïevitch, voulait donner l'impression que la Russie était étrangère à l'amour charnel. Comme tu pourrais le dire — C'est quoi, ce *truc* ?

Sur le quai, une petite file de petits cars attend les passagers, qui sont impatients d'atteindre Predposylov. Non, nous ne sommes pas nombreux, lamentablement peu nombreux. Le voyage organisé au goulag, m'a expliqué le commissaire avec un haussement d'épaules indulgent, coûte plus qu'il ne rapporte ; puis il a mimé un bâillement. De même, dans le vol depuis la capitale jusqu'à mon point d'embarquement, j'ai très clairement entendu une hôtesse de l'air parler de moi (elle et une collègue étaient en train de remixer mon cocktail) comme « le raseur du goulag en 2B ». Il est agréable de voir que cette insouciance envers l'esclavage russe — aboli, il est vrai, dès 1987 — a imprégné jusqu'à la caste des touristes. J'ai laissé dire sans broncher. De nos jours, on fait du grabuge dans un avion et on finit avec quinze balles dans la tête. Mais le commissaire indulgent (bien secoué, très enrichi) sait à présent qu'ici quelqu'un jure et pleure encore, qu'ici quelqu'un hait et brûle encore.

Nous nous disons au revoir et je me retrouve seul sur le quai. Je veux me rendre dans la ville arctique comme j'y suis allé la première fois, et je vais prendre le train. Dix ou quinze minutes plus tard, et après quelques jurons (mais pas de marchandage), un docker raisonnablement sobre accepte de me conduire à la gare dans son camion. Qu'est-ce que j'ai donc — pourquoi tous ces jurons et tous ces pourboires ? Il se peut que ma conduite se veuille exemplaire. Je transgresse fréquemment, c'est vrai ; mais au moins suis-je prompt à réparer mes erreurs, à m'excuser à l'aide de quelques billets.

La lumière arctique incertaine, je m'en rends compte, oblige l'horloge de mon corps à aller soit trop vite soit trop lentement ; tous les jours, j'ai l'impression de m'être levé au petit matin ou de m'être honteusement réveillé trop tard. La couleur des voitures ne paraît pas normale non plus, pareille à la couleur des voitures partout ailleurs, mais vue à l'aube, dans la lumière des réverbères. Ma gueule de bois n'a pas disparu. Tous les bâtiments, tous les immeubles de quelques étages se dressent sur de petits pilotis, enfoncés dans le permafrost en train de fondre jusque dans le soubassement rocheux. C'est le monde de l'espace rampant.

La théorie géographique de Lev sur le destin de la Russie n'était pas seulement une lubie, et des historiens sérieux la proposent aujourd'hui. La plaine d'Eurasie du Nord, avec ses températures extrêmes, son sol peu généreux, son éloignement des routes commerciales du Sud, l'absence de tout océan à l'exception de l'Arctique ; et ensuite l'État russe, avec son expansionnisme compulsif et autoprotecteur, son empire terrestre comprenant vingt nations, ses frontières aux dimensions d'un continent : tout cela demande un pouvoir central lourdement autoritaire, une immense bureaucratie vigilante — sinon la Russie éclate en mille morceaux.

Notre galaxie, elle aussi, éclaterait, s'il n'y avait pas ces trous noirs massifs en son centre, chacun de la taille d'un système solaire, avec la présence de matière sombre et d'énergie sombre tout autour pour contrôler l'attraction vers le centre.

Cette explication séduisait mon frère parce que,

disait-il, c'était « la bonne dimension » : la même dimension que la masse terrestre. Nous pouvons toujours secouer la tête et dire que la physique était responsable de tout. C'était la géographie.

Avec son plâtre bleu clair et ses ornementations crème, la gare ressemble à un pavillon d'été, et pourtant le bar où j'attends est encombré et sombre (des gens du coin, pas des voyageurs), ce qui me rassure. Jusqu'à présent, l'humanité clairsemée de Doudinka m'avait donné une impression de chute libre ou de lévitation imminente. Et le souvenir de mon premier voyage ici, en 1946, ressemble à quelque terrible rêve de constriction humaine, de foule, de mouvement et d'entassement inconcevables.

Je remarque qu'un litre de vodka nord-coréenne à cinquante degrés coûte moins cher qu'un litre de bière russe aqueuse. Il y a également un attachement impressionnant, de la part des clients, pour l'oloroso, un vin sucré (« doux canarie »). L'oloroso est déjà un vin d'ivrogne, et ce truc-là ne vient pas de Jerez. C'est la distinction que fait Dostoïevski quand il inclut, sur une table déjà malencontreusement chargée d'alcools, « une bouteille du plus fort sherry de notre cave nationale ».

Ma gueule de bois continue à se détériorer. Ou bien devrais-je dire que ma gueule de bois continue à s'améliorer ? Car il est vrai qu'elle fait de magnifiques progrès. J'en veux beaucoup, j'ai besoin de beaucoup, mais je n'ai pas été *ivre* depuis quinze ans. Tu t'en souviens ? J'étais étendu sur mon lit, par une tranquille après-midi, un dimanche, et je mourais doucement. Par moments, je murmurais *de l'eau* — en russe. Le signe d'un besoin vraiment bestial. Tu es arrivée, démarche raide, tête baissée, intensément concentrée : tu n'allais pas renverser une seule goutte du liquide transparent contenu dans le grand verre que tu tenais dans chaque main. « Tiens », as-tu dit. J'ai tendu un bras desséché. Et alors : « C'est de la *vodka*. » Et j'ai absorbé l'intelligence méchante de ton regard. À l'époque, j'étais marié à ta mère. Tu avais neuf ans.

À la télévision, perchée très haut sur le mur, apparaît à présent l'image familière et horrible du bâtiment en briques rouges en forme de L. Je m'approche un peu, juste à temps pour entendre encore une autre contrevérité : il n'y aurait « aucun plan » destiné à prendre d'assaut l'école. Puis, tout à coup et sans explication, l'écran scintille et l'École Numéro Un est remplacée par un feuilleton sud-américain *in medias res* — et, comme d'habitude, une vieille vamp en pleurs fait des reproches à un gigolo hautain, les deux personnages sous deux centimètres de maquillage. L'interruption passe inaperçue, en tout cas personne ne fait de remarque. Mon instinct m'incite à piquer une autre colère — mais dirigée contre qui, et pour quel résultat ? De toute façon, je ne le supporte pas, et je paye, je laisse un pourboire, et je fais rouler ma valise jusque sur le quai, où je contemple les rails — une voie étroite — qui mènent à la ville arctique.

Non, ma jeune dame, je n'ai pas éteint mon téléphone. Je viens de beaucoup m'en servir — École

Numéro Un, en Ossétie du Nord. J'étais, comme tu le sais, un gros bonnet en Russie quand je l'ai quittée, et j'avais de nombreux contacts chez les militaires. Tu te souviens peut-être aussi des problèmes mineurs que cela m'a valus jusqu'en 1991, lorsque le certificat, formulé à Paris, prononça la mort de l'expérience russe. De cette expérience russe en particulier. Mes contemporains ont évidemment tous disparu depuis longtemps et, de toute façon, c'est avec les fils des hommes que j'ai connus que je suis en contact. Ils me parlent. Et j'entends des choses assez extraordinaires.

À présent les enfants sont en sous-vêtements, assis avec parents et enseignants sur le plancher miné du gymnase. Des bombes couvertes d'écrous sont suspendues aux paniers de basket. Quand les enfants scandent leur demande d'eau, un coup de feu dans le plafond les ramène au silence. Pour ventiler un peu l'air, quelques-unes des vitres du gymnase ont été obligeamment brisées, mais les assassins, semble-t-il, restent convaincus de la nécessité de déshydrater leurs otages, si ce sont bien des otages, et ils ont cassé à coups de masse les robinets des cuisines et des salles de bains. Les enfants sont maintenant réduits, et certains y sont forcés, à boire la sueur et l'urine filtrées à travers des couches de vêtements. Combien de temps un enfant peut-il survivre sans eau par cette chaleur ? Trois jours ? Bien sûr qu'il existe un plan d'action pour prendre d'assaut l'école.

On apprendra, post mortem, que les assassins étaient bourrés d'héroïne et de morphine, et certaines des doses seront décrites comme « plus que mortelles ». À mesure que la puissance des analgésiques faiblit, ce qui était engourdi devient sensible ; je n'arrête pas de penser à l'assassin aux cheveux roux, comment sa barbe rouillée va le gratter et l'irriter. Pogonophobie... l'Ossétie du Nord commence à m'évoquer un autre massacre dans une école, plastronnant, nourri de drogue — Columbine. Oui, je sais. Columbine n'était pas politique mais simplement euphorisant, et le tout terminé en quelques minutes. Juste une courte visite, à cette occasion, dans le monde parallèle où l'assassinat d'enfants est censé être humoristique.

On dit maintenant que les assassins, qui n'ont « posé aucune condition », sont des djihadistes venus d'Arabie saoudite et du Yémen. Il se peut qu'ils soient des djihadistes, mais ils viennent certainement de Tchétchénie, et ils veulent leur indépendance. La raison pour laquelle ils ne l'obtiendront pas, Vénus, c'est que la Tchétchénie, après des siècles d'invasions russes, d'oppression, de déportations massives et (plus récemment) de bombardements, est organiquement atteinte de démence. Et le dirigeant est donc maintenant dans le pétrin, exactement ce que ressentait Joseph Vissarionovitch avec les Juifs en 1948 : « Je ne peux pas les avaler, et je ne peux pas les recracher. » Sa seule solution était de mâcher.

Tout au début du siège du théâtre de Moscou — le Dubrovka — en 2002, les assassins ont relâché une partie des enfants. En Ossétie du Nord, on a l'impression que, s'ils relâchent des gens, ce seront des adultes. Et on sait comment s'est terminée l'affaire du Dubrovka. Avec la meilleure volonté du monde, la police secrète a accompli quelque chose qui aurait pu lui valoir un plus grand opprobre ailleurs — au Kurdistan par exemple. Ils ont gazé leurs propres civils*. Tu as été épouvantée, je m'en souviens, comme l'ont été tous les Occidentaux ; mais ici on a pensé que c'était un grand succès. Assis devant mon petit déjeuner à Chicago, dérussifié, anglophone et lisant le *New York Times*, je me suis aperçu que, même moi, je murmurais : Mmm. Pas mal.

Bien sûr qu'il existe un plan d'action pour prendre d'assaut l'école. Parler de *plan* est sans doute une extravagance, mais d'une façon ou d'une autre, l'école sera prise d'assaut. Nous le savons parce que les Spetsnaz, nos forces spéciales d'élite, sont en train d'acheter des balles aux gens du coin qui apparaissent tout autour avec leurs mousquets et leurs fusils à silex.

Tes pairs, tes égaux, tes compagnons secrets, à l'Ouest : le seul écrivain russe qui leur parle encore est Dostoïevski, ce vieux baratineur, gibier de potence et génie. Tes potes, ils l'adorent tous parce que ses personnages sont bousillés *délibérément*. Voilà au fond ce que Conrad ne supportait pas chez le vieux D'l'hosto et ses fous de Dieu, ses aristos sans le sou, ses étudiants affamés et ses bureaucrates paranoïdes. Comme si la vie n'était pas suffisamment difficile, ils se vouent à l'invention de la souffrance.

---

* Immobilisés par un « aérosol anesthésique », les trente-cinq preneurs d'otages ont tous été exécutés sur place. Cent trente des sept cents otages sont morts gazés. Ces chiffres sont approximatifs mais proches de la réalité.

Et la vie n'est pas assez dure, pas pour toi... je pense à la première vague de tes petits amis — il y a huit ou neuf ans. Le côté j'ai-chié-dans-mon-froc qu'ils avaient tous choisi, avec ce jean trop large pendouillant sur la croupe ; et les baskets éviscérées. C'est un style de prison : ni ceinture ni lacets — de crainte qu'on s'en serve pour se pendre. En regardant ces garçons, avec leur crâne rasé, leur nez fendu, leurs oreilles scarifiées, je me croyais de retour à Norlag. Est-ce l'invention de la souffrance ? Ou bien une petite reconstitution des souffrances du passé ? Et le passé est pesant.

Je n'insinue certainement pas que ton anorexie était *voulue*. La puissance de la chose m'avait ôté tout courage, ta mère et moi pleurions en regardant la cassette TCF de l'hôpital montrant ta silhouette sombre, telle une canne noueuse, en train de faire des pompes à côté de ton lit d'hôpital au milieu de la nuit. J'ajouterai seulement que quand tu es allée dans l'autre endroit, celui qu'on appelle le Manoir, et que j'ai vu des centaines de toi à travers le grillage entourant le parking, il était impossible de ne pas penser à une autre scène iconique du vingtième siècle.

Pardonne-moi. Et puis, de toute façon, ce n'est pas seulement les jeunes. Il existe un phénomène occidental nommé la crise masculine de la quarantaine. Très souvent le divorce en est le signe avant-coureur. Ce que l'histoire aurait pu nous infliger, nous le faisons advenir exprès : séparation de la mère et de l'enfant. Ne me dis pas que ces hommes ne goûtent pas les flaveurs anciennes de la mort et de la défaite.

En Amérique, une fois le divorce conclu, l'homme quadragénaire peut s'attendre à apprécier davantage les loisirs, à être plus discrétionnaire. Il peut également concevoir le genre de crise qu'il va traverser : moto, petite amie adolescente, végétarisme, jogging, voiture de sport, petit ami adulte, cocaïne, régime alimentaire, bébé, religion, implants capillaires.

Par ici, il n'y a pas moyen de contourner la crise masculine de la quarantaine. Elle vient à vous et c'est toujours la même chose. C'est la mort.

Le train s'emballe et brinquebale sur les formes simplifiées du paysage de la toundra : la grande page blanche de la Russie, attendant les personnages et les condamnations de l'histoire. Ni collines ni vallées, simplement des bosses et des creux. Ici, les variations topographiques sont l'œuvre de l'homme : coups de gouge et abrasions gigantesques, pyramides de scories. Une montagne, un plateau, une falaise qu'on apercevrait maintenant, ce serait comme une planète qui fonce sur vous. Il y a une colline creuse à Predposylov que l'on appelle une montagne, le mont Schweinsteiger, du nom du géologue (un Russe-Allemand, je crois, du bassin de la Volga) qui y découvrit du nickel vers la fin du dix-neuvième siècle. Dans les plaines aux arbres sans branches se dressent des pylônes, auxquels aucun câble n'est attaché.

Notre petit train est un omnibus, un dévoué charrieur d'âmes qui les ramasse dans leurs villes-dortoirs et les livre au Kombinat. Il y a quelques visages très usés parmi les passagers, quelques-uns très jeunes également (petites têtes rasées posées sur de solides survêtements), mais ils portent tous le masque calme du dortoir, inconscients de ce qui pourrait être anormal, inconscients de ce qui pourrait être cauchemardesque ou inoubliable.

Ainsi, pendant ce voyage, suis-je, pour reprendre les clichés, en train de revenir sur mes pas — une tentative de ressusciter cette époque ? Pour ce faire, j'aurais dû descendre sous la ligne de flottaison du *Gueorgui Joukov* et persuader les passagers et l'équipage de s'enduire de merde et de vomi, puis de se coucher sur moi pendant un mois et demi. De même, ce train, ses vitres munies de barreaux, ses wagons divisés en cages grillagées, les vivants et les morts tous bien droits, devrait être aiguillé sur une voie de garage et abandonné jusqu'à la mi-novembre. Et il n'y a pas assez de monde — il n'y a tout simplement pas assez de monde.

Il reste une heure de trajet, et le train fait un arrêt dans une humble municipalité nommée Coercition. C'est écrit sur le quai : Coercition. Comment expliquer cet assaut de franchise ? Où sont les communes sœurs de Fabulation et d'Amnésie ? Au moment où nous sortons de Coercition, le wagon est tout à coup visité par une giboulée de moustiques et, dans une unanimité silencieuse — sans paroles, ni sourires ni regards, sans aucun sentiment d'un objectif commun —, les passagers se lancent dans l'extermination totale des insectes.

Lorsqu'ils sont enfin tous morts (aplatis entre deux mains, écrasés contre les vitres), on l'aperçoit sur l'horizon étroit : le lourd nuage, telle une toison aux bords jaunissants, posé là pour réchauffer la ville impossible.

2

« *Oh, je le supporte très bien* »

J'avais expliqué à Lev, à plusieurs reprises, que ses chances de survie étaient raisonnablement bonnes. C'était une supposition. Maintenant nous pouvons calculer les pourcentages.

Au goulag, il se trouvait que les gens ne mouraient pas comme des mouches. C'étaient plutôt les mouches qui mouraient comme des gens. En tout cas, c'est ce que l'on entendait dire pendant les années avant la guerre, lorsque les camps étaient devenus mortels dans le cadre de l'extension de la terreur. Il y avait des fluctuations mais, en général, le taux de mortalité était déterminé par la quantité de nourriture disponible. Massivement et honteusement, le système des camps était un phénomène fondé sur la nourriture.

Pendant l'«année de la famine», en 33, une personne sur sept mourut, en 1943, une sur cinq, en 1942, une sur quatre. En 1948, c'était retombé, dans le système tout entier, et vos risques n'étaient pas bien pires que dans le désordre de l'Union soviétique, « la grande zona », comme on l'appelait communément dans le camp : la zona des douze-fuseaux-horaires. En

91

1948, les mouches avaient cessé de mourir comme des gens, et les gens mouraient de nouveau comme des mouches.

Mais quand même, c'était l'Arctique. Et il y avait le problème de sa masse physique. Ce que fait le corps, au camp, c'est se dévorer lentement ; mon frère était alors plus épais de poitrine et d'épaules mais, avec son mètre soixante, il n'en était pas moins un repas de carême. Un actuaire aurait sans doute calculé ses chances de la sorte : s'il y avait dix Lev à Norlag, l'un d'entre eux allait mourir en 1948. Ce qui ne voulait pas dire pour autant qu'il avait de bonnes chances de survivre à ses dix ans au camp. Cela voulait dire qu'il avait de bonnes chances de survivre en 1948. Fais le calcul et tu verras que ses perspectives d'avenir étaient exactement égales à zéro. Non, à moins que zéro. Parce qu'il apparut, Vénus, vers la fin de la première semaine, que mon frère n'était pas seulement un fasciste. Il était aussi un pacifiste.

Je ne peux pas proposer ici un inventaire complet des problèmes que Lev rencontra au cours de son acclimatation et, si je le fais en partie, c'est parce que tout ce qui lui est arrivé à Norlag se rassembla et convergea la nuit du 31 juillet 1956, dans la Maison des Rencontres. Telle était sa croix russe. Et telle était la mienne.

Pour le premier jour (crucial) de travail, Lev fut assigné au « déblaiement », et dans une brigade de durs. Ce qui signifiait qu'on le faisait descendre dans un trou à six heures du matin, équipé d'une moitié de pelle, et qu'on l'en ressortait douze heures plus tard. L'équipe rentra au secteur un peu avant huit heures. J'observai les visages ; je regardai avec tant d'attention que mes yeux auraient eu la force, me semblait-il, de le sculpter dans l'air. Oui — il se trouvait parmi eux. Tête basse, sans épaules et les jambes arquées ; mais il se trouvait parmi eux. Je compris alors que Lev avait atteint la norme. S'il n'y était pas parvenu, ils l'auraient laissé en bas jusqu'à ce qu'il ait terminé. Le chef d'équipe letton, Markargan, s'en serait assuré. C'était une brigade de durs.

Vers la fin de la première semaine, son visage n'était plus rouge brique. Il était couvert de bleus.

Tu es un *quoi* ? demandai-je.

« Un pacifiste. Je n'ai pas voulu te le dire le premier soir. » Il cracha, du sang, et essuya ses lèvres pilonnées. « La non-violence — voilà mon credo. »

Qui s'est occupé de ton visage ?

« Il y a un Tartare qui convoite ma pelle. Il en a l'autre moitié. Je refuse de me battre, mais je refuse de la lui laisser. Il commence à comprendre. Hier, il a failli m'arracher la main en me mordant le poignet — regarde. J'ai dix-neuf ans. Ça va cicatriser. Et je ne la lui ai pas laissée. »

C'est quoi, tout ça ? lui dis-je. Tu sais te battre. Je t'ai vu. Tu avais même un don pendant quelque temps — plutôt plaisant — quand tu t'es occupé de Vad. Et tu es plus fort maintenant. Ils t'ont fait creuser des putain de tranchées pendant quatre ans. Tu n'es pas une lavette.

« Je ne suis plus faiblard. Mais je suis un pacifiste.

Je tends l'autre joue. Écoute, dit-il. Je ne suis pas Gandhi — je ne crois pas au paradis. Si ma vie est menacée, je me battrai pour la défendre. Et je pense que je me battrai pour défendre la tienne. Je ne pourrai pas m'en empêcher. Mais c'est tout. J'ai mes raisons. J'ai ma raison. » Il secoua la tête, puis cracha de nouveau. « Il y a autre chose que je ne t'ai pas dit. Ils ont tué Salomon Mikhoels. »

Salomon Mikhoels était le Juif le plus célèbre de toute la Russie : vénérable acteur et émissaire international. Pendant la guerre, il mobilisa les Juifs américains et collecta des millions de dollars. Il joua une fois devant Joseph Vissarionovitch au Kremlin. Shakespeare. *Lear.*

« Les Services l'ont tué. "Accident de la route." Ils l'ont battu à mort, puis un camion lui a roulé dessus. Ça commence. Zoya a vomi en apprenant la nouvelle. »

Je dis : Tu ne peux rien y faire. Comment s'appelle le Tartare ? Tu n'es pas là-bas. Tu es ici.

« C'est vrai. Je suis ici. »

Tu comprends, Lev venait de me dire qu'après une semaine dans le baraquement — l'un des plus crottés et des plus souillés de tout Norlag — il dormait encore par terre. Je ressens le besoin de mettre ça en italiques : *par terre.* Et c'était tout simplement insoutenable. Là en bas, on se retrouvait coincé dans une pile de bouffeurs de merde mollassons, de fascistes décatis et (une autre sous-section) de vieux-croyants avançant petit à petit vers le martyre. Et l'odeur, l'odeur... Lorsque, à l'âge des ténèbres, la horde mongole approchait d'une ville, les oreilles faisaient mal longtemps avant qu'elle ait atteint les murailles. Plus terrifiante que le bruit était la puanteur, cultivée à dessein — la militarisation de la saleté, de la chevelure, des aisselles, des croupions, des pieds. Et l'haleine : l'haleine enrichie encore par le régime mongol de lait fermenté de jument, de sang de cheval et d'autres Mongols. Ainsi en allait-il dans le camp. La puanteur était punitive, une arme offensive. Le sol des baraquements était l'endroit où elle s'amassait — toute l'haleine de la zona.

« Tout me tombe dessus, concéda-t-il. Je mets la main dans ma chemise pour prendre une poignée de poux. Et s'ils sont petits, je me dis tant pis et je les y remets. »

Il existait au moins quinze raisons pour lesquelles il ne pouvait pas rester en bas. Il devait absolument parvenir à monter au deuxième niveau. Les couchettes supérieures étaient évidemment le perchoir inaliénable des urkas, des brutes, des chiennes ; mais Lev devait absolument monter au deuxième niveau.

Je repris donc toute l'explication, d'une voix douce et sérieuse. Markargan sera derrière toi, lui dis-je. Il a besoin de ton travail — il a besoin de ton sommeil, de ta santé. Tu ne vas pas durer dans cette brigade, alors sers-toi de ton influence *tout de suite*. Tu ne dois pas perdre la face. Pour la couchette du bas, choisis quelqu'un qui a une ration réduite. Il ne se battra pas longtemps. Puis échange-la contre une couchette intermédiaire. Cette fois-ci, choisis une sangsue. Il l'aura obtenue par la lèche. Fais-le redescendre.

« ... De quel droit ? »

Je suppose que, s'il avait eu l'occasion de s'arrêter pour y réfléchir, Lev m'aurait trouvé fort réduit, humainement. Et ce fut ce qu'il parut penser, tout à coup. Pour moi, dorénavant, la violence était un instrument neutre. Ce n'était même pas de la diplomatie par d'autres moyens. C'était une monnaie d'échange, comme le tabac, comme le pain. Je lui répondis :

De quel droit ? Le droit de la vie. On dit que tu es un fasciste. Bon, eh bien, comporte-toi en fasciste.

Lev ne voulait pas. Il resta par terre. Et en conséquence, il était toujours malade. « Pellagre », dit Janusz, le jeune prisonnier-médecin, puis il écarta les paumes. C'était une carence qui s'annonçait sous la forme de dermatite, diarrhée et confusion mentale. Avec des bouffées de chaleur dans le gel de la toundra, avec des sueurs froides dans le chaudron des baraquements, et des frissons, c'était en continuant à frissonner que Lev devait travailler dans une brigade de durs.

À l'une des caractérisations laconiques de Conrad concernant la vie russe — « la fréquence de l'exceptionnel » — j'aimerais en ajouter une autre : la fréquence de la totalité. Des états totaux, avec sélection de vos souffrances, comme sur un menu, par votre pire ennemi.

J'ai dit, plus haut, que j'étais sous le choc à propos de Zoya — et c'est vrai. Cet état de choc dura jusqu'au jour où le soleil apparut. On en voyait tout juste la couronne, un liquide nacré maculant le bord de la toundra. La longue éclipse était terminée : les doigts désignaient le soleil et on sentait chez les hommes une gaieté bredouillante et grincheuse. Et moi aussi je sortis de l'éclipse et de l'obscuration. Je n'étais plus emmitouflé dans la chimie du calme.

À présent, je me mis à évaluer mes pertes. Et elles étaient lourdes. Je compris qu'il n'y avait plus rien, maintenant, rien du tout, à quoi j'avais envie de penser... Nombre de peccadilles plus ou moins regrettables étaient régulièrement pratiquées, au camp ; mais l'onanisme n'en faisait pas partie. Les urkas le pratiquaient, et en public. Et je suppose que les jeunes campagnards y parvinrent quelque temps. Pour le reste d'entre nous, c'était devenu une chose du passé. Pourtant, il nous restait encore les pensées. Je crois que tous nous avions encore les pensées.

Je les avais toujours. Toutes les nuits, je mettais en scène mon expérience. J'entrais dans une chambre où dormait Zoya. C'était la fin de l'après-midi. Elle était étendue sur le lit au milieu de coussins aussi éclatants que des étoiles, en combinaison ou en courte chemise de nuit (ici, et ici seulement, je m'autorisais quelques variations). Je m'asseyais près d'elle et prenais sa main dans la mienne. J'embrassais ses lèvres. Puis venait le moment de la transformation, quand elle se réveillait et se glissait vers le haut, entre mes bras, et tout commençait.

Ce mirage, chaque soir, je le ressentais comme une source de force — je me nourrissais de pouvoirs vitaux. Mais à présent, il m'affaiblissait, me corrodait. Et tandis que le soleil montait graduellement sur l'horizon, je me mis à me dire, d'abord dans un chuchotement d'insomnie, puis à voix haute en plein jour, je me mis à dire : Ils n'avaient pas l'intention de le faire, mais c'est ce qu'ils ont fait. Ils ont attaqué ma volonté. Et c'est tout ce qui me reste.

Tu es un veinard, lui dis-je.

C'était son deuxième jour de repos, et Lev était assis sur le muret dans la cour, et il se grattait. Il me regarda en plissant les yeux et dit : « Comment ça, veinard ? »

J'ai eu droit à ma lettre annuelle. Kitty.

« ... Où est-elle ? »

Lorsque je la tendis, Lev se leva — mais il hésita et fit un pas en arrière. Je comprenais. Au moment de l'arrestation, on se sent déjà à moitié disparu. En prison, on est une ex-personne, et déjà mort. Au camp, on est presque certain de n'avoir jamais existé. Les lettres de vos proches sont pareilles aux messages d'une médium affaiblie, une Madame Sosostris souffrante, avec ses feuilles de thé et son oui-ja fendu.

Je ne peux pas te montrer tout, dis-je. C'est *moi* le censeur. Mais ce sont de bonnes nouvelles.

En un langage ésopien, Kitty parlait de l'arrestation de Lev et de son départ prévu pour « une destination inconnue ». Le résultat de cette deuxième disparition était que la famille avait « malheureusement » perdu l'appartement. Et Mère avait perdu son travail. Kitty disait ensuite que « la grippe » était très virulente dans la capitale et que Zoya et sa mère étaient retournées à Kazan.

Je dis : Où la grippe est moins dangereuse. Et puis, ce sont de bonnes nouvelles de toute façon.

Il se pencha vers moi et pressa son visage contre ma poitrine.

« Tu me rends très heureux, mon frère. C'est ça — *faites-la sortir de la ville*. Et je me fiche de ce que Kitty peut raconter d'autre. »

Cela valait mieux ainsi. Kitty disait qu'il était inconcevable que Zoya veuille « attendre » Lev. Selon elle, Zoya avait déjà un nouveau favori au Tech et « s'affichait » avec lui à la cantine. Mon devoir solennel, Vénus, m'oblige à admettre que cette phrase me procura une joie grossière.

Je dis : Que dire ? C'est Kitty.

« C'est vrai. C'est Kitty. »

Oui, c'était Kitty : cette narratrice peu fiable. Je voulais qu'une personne ayant un peu plus de fiabilité me dise que c'était vrai — Zoya s'affichant avec son nouveau favori. Je voulais quelqu'un comme Gueorgui Joukov ou, mieux encore, Winston Churchill, pour me dire que c'était vrai.

« Tu peux répondre ? » demanda-t-il.

Je suis censé pouvoir le faire. Mais ils ne m'aiment pas. De toute façon, il n'y a jamais rien pour écrire. Ou sur quoi écrire.

« Pourquoi ils ne t'aiment pas ? Je veux dire, je peux imaginer une ou deux raisons. Mais pourquoi ? »

Les chiens.

« Ah. Les chiens. »

J'étais plutôt célèbre, au camp, pour ma façon d'être avec les chiens. La plupart des prisonniers, y compris Lev, avaient horriblement peur d'eux. Pas moi. Quand j'étais un marmot, j'avais une chienne barzoï grande comme une mule. Je ne me souviens même plus d'elle ; mais elle m'a légué quelque chose avant de disparaître. Je n'ai pas peur des chiens. De sorte que je savais les faire reculer. Ce n'est qu'un chien, imprégné d'une nature de porc. Ce n'est qu'un grognement attendant de se transformer en recul apeuré. Je risquais souvent de me faire tabasser pour avoir fait reculer les chiens.

Lev dit : « Je suis allé demander au corps de garde. Il est écrit dans mon dossier : Aucun Droit de Correspondance. J'ai cru que c'était un code signifiant exécution immédiate. Le porc l'a cru aussi. Il n'arrêtait pas d'examiner la phrase, puis de m'examiner. Je n'ai pas le droit. Mais je vais insister. Je l'aurai, ce droit. »

Je dis, un mensonge : Je suis heureux que tu ne t'inquiètes pas pour Kitty. Ni pour Zoya.

« M'inquiéter ? Je suis doué pour l'inquiétude. Quand j'ai commencé à être son ami, avant, je m'inquiétais du fait que quelqu'un puisse la mettre enceinte. Mais elle n'a pas été enceinte. Elle ne peut pas. Elle a eu un avortement à l'âge de seize ans et elle ne peut pas. Et puis je m'inquiétais du fait qu'elle pouvait être arrêtée ou battue à mort dans la rue. Mais d'autres hommes, c'est ça que tu veux dire ? Non. Le truc, avec elle... c'est une cent-pour-cent. Et moi aussi, maintenant. Mon euh, mon statut de non-combattant. C'est pour elle. C'est pour nous. »

Tu parles par énigmes, Lev. Tu ne comprends pas que ce que tu fais ici ne compte pas ?

« Ah, ça ne compte pas ? Ça ne comptera pas ? Tu ne comprends donc pas ? Ça comptera. »

Par-dessus tout ça, il y avait également l'énorme brute, Arbachuk, qui se mit à avoir un penchant pour mon frère d'une façon qui paraissait être la pire de toutes. Chaque soir, il partait à sa recherche. Pourquoi ? Pour le chiffonner, et le persifler, et l'embrasser, et le chatouiller. Il était bien vu, à l'époque, quand on était une brute, de prendre un fasciste comme chouchou, bien que Lev prétendît que c'était plutôt dans l'autre sens. « Tout à coup, me voilà le meilleur ami d'un mandrill », disait-il, ce qui était courageux de sa part, parce qu'il avait vraiment très peur, et à juste titre. Lorsque Arbachuk se frayait un chemin à travers les baraquements, avec ses tatouages et son sourire moucheté d'or, Lev fermait les yeux une seconde et la lumière disparaissait de son visage. Tout ce que je pouvais faire contre Arbachuk était d'indiquer, par un regard et un haussement d'épaules, que si cela devenait vraiment nécessaire, il devrait s'occuper de moi aussi. Lev me dit que c'était bien pire quand je n'étais pas là. De sorte que j'étais toujours là. Et quand je ne pouvais pas, nous comptions sur Semyon ou Johnreed, deux des officiers vétérans ayant les grades les plus élevés, un colonel et un capitaine, tous deux Héros de l'Union soviétique — un honneur dont, à leur arrestation, ils furent naturellement dépouillés... Tu te poses sans doute des questions sur ce nom :

Johnreed. Beaucoup de gens de son âge s'appelaient Johnreed, d'après John Reed, l'auteur de *Dix jours qui ébranlèrent le monde*. Il y avait tant de Johnreed dans le camp qu'ils avaient droit au statut de phylum, les *Johnreed*, comme on dirait les *Américains* et, plus tard, les *médecins* — les médecins juifs. Dans son sensationnel récit de la Révolution d'Octobre, le livre de John Reed mentionnait à peine Joseph Vissarionovitch, et celui-ci avait interdit le livre, tirant ainsi le tapis sous les pieds de tous les Johnreed.

Arbachuk apportait souvent des friandises à Lev, qui les refusait toujours. Et pas seulement des morceaux de pain, de la viande aussi — viande hachée, saucisse — et même, une fois, une *pomme*. « Je n'ai pas faim », disait Lev. Je n'en croyais pas mes yeux : il était assis là avec la langue d'Arbachuk dans une oreille et une demi-côtelette de porc pendouillant sous son nez, et il disait : « Je n'ai pas faim. »

« Ouvre », dit Arbachuk en comprimant dans sa main les mâchoires de Lev.

« Je n'ai pas faim. Ce tatouage, citoyen. Je n'en vois que le dernier mot. Qu'est-ce que c'est ? »

Lentement et farouchement, Arbachuk roula sa manche. Et les lettres talées étaient là : *Tu peux vivre mais tu ne peux pas aimer*.

« Une bouchée. Ouvre ! »

« Je mange une ration complète. Je n'ai pas faim, citoyen. Je travaille dans une brigade de durs. »

Tel le genre d'homme incapable d'oublier le passé d'une femme ou de le lui pardonner et qui se doit de l'asseoir devant lui, un soir sur deux, pour la mettre de nouveau sur la sellette (« Il t'a touchée *où* ? Tu as embrassé son *quoi* ? »), j'allais toujours chercher Lev, en quête du récit le plus douloureux possible. Je connais ce genre d'homme, parce que je suis lui — il est moi. Ces dernières années, c'était la seule façon pour moi de m'assurer que je pouvais trouver de l'intérêt à une femme : je voulais qu'elle se confesse. Et elles appréciaient plutôt ça au début, parce qu'elles pensaient qu'on s'intéressait à elles. Elles finissaient par le redouter. Elles ne tardaient pas à comprendre... Ce trait de caractère, chez moi, n'avait pas vraiment eu le temps ni l'occasion de se développer entre la guerre et le camp. Tu comprends, presque tous les anciens amants de presque toutes mes amies — ils étaient morts. Et les morts ne m'inquiétaient pas. Il faudrait être un drôle de Russe pour ne pas pardonner aux morts. Je ne m'inquiétais pas des morts. C'étaient les vivants qui me gênaient.

Quand, peu de temps avant mon arrestation, Lev me demanda la permission de tenter sa chance avec Zoya, je ne pris même pas la peine de lui rire au visage. Je lui ai balancé le trisyllabique *Toi ?* ; et ce fut tout. Je n'ai même pas pris un moment pour y réfléchir. Mais Lev était malin, comme tous les frères cadets du monde. Il observa ce que je faisais et essaya le contraire. Il s'est présenté à Zoya sans se montrer intense.

Oh, bravo, dis-je lors d'une de nos dernières conversations en liberté. Tu es son garçon de courses. Et sa mascotte.

« C'est ça », dit-il en bégayant. Il bégayait encore. « Mais écoute, jusqu'où tu as réussi, toi, à t'approcher d'elle ? Moi, je suis dans sa chambre. J'y suis tout le temps. J'y suis quand elle se *change*. »

Se change ?

« Derrière le rideau. »

De quelle taille, le rideau ? Et quelle épaisseur ?

« Épais. Il va du plancher jusque-là. Elle pose ses vêtements par-dessus. »

Quels vêtements ?

« Des combinaisons, et d'autres choses. »

Bon Dieu... Et maintenant elle baise ce linguiste. Je ne sais pas comment tu peux supporter ça.

« Oh, je le supporte très bien. »

Ça a duré presque un an — un an pendant lequel Zoya eut trois autres liaisons. « Une par trimestre », m'avait-il dit alors. Et ce fut pendant qu'il était assis là, dans le grenier conique, lui tenant la main, et bavardant avec elle de sa récente et malencontreuse liaison, que Lev passa à l'étape suivante.

« Je le lui ai dit comme une taquinerie. Je lui ai dit : "Tu es malheureuse en amour parce que tu es attirée par des hommes qui ne te conviennent pas. Ce sont des types dans les nuages. Essaye un type plus petit, plus laid. Comme moi. Nous sommes tellement plus passionnés." Elle s'est mise à rire, et puis elle est restée silencieuse cinq secondes. Puis, la fois suivante, quand je l'ai répété, elle a ri et elle est restée silencieuse dix secondes. Et ainsi de suite. Et puis elle en a eu une autre. »

Une autre quoi ?

« Une autre liaison. Une autre, complète. »

Est-il possible, dis-je, que toi et moi, nous ayons une goutte de sang en commun ? Tu n'étais pas jaloux ?

« Jaloux ? Je n'aurais pas pu le supporter une minute si j'avais été *jaloux*. Je n'avais pas le droit d'être jaloux. Au nom de qui ? J'étais trop occupé à apprendre. »

J'attendis.

« Apprendre ce que je devais faire pour la garder. »

... Espèce de sale petit *connard*.

Ça arrive. Dans ma vie, j'en ai peut-être vu trois exemples. Et toi, Vénus, tu es un de ces exemples-là. Toi et ce Roger. Comme je l'ai dit à l'époque, et sans doute me suis-je montré insensible : *Les trois quarts de ton éducation te laissent à penser que tout le monde se ressemble. C'est l'illusion que perpétue ta clique. Et tu penses donc qu'il est un peu snob de ne pas être attirée par les infirmes. Et voilà que tu as cette chauve-souris malade qui traîne derrière toi.* Je pense toujours que c'était ça en grande partie, Vénus : pitié et piété. Tu m'as expliqué qu'il y avait des compensations, et je t'ai crue. Tu m'as parlé de sa gratitude — sa gratitude, et du fait que tu étais délivrée de certains soucis. Et je vois bien que les femmes évidemment séduisantes finissent parfois par en avoir assez des hommes évidemment séduisants : leurs droits, leurs attentes, leur cœur irréprochable. Et donc, un beau matin, la princesse embrasse le crapaud, et trouve ça plutôt bien.

Et ensuite ?

« C'était un dimanche. En fin d'après-midi. Nous

étions étendus là et je l'ai répété. Et puis elle s'est levée et s'est... »

Ça suffit. Déshabillée, je suppose.

« Elle s'était déjà déshabillée. Presque complètement. Non, elle s'est jetée sur... »

Ça suffit.

Ils eurent droit à neuf mois ; et puis, tandis que les condisciples et les professeurs de Lev étaient raflés les uns après les autres, ce fut elle qui prit la décision. Ils remirent en état le rabbin scrofuleux dans son soussol. C'était clandestin et, je suppose, très peu légitime. Mais ils ont écrasé le verre avec leurs pieds, après l'avoir enveloppé dans un mouchoir — la destruction du temple, le renoncement à des liens antérieurs. Et ils ont prononcé les vœux.

Un lambeau de réconfort me fut accordé (et ces vestiges de réconfort existent, au banquet des chagrins). Son efficacité restera sans doute obscure pour ceux qui ont l'habitude d'être conduits par leur propre volonté. J'appris que Zoya, qui n'était pas indifférente aux gens plus âgés (elle faillit provoquer un scandale avec un homme de trente ans récemment marié), ne s'était jamais intéressée à mes pairs : les vétérans. Je pouvais donc imaginer que, quand nous nous étions embrassés, quand elle avait retenu une seconde ma lèvre inférieure entre ses grandes dents carrées, le goût qu'elle n'avait pas apprécié était celui de l'hormone ferreuse de la guerre.

Cela me réconforta, parce que je pouvais mettre mon échec sur le dos des forces historiques, en même temps que tout le reste. C'est la faute à l'Histoire.

Le réveil, au camp, se faisait comme suit : une matraque en métal, maniée par une main aussi délicate qu'un pied, était secouée pendant une longue minute entre deux rails parallèles en fer. À cela, on ne s'habituait jamais. Chaque matin, alors que nous nous harnachions dans la cour, nous regardions cet appareil si simple en nous émerveillant de sa puissance acoustique. Je sais aujourd'hui que, pour quelque raison barbare (une détection plus rapide, sans doute, du plus minuscule des animaux), la faim aiguise l'ouïe. Mais il n'était pas seulement toujours plus fort — il gagnait en stridence et, j'ignore comment, en expressivité. Ce bruit paraissait trompeter l'aube d'une nouvelle domination (plus sauvage, plus imbécile, plus certaine) et répudier le laxisme et l'amateurisme de la veille.

Jusqu'à l'arrivée de Lev au camp, ma première pensée, en m'éveillant, était toujours la même, n'admettant aucune modulation. C'était toujours : Je donnerais mes deux yeux pour simplement dix secondes de plus... Un autre jour produit devant vous, l'aube sombre (la lueur vitreuse du secteur et la brume crayeuse que refusaient les poumons) ressemblait au travail d'un attelage de laboureur, un travail de nuit — le résultat de longues heures d'un pénible labeur. Le froid est là, pensais-je ; il m'attend, et tout a été préparé. Tu ne trouves pas, ma chérie, quand tu sors sous la pluie, que l'on a toujours un instant de grâce avant de sentir les premières piqûres dans les cheveux ? Le froid, c'est différent. Le froid est froid, évidemment, et il désire toute notre chaleur. Il est sur nous. Il nous saisit et nous fouille pour capter toute notre chaleur.

Puis, après l'arrivée de Lev, la conscience quotidienne me trouvait déjà extirpé et bien droit sur mes planches. Le porc continuait à rouer de coups les rails de fer tandis que je me laissais tomber par terre. J'étais toujours le premier homme à sortir du baraquement — et j'avais toujours le sentiment qu'un cadeau criard mais assez important m'attendait. Et quel était ce cadeau, exactement ? C'était le premier coup d'œil posé sur Lev : voir comment son froncement de sourcils s'enfonçait dans la chair de son front. Cela arrivait dès qu'il posait les yeux sur moi. Il souriait alors, de son sourire tendu, cassé — son sourire froissé — mais le froncement, les chevrons inversés du souci, demeurait là un instant avant de disparaître, telle une jauge mesurant mon pouvoir à le rassurer. Et parfois j'ai l'impression que je n'ai jamais été aussi près du sommet que pendant ces échanges ou transfusions — jamais plus vivant.

Bon, ça a l'air pas mal, non ? Criard, donc, dans quel sens ? Je vois que je ne peux pas éviter ce criard. Un autre soleil s'était levé en moi. Ce soleil était noir, et ses rayons, tels ceux d'une roue, étaient faits d'espoir et de haine.

Lev, d'ailleurs, ne tint pas le coup bien longtemps dans sa brigade — la brigade des durs dirigée par Markargan. Bien qu'il fût désormais en pleine forme physique. Très malade et en pleine forme : c'était possible là-bas, et on pouvait continuer de la sorte pendant un bon moment. Mais non. Rare était le fasciste qui parvenait à tenir le coup dans une brigade de durs. Dans une brigade de durs, il existait une unanimité d'effort qui avait tout le poids d'un contrat syndical ou d'un serment militaire : on satisfaisait à la norme et on avait droit à la ration complète. C'était une des façons de s'en sortir — chanter à tue-tête en travaillant, avaler un seau de soupe, dormir comme un mort. Un paysan, qui portait en lui un millénaire d'éthique esclavagiste — un paysan pouvait y parvenir sans devoir y laisser une trop grande part de sa conscience. Mais un *intelligent*... Voici ce qui vous arrive, dans le système esclavagiste. Ça prend un ou deux mois. Ça s'amasse, telle une attaque progressive de panique. C'est ainsi : l'intégration du fait que, vous avez beau être innocent de tout crime, l'exaction de la pénalité ne se fait pas par inadvertance. À présent, entrez avec de telles idées dans une brigade de durs. Vous essayez, encore et encore, mais l'idée que vous êtes en train de vous *surpasser* au service de l'État — ça alourdit vos mains, ça les oblige à retomber sans force. Vous sentez vos mains glisser et redescendre ; sur les flancs, sur les hanches, vous les sentez retomber. Inutile d'ajouter qu'une brigade de faibles, avec sa portion congrue de bouffeurs de merde, n'était pas meilleure. Alors, que faites-vous ? Vous faites ce que font tous les fascistes. Vous tirez au flanc, vous relâchez vos efforts, vous trichez et vous vous défilez, et vous subsistez.

Une fois qu'on lui eut retiré sa ration complète, l'infection intestinale de Lev s'aggrava. Au camp, même l'hospitalisation pour dysenterie obéissait à la loi des normes ; et, au début de 1949, Lev l'avait atteinte. Et quelle était cette norme ? La norme était : plus de sang que de merde. Il alla voir Janusz, qui lui donna des pilules et lui promit un lit. Le jour précédant son admission, Lev participa à une espèce d'engueulade dans son baraquement, à propos d'une aiguille à coudre (c'est-à-dire une arête de poisson), et fut immédiatement dénoncé — son nom fut mis dans la boîte à suggestions devant le corps de garde. Au lieu d'une semaine à l'infirmerie, il eut droit à une semaine de mitard, sans rien d'autre que ses sous-vêtements, accroupi sur un banc surplombant trente centimètres d'eau de latrines.

La fréquence de la totalité. L'État total — le chef-d'œuvre de la détresse.

Cette semaine-là fut pour moi d'une couleur turbulente. Tu te souviens certainement de ma « preuve », encadrée à l'automne 2001, de la non-existence de Dieu, et du plaisir qu'elle m'a donné. « Peu importent, pour l'instant, la famine, l'inondation, la pestilence et la guerre : si Dieu se préoccupait vraiment de notre sort, jamais il ne nous aurait donné la religion. » Mais ce syllogisme bancal est aisément démoli, et toutes les questions sur la théodicée disparaissent tout simplement — si Dieu est russe.

Et nous, le peuple, on en redemande. Putain, on adore ça. Cette semaine-là fut pour moi d'une couleur horrible mais, quand Lev ressortit, avec sa démarche habituelle, et la tête inclinée comme d'habitude, j'acceptai plus ou moins le fait que Norlag ne le tuerait pas, il faudrait autre chose. Il pouvait le supporter.

3

« Les fascistes nous frappent ! »

« Ce qui m'inquiète, dit-il (six mois plus tard), c'est dans quel état je serai quand je sortirai, si je sors. Je ne parle pas seulement de maigreur ou de maladie. Ni de mon *âge.* Je veux dire là-haut. Dans la tête. Tu sais ce que je suis en train de devenir, à mon avis. »
Un crétin.
« Exactement. Bon. Il n'y a donc pas que moi. »
On a tous ça.
« Alors c'est plutôt mauvais signe. Parce que ça veut sans doute dire que c'est vrai. Mes pensées... ce ne sont plus vraiment des pensées. Ce sont des pulsions. Tout est du niveau de froid, chaud. Soupe froide, soupe chaude. De quoi je vais parler à ma femme ? Je ne penserai qu'à soupe froide, soupe chaude. »
Tu lui parleras comme tu me parles à moi.
« Mais c'est tellement *fatigant* de te parler. Tu vois ce que je veux dire. Bon Dieu. Imagine, si on n'était pas là. Je veux dire ensemble. »
La soirée était tiède et claire, nous étions en train de fumer, assis sur les marches de l'usine de jouets. Oui, l'usine de jouets, parce que l'économie du camp

111

était aussi diversifiée que l'économie de l'État. Nous produisions tout et n'importe quoi, depuis l'uranium jusqu'aux petites cuillères. Moi-même, je fabriquais en série des lapins mécaniques pelés avec des baguettes entre les pattes et un petit tambour attaché à la taille.

Deux prisonniers assez jeunes passèrent près de nous, ils avançaient d'un pas de sénateur, l'un les mains derrière le dos, l'autre gesticulant de manière pédante.

« Tout ce qui m'intéresse, en fin de compte, disait le second homme, ce sont les tétons. »

« Non, dit l'autre. Non, pas les tétons. Les culs. »

« ... Des nouveaux », dit Lev.

Je haussai les épaules. Les jeunes gens, quand ils arrivaient, parlaient de sexe, et même de sport, pendant quelques semaines, puis de baise et de nourriture, puis de nourriture et de sexe, puis de nourriture.

Lev bâilla. Il avait meilleure mine. Il avait passé quelque temps à l'infirmerie et Janusz l'avait soigné avec de la pénicilline diluée. Mais ses lèvres et ses ongles étaient bleus, de faim, pas de froid, et il avait cette pigmentation brune autour de la bouche, plus sombre qu'un bronzage. Nous l'avions tous, le museau du grand singe.

« C'est difficile quand on est couvert de poux, dit-il, mais c'est bien de penser à la baise. »

Je suis vraiment désolé de dire, Vénus, que c'était alors devenu pour moi un sujet *très* sensible. Tu comprends, j'étais parvenu à me persuader que le lien entre Lev et Zoya était en grande partie une chose de l'esprit. C'était, en fait, plus ou moins platonique. Quel soulagement pour elle, me disais-je, après tous ces rebondissements passionnés. Et je pouvais même trouver un certain plaisir à imaginer le genre de soirée qui devait certainement être leur quotidien. Les restes d'un dîner frugal débarrassés, la vaisselle faite à tour de rôle, Gretel enfilant socquettes et chemise de nuit en grosse toile avec un brin de timidité, Hansel soupirant en maillot de corps et caleçon long, le baiser sur la joue, et ils se retournent, dos à dos, chacun d'eux avec un grognement d'autosatisfaction, avant de trouver un sommeil bien mérité... Et tandis que Lev était couché là dans sa petite mort, l'autre Zoya, le succube transpirant, se levait telle une brume et venait me rejoindre.

« Mais ce n'est pas vraiment de la *pensée*, pas vraiment. C'est plus du genre soupe froide, soupe chaude. »

Il y a la poésie, dis-je.

« C'est vrai. Il y a la poésie. Je parviens parfois à travailler sur un vers ou deux pendant trente secondes. Et puis arrive une secousse et je me retrouve avec l'autre truc. »

Je lui parlai de la prof de trente ans dans le bloc des femmes. Elle se récitait tous les jours *Eugène Onéguine*.

« Tous les jours ? Ouais, mais il y a des jours, putain, où on n'a pas *envie* de lire... *Le Cavalier de bronze.* »

C'est vrai. Il y a des jours, putain, où on n'a pas *envie* de lire... *Le Dit de la campagne d'Igor.*

« C'est vrai. Il y a des jours, putain, où on n'a pas *envie* de lire... »

Et c'est ainsi que nous vînmes à bout d'une autre heure, avant de retrouver à tâtons le chemin de notre litière.

Puis survinrent les changements. Mais avant d'y arriver, il me faut décrire un bref détour intérieur : un coup de chance. Je suggère, ma chérie, que tu profites pleinement de cet interlude ou de ce répit, que tu l'utilises, peut-être, pour noter les meilleures de mes qualités. Car je vais bientôt me lancer dans des choses vraiment horribles.

Nous ne voyions jamais l'Administrateur en Chef, Kovchenko, mais nous entendions parler de lui — son manteau de fourrure en ours blanc, ses cuissardes en peau de phoque, ses parties de pêche et ses chasses aux rennes, ses soirées. De temps en temps, un carton apparaissait sur le tableau d'affichage, sollicitant le concours de prisonniers musiciens, acteurs, danseurs, athlètes, dont il avait besoin pour divertir ses invités (des collègues administrateurs en chef ou des inspecteurs du centre). Après la séance, les artistes avaient droit à une cuve de restes. Il était passionnant d'apprendre que nombre d'entre eux revenaient malades, et quelques-uns étaient morts de s'être trop gavés.

Un jour, Kovchenko afficha une demande signée réclamant « n'importe quel prisonnier sachant installer une "télévision" ». Je n'avais jamais installé de télévision ; mais j'en avais disséqué une, au Tech. J'expliquai à Lev ce dont je me souvenais et nous proposâmes nos services. Pendant une semaine il ne se passa rien. Puis ils nous convoquèrent, nous nourrirent et nous lavèrent, et enfin une Jeep nous emmena dans la propriété de Kovchenko.

Lev et moi attendîmes, debout, sous bonne garde, dans ce que j'appellerais aujourd'hui un belvédère, une dépendance octogonale chauffée contenant un établi et toute une panoplie d'outils. Kovchenko entra, maigre, ressemblant étrangement à un professeur avec ses jodhpurs et sa veste en tweed. Une caisse métallique fut roulée solennellement dans la pièce et deux hommes ressemblant à des jardiniers entreprirent de l'ouvrir. « Messieurs, dit Kovchenko en respirant profondément et bruyamment, préparez-vous à voir l'avenir. » Le couvercle fut soulevé et nous regardâmes à l'intérieur : une boue informe gris-noir faite de valves, de tubes et de fils électriques.

Et nous y retournâmes donc tous les jours. Tous les jours nous sortions de l'haleine épaisse du camp et pénétrions dans un monde de température douce, de grandes fenêtres, de nourriture abondante, de café, de cigarettes américaines et de fascination continuelle.

Au bout de deux mois nous avions assemblé quelque chose qui ressemblait à un poisson abyssal particulièrement disgracieux, sans oublier, sur le porche à l'arrière, un pylône couvert d'antennes. Nous ne parvînmes à faire apparaître sur l'écran que des représentations fugitives de la météorologie locale : blizzards nocturnes, grêle oblique sur fond de vide charbonneux. Un jour, en présence du chef, nous captâmes ce qui pouvait vaguement passer pour une mire. Cela satisfit Kovchenko, dont les attentes n'étaient plus aussi ambitieuses. Le poste de télévision fut transporté dans la maison principale. Nous apprîmes plus tard qu'il avait été installé sur un socle dans le hall d'entrée, pour y être exhibé, comme une construction métallique ancienne ou une sculpture brutaliste.

Nous aussi, nous avions voulu voir l'avenir. Ensuite, nous retournâmes dans le passé — à l'usine de roulements à billes, en fait, où il suffisait de faire *badaboum* toutes les cinq secondes, et où nous pensions à soupe froide, soupe chaude. Je finis par me convaincre, plus ou moins à cette époque, que l'ennui était le deuxième pilier du système — le premier étant la terreur. À l'école, Vénus, nos enseignants étaient prêts à mentir à des enfants pour gagner leur vie ; nous étions assis là à écouter des informations que nous savions être fausses (même dans l'école de ma mère, c'était exactement pareil). Plus tard, nous apprîmes que tous les sujets intéressants étaient si cruellement controversés que personne n'osait les étudier. Le discours public était ennuyeux, les journaux et la radio n'étaient qu'un bourdonnement dans l'autre pièce, et les réunions étaient ennuyeuses, et toutes les conversations en dehors de la famille étaient ennuyeuses, parce que personne ne pouvait dire ce qui lui venait spontanément à l'esprit. La bureaucratie était ennuyeuse. Faire la queue était ennuyeux. L'endroit le plus stimulant de toute la Russie était la prison Boutyrki à Moscou. Je comprends très bien pourquoi ils avaient besoin de la terreur, mais pourquoi avaient-ils besoin de l'ennui ?

Ça, c'était la grande zona. Ici, c'était la petite zona, du côté des forçats. En liberté, tous les citoyens n'appartenant pas à la nomenklatura connaissaient une faim perpétuelle — la salive coulant dans l'œsophage sans qu'on y puisse rien. Au camp, la faim cogne comme, j'imagine, un fœtus doit cogner. C'était la même chose avec l'ennui. Et l'*ennui*, à présent, a perdu toutes ses connotations de simple lassitude ou d'insipidité. L'ennui n'est plus l'absence d'émotion ; c'est en soi-même une émotion, et une émotion violente. Une colère silencieuse d'ennui.

Un autre événement positif est que nous devînmes tous deux très proches de Janusz, le médecin-prisonnier. Il faisait ce qu'il pouvait pour nous — et le simple fait de se tenir dix minutes à ses côtés nous donnait l'impression d'être marginalement moins malades. De grande taille, costaud, âgé de vingt-quatre ans, il avait une jungle de cheveux noirs qui poussait avec une force anarchique ; nous disions souvent que tout coiffeur qui s'aventurerait là-dedans demanderait une prime de risque. Janusz était un médecin juif piégé dans une imposture. Il ne prétendait pas être chrétien (peu importait, au camp, que l'on soit l'un ou l'autre). Il prétendait être médecin. Et il ne l'était pas — pas encore. Toujours une position délicate. Et cela aurait été moins dur pour lui s'il n'avait pas été d'une telle gentillesse, d'une très grande gentillesse, il était ému en permanence par tout ce qu'il voyait. Pour toutes ses premières opérations, il dut y aller au feeling, pénétrer dans le corps humain, avec son bistouri. D'abord, ne rien abîmer.

Camions et troupes, tel était le mot. Camions et troupes. Cela signifiait Moscou, et changement de politique. Une décision avait été prise au Comité central, et elle nous atteignit sous la forme de phares et de mitraillettes.

À tout moment, en toute saison, la population du camp fluctuait, diverses multitudes se trouvant remaniées, relâchées, réemprisonnées, débarquées, embarquées (et il était d'ailleurs étonnant que nous n'ayons été séparés qu'une seule fois, mon frère et moi, et encore pendant à peine un an). Notre travail, désormais, était d'analyser l'arithmétique de ce mouvement et de tenter de discerner quelque chose qui aurait pu ressembler à une *intention*...

Lev se tenait près de la fenêtre du baraquement, regardant dehors, secoué d'infimes tressautements — sa façon d'écarter un malaise. Il dit :

« Écoute. Arbachuk a fini par me coincer derrière l'atelier hier soir. J'ai cru que j'allais enfin être violé, mais non. Il était sans voix, il était accablé et mélancolique. Puis il a tendu une main vers moi et m'a serré la main... Il a déjà été comme ça par le passé. Mais cette fois je crois qu'il me disait adieu. Ils embarquent les brutes. »

Je lui dis que ça ne pouvait qu'être bien pour nous.

« Pourquoi, bien ? (Il se retourna.) Depuis quand ils se débrouillent pour que ça soit bien pour nous ? Je sais comment rester en vie ici. Dans l'état actuel des choses. Et maintenant ? »

On nous enferma dans les baraquements et nous passions nos journées à regarder dehors, à regarder dehors. Et on n'avait aucune envie de se trouver dans la zona, pas à ce moment-là, avec les chiens et les colonnes d'hommes et la nouvelle disposition des forces. Les tours de guet — leurs projecteurs baissés et leurs dômes pareils à des casques de soldat avec un éventail de canons de fusil disposé sous la visière, à angle droit, telles des dents scorbutiques... Dans ces moments-là, j'avais souvent l'impression de participer à un match, disons de hockey sur glace, au ralenti (onirique et pourtant mortel, qui-perd-gagne, mort-soudaine) ; et d'être le gardien de but — exclu de l'action, sauf lorsque je devais réagir à des urgences atroces.

Ils isolèrent les brutes, et les emmenèrent en camion — la façon la plus simple, pensions-nous, de mettre fin à la guerre entre les brutes et les chiennes. Mais ensuite ils isolèrent aussi les chiennes. Et dès que les chiennes furent parties, ils isolèrent les sauterelles, et puis les sangsues. Sans compter les bouffeurs de merde, qui étaient restés, cela laissait sur place les politiques et les indics — les fascistes et les serpents.

Lev dit, en regardant dehors : « Bon Dieu, ça ne pourrait pas être plus clair ! C'est *nous* qu'ils isolent. »

... Nous allons tous être libérés, dis-je.

« Il est tout aussi probable, dit Lev, que nous allons tous être fusillés. »

Pendant les semaines qui suivirent, notre secteur, récemment dépeuplé, commença à se repeupler. Et tous les nouveaux arrivés étaient des fascistes. C'était *nous* qu'ils isolaient. Pourquoi ? Pourquoi nous donnaient-ils, d'un bout à l'autre du système, exactement ce que nous voulions — en nous délivrant, en nous réveillant ?

Si l'on voulait comprendre ce que Moscou avait en tête, en 1950, c'est là qu'il aurait fallu être : dans l'antenne, dans la tourelle de contrôle de la limace qui dévorait sans aucune méthode le cerveau du dirigeant. Nous n'étions pas dans cette tourelle. Je le dis aujourd'hui avec un haussement d'épaules mais, à vue de nez, Joseph Vissarionovitch craignait que le criminel de droit commun ne soit en train de perdre son intégrité idéologique.

Le pouvoir qui nous était attribué, y compris le pouvoir de contamination, n'était pas réel (nous ne constituions pas encore une force). À présent, le pouvoir nous disait qu'il était là. Le processus prit à peu près un mois. Nous étions pareils à des aveugles qui recouvrent la vue. Il s'agissait d'yeux qui se tournaient vers d'autres yeux, et qui soutenaient leur regard. Nous commencions à prendre conscience de nous-mêmes. Les politiques fouillèrent les visages — et devinrent politiques.

Deux choses en découlèrent. Le changement de politique à Moscou signifiait la fin, le suicide involontaire du système d'exploitation des forçats. Cela signifiait également que Lev et moi devînmes ennemis. Une décision est prise, autour d'une table, dans une pièce située à des milliers de kilomètres — et deux frères doivent se faire la guerre. Ça, Vénus, c'est la signification, l'importance, au jour le jour, des systèmes politiques.

Mais je ne vais pas te faire perdre ton temps avec la

politique. Je vais te donner ce que tu as besoin de savoir. Et je crains de ne pas pouvoir oublier de te raconter l'histoire du garde nommé Uglik — l'épuisante histoire du camarade Uglik. Avec le recul, je me rends compte aujourd'hui de ce qu'était cette politique : la politique des frères siamois, et des sirènes, et des femmes à barbe. C'était la politique de la limace appelée artériosclérose.

« Les fascistes nous frappent ! Les fascistes nous frappent ! »

Ce cri (non dépourvu d'un certain charme, même à cette époque-là) devait souvent être entendu pendant l'été de 1950. Nous commençâmes à frapper les serpents, les un-sur-dix. Ils allaient devoir cesser de traîner à table dans le réfectoire, d'embrasser le bout de leurs doigts réunis en se félicitant de leur double ration. À présent, lorsqu'ils traversaient la cour pour se rendre au corps de garde, ce n'était pas pour grossir le nombre de leurs dénonciations afin d'obtenir une cigarette supplémentaire : c'était pour réclamer asile dans le quartier d'isolement — avec l'eau de latrines à hauteur de genou, et les punaises obèses.

Notre méthode de punition favorite avait pour nom « le lancer ». C'était la méthode des paysans, qui s'inquiétaient toujours de la rareté des matériaux. N'émoussons pas ce couteau, n'abîmons pas ce gourdin : laissons agir la gravité. Un homme au bout de chaque membre, trois balancements de préparation, et voilà le type en l'air, comme pour le lancer du tronc, et le voilà qui s'écrase par terre. Et nous le relancions. Jusqu'à ce qu'il cesse d'agiter les bras. Nous les abandonnions là aux porcs : des sacs en toile remplis d'os brisés.

Tu as l'air mécontent, mon frère, dis-je lorsque j'entrai dans le baraquement en me frottant les paumes.

« Tu n'es pas mon frère. »

J'attendis. Les gens arrivaient à toute vitesse lorsqu'il s'agissait d'assister à un lancer. Pas Lev, qui se retirait toujours.

« Ce que je veux dire, annonça-t-il, c'est que tu es méconnaissable. Tu es comme Vad. Tu t'en rends compte ? Tu as rejoint le troupeau. Tout à coup, tu es exactement comme tous les autres. »

C'était parfaitement vrai. J'étais méconnaissable. En quelques semaines à peine, j'étais devenu un stakhanoviste de l'agitation, un fouteur de merde « de choc » — revendications et manifestations, piquets de grève, pétitions, protestations, provocations. Ah, te dis-tu : déportation, transfert ; les mécanismes de la sublimation. Et il est vrai que j'étreignais délibérément la ferveur chimique de l'émotion de masse, et la rage du pouvoir. Mais je ne perdis jamais de vue une sortie possible, et un avenir possible.

« Je te demande de réfléchir à ma position. Vous avez choisi une voie, toi et ton troupeau, disait-il. La violence et l'escalade. Mais merde, tu sais très bien ce qui va se passer. »

Pendant une très brève période, on put croire qu'isoler les politiques, en tant que méthode, avait un but caché : on allait nous faire travailler à en crever (moins de nourriture, horaires plus lourds). Mais les porcs avaient toujours leurs quotas, et maintenant, ils nous avaient donné les instruments pour frapper.

En tout cas, j'avais la possibilité de dire, avec pas mal d'indignation : Oh, j'ai compris. Tu veux des journées de seize heures avec des rations de misère. Eh bien, pas nous.

« Cette bagarre, tu l'as gagnée. Mais bon Dieu, il y a au moins huit ou neuf bagarres. Et les porcs, ils ne vont pas continuer à reculer. Tu sais ce qui va se passer. Ou peut-être que tu ne le sais pas. Parce que tu suis le troupeau. Regarde-toi donc. Tu suis le troupeau, et tu es le plus tonitruant. »

Une fois de plus, j'attendis.

« Tout ce que tu vas y gagner, c'est une guerre avec l'État. Une bagarre à mort avec la Russie. Contre la Tcheka et l'Armée rouge. Et tu crois que tu vas gagner ? »

Je ne l'admis pas, mais j'avais toujours su ce qui allait nous arriver. Je l'avais toujours su.

« Bon. Je vais te le demander pour la dernière fois. Et je demande beaucoup. Il y a ici trois ou quatre hommes qui peuvent peut-être arrêter la marche du troupeau. Et tu es un de ceux-là. Je t'en prie, réfléchis à ma position. Je dois te le demander. Et c'est la dernière fois que je te demande quelque chose en tant que frère. »

Tu demandes la lune, Lev.

« Alors, certains d'entre nous vont mourir », dit-il en détournant ses yeux des miens et en croisant les bras.

Nous n'avons pas tous une bonne raison de vivre, dis-je. Certains d'entre nous vont mourir. Et d'autres ne mourront pas.

Je sais ce que tu penses de la violence. Je savais ce que tu en pensais dès le début. Le film à la télé, dans le salon, à Chicago, était en fait une comédie ; mais un coup de poing a été lancé, un nez s'est mis à pisser le sang. Tu es sortie de la pièce en pleurant. Et lorsque tu as ouvert la porte vers l'intérieur, la poignée en cuivre t'a frappée en plein dans l'œil. Voilà quelle taille tu avais quand tu as appris que le monde où tu vivais était rude.

Au Nouvel An, en 1951, l'administration riposta : trois hommes de notre centre furent enfermés dans le quartier d'isolement principal, où trente informateurs avaient trouvé refuge. La rumeur disait que, ce soir-là, on allait distribuer des haches et de l'alcool aux indics, et que toutes les cellules seraient déverrouillées.

Nous envoyâmes donc aussitôt un message. Nous aussi avions changé de méthode. Nous arrêtâmes de frapper les serpents. Nous arrêtâmes de les frapper et nous commençâmes à les tuer. J'en tuai trois.

Maintenant, arrache tes yeux d'Occidentale. Arrache-les et va chercher les autres yeux... Ce ne sont pas les yeux d'un Temoudjin ou d'un Houlagou, en amande et aux paupières tombantes, ni ceux d'Ivan le Terrible, paranoïdes et pieux, ni ceux de Vladimir Ilitch, à la fois enfantins et fouilleurs d'hori-

zon*. Non, ces autres yeux sont ceux de la vieille paysanne citadine (radicalement urbanisée) à quatre pattes
au bord de la route, témoin de la famine et du désespoir, de l'injustice permanente et universelle, d'innombrables énormités. Des yeux qui disent : ça suffit... Mais maintenant je vois tes yeux devant moi, tels
qu'ils sont réellement (l'iris long et brun, le blanc
d'une honteuse propreté) ; et ils menacent résolu-
ment de retirer l'amour, exactement comme l'avait
fait Lev, il y a un demi-siècle. Très bien. En rédigeant
mon histoire, je crée un miroir. Je me vois moi-même.
Regarde son visage. Regarde ses *mains*.

Lev me vit un jour juste après un meurtre : mon
deuxième. Il me décrivit la rencontre, des années plus
tard. Je donne le souvenir qu'il en avait, sa version —
parce que je n'en ai pas de souvenir, pas de version.

Décoré de sang et haletant comme un chien qui
aurait couru toute une journée, je bousculai Lev à
l'entrée des latrines ; je claquai un avant-bras levé
contre le mur et j'y appuyai ma tête tandis que, de
l'autre main, je griffais la ficelle autour de ma taille,
puis je vidai ma vessie avec une abondance répugnante et (m'a-t-on dit) un rugissement de gratitude.
Je fis une pause et produisis un autre bruit : j'exhalai,
bouche grande ouverte, tout en projetant ma tête vers
la droite, libérant mon front de la chaleur irritante de
la mèche sur mon front. Je levai les yeux. Je me sou-

* Temoudjin est Gengis Khan ; le chef de guerre mongol Houlagou
est son petit-fils. Vladimir Ilitch est Lénine, dirigeant de la Russie,
1917-1924.

125

viens de ça. Il me fixait du regard en montrant les dents, et la ride sur son front avait plus d'un centimètre de profondeur. De la main, il dirigea mon attention vers la ceinture effilochée, le pantalon baissé. Je ne peux m'empêcher, je m'en aperçois, de te demander d'imaginer ce qu'il voyait.

« Je sais où tu as été, dit-il. Le truc mouillé. »

Ce qui était le nom que nous lui donnions : à la tuerie. Le truc mouillé.

Je lui dis : Eh bien, quelqu'un doit s'y coller. Troisième cabane, Prisonnier 47. Sa conscience était impure.

« Sa conscience n'était *pas* impure. Justement. »

Mais de *quoi* tu parles ?

« Regarde tes yeux. Tu ressembles à un vieux-croyant. Ah, baise la croix, mon frère, baise la croix. »

Baiser la croix : abréviation fraternelle pour les observances religieuses. Parce que c'était ce qu'ils faisaient, avant que le christianisme devienne illégal (en même temps que toutes les autres religions) : ils le baisaient, l'instrument de mort. Lev m'expliquait que mon esprit n'était plus libre. Il était tout à fait logique que le sentiment que j'en avais, alors, ne soit pas mental mais physique. J'étais un esclave qui avait retrouvé son corps. Et maintenant je l'offrais une fois de plus — librement. Tout cela est vrai. Mais il y avait toujours cette autre pensée, cet autre calcul.

Des années plus tard, lors d'une tout autre phase de mon existence, assis sur un balcon, dans un hôtel, à Budapest, devant un verre de bière, des noix et des olives après une douche, avant de sortir pour une rencontre tardive avec une amante, je lus les célèbres mémoires du poète Robert von Ranke-Graves (père anglais, mère allemande). Je fus fort surpris, et fort réconforté de lire qu'il lui avait fallu dix ans pour se remettre, moralement, de la Première Guerre mondiale. Mais il me fallut un peu plus longtemps pour me remettre de la Seconde. Il vécut sa décennie de convalescence sur une île de la Méditerranée. Je passai la mienne au-delà du cercle polaire, dans une colonie pénitentiaire.

Il se passa un bon moment avant que je comprenne ce qu'il voulait dire, Lev, quand il avait dit du serpent assassiné que « sa conscience n'était *pas* impure. Justement »... En liberté, dans la grande zona, l'informateur détruisait des vies. Au camp, dans la petite zona, l'informateur rendait les vies pires qu'elles n'avaient été et même parfois les abrégeait, mais elles étaient déjà détruites. La dénonciation anonyme, pour améliorer sa situation personnelle : on se rend compte que c'est un acte profondément criminel, et profondément russe, parce que seuls les criminels russes pensent qu'il ne l'est pas. Tous les autres criminels, dans le monde entier, pensent que c'est criminel. Mais les criminels russes — depuis les compagnons de détention de Dostoïevski (« un informateur n'a pas à subir la moindre humiliation ; personne n'aurait même l'idée de réagir envers lui avec indignation ») jusqu'au président actuel, oui, jusqu'à Vladimir Vladimirovitch (qui a simplement exprimé sa consternation à l'idée de ne plus avoir sa taïga de lettres anonymes) — ne le pensent pas*. Quant à moi, donc, en ce qui concerne l'extermination des serpents, je suis coupable selon le chef d'accusation suivant : ils savaient ce qu'ils faisaient, mais ils ne savaient pas que ce qu'ils faisaient n'était pas bien. « Les fascistes nous frappent ! Les fascistes nous frappent ! » Je saisis aujourd'hui le charme obscur — le pathos de ce cri scandalisé. Et alors nous cessâmes de les frapper et nous commençâmes à les tuer. Je me chargeai de trois d'entre eux. Je n'aurais pas pu m'en faire un quatrième, Vénus. Cependant, je m'en fis trois.

Le camp n'était que toujours plus de guerre, Vénus, toujours plus de guerre, et la pourriture morale de la guerre... La guerre entre les brutes et les chiennes était une guerre civile ou sectaire. La guerre entre les serpents et les fascistes était une guerre par personnes interposées. À présent que les serpents étaient partis (séparés des autres en tant que classe sociale), les lignes de bataille se formaient pour une guerre révolutionnaire : la guerre entre les fascistes et les porcs.

Lev avait été un spectateur innocent de la première guerre (comme nous l'étions tous), et il était un objecteur de conscience pendant la deuxième guerre. Personne ne pouvait éviter la troisième guerre. Et il fut blessé au tout début de celle-ci.

---

* Dostoïevski fut emprisonné de 1849 à 1853. Vladimir Vladimiro-vitch est Poutine, qui dirige la Russie depuis 1999.

4

« *Voici le camarade Uglik* »

Les porcs.

Ils étaient quasi illettrés, mais même moi j'avais le souvenir de la toute fin de l'époque où les porcs étaient encore aussi humainement divers que les prisonniers — cruels, gentils, indifférents. Nous avions d'autres choses en commun. Ils étaient presque tout aussi gelés, affamés, sales, accablés de maladies, exploités et terrorisés que nous. Mais maintenant, ils avaient évolué. Ils appartenaient à la deuxième génération : porcs, et fils de porcs. Et ce que l'on avait devant les yeux, c'était l'émergence d'êtres humains d'un type nouveau. Comme le camarade Uglik.

J'ai suivi mon frère comme une ombre pendant toutes ces années, et j'ai même un peu tabassé à sa place. Mais il n'y avait rien que je puisse faire au sujet d'Uglik. Il était tout simplement la malédiction de Lev.

Je lui demandai : Pourquoi tu pleures ?

Tels furent les premiers mots que je lui adressai après dix ou onze mois. À ce moment-là (janvier

1953), le statut de Lev dans le camp était celui des bouffeurs de merde — voire plus bas encore, pendant quelque temps, parce que les bouffeurs de merde étaient simplement des objets de pitié que l'on oubliait, alors que Lev était ostracisé. Certaines personnes éprouvaient maintenant un peu plus de respect pour lui. Cela venait sans doute de sa taille et de sa silhouette — la petite figure penchée, les épaules tombantes sous le visage fripé, et toujours seul, toujours distant, toujours contre. Menton fuyant, naturellement, mais dans l'ensemble aussi rebelle qu'un nain à gueule de barrique dans une allée citadine. Il n'allait pas traverser un piquet de grève ni s'éloigner d'une grève sur le tas, rien de ce genre. L'offense qu'il commettait était morale, passive et silencieuse. Il refusait de partager l'ambiance mentale. Tout simplement, il ne voulait pas venir boire avec nous. Lev avait vingt-quatre ans.

Je lui demandai : Pourquoi tu pleures ?

Il tressaillit, comme si dans ma voix, devenue étrangère, il sentait un peu de dureté envers lui. Ou alors, peut-être, ressentait-il le mélange impie de motifs qui sous-tendait ma question... De toutes les libertés que nous avions obtenues au cours des dix-huit derniers mois, celle qui m'importait le plus fut la suppression du numéro dans mon dos. Celle qui importait à Lev était son droit à la correspondance. *Son* droit : pas celui des autres. Il fit campagne pour son droit tout seul et l'obtint pour lui tout seul ; et c'était aussi pour ça qu'on l'évitait. À présent, il était assis sur une souche d'arbre dans le bosquet derrière l'infirmerie, la première lettre de Zoya dans une main, son visage en pleurs appuyé sur l'autre. Tu m'aurais demandé si j'espérais que tout soit terminé entre eux, et la réponse du sérum de vérité aurait été quelque chose dans le genre : Eh bien, ça serait pas mal, pour *commencer*. Mais j'espère qu'elle ne l'a pas fait gentiment. Ça aurait pu ne pas me faire du bien du tout.

« Je pleure... » Il pencha la tête, absorbé par la tâche qui consistait à remettre la feuille de papier soyeux dans son étui plissé, mais chaque fois qu'il touchait au but, il lui fallait soulever un doigt pour calmer une démangeaison au bout de son nez. « Je pleure, dit-il, parce que je suis tellement *sale*. »

J'arrêtai un instant de parler. Je dis : Et le reste, ça va ?

« Oui. Non. On parle, en liberté, du Birobidjan. Ils construisent des baraquements dans le Birobidjan. »

Le Birobidjan était une région proche de la frontière nord-ouest de la Chine — en grande partie, et à juste titre, inhabitée. Depuis le début des années trente, on parlait d'installer les Juifs dans le Birobidjan.

« Ils construisent des baraquements pour eux dans le Birobidjan. Janusz pense qu'ils vont pendre les médecins juifs sur la place Rouge. Tout le pays est saisi d'hystérie à ce sujet, la presse... Et ensuite les Juifs devront courir la bouline jusqu'au Birobidjan. Maintenant, excuse-moi. Ça va prendre à peu près une minute. »

Et pendant environ une minute, il sanglota, il sanglota musicalement. Il pleurait, me dit-il, parce qu'il était tellement sale. Je le croyais. Être tellement sale vous faisait pleurer plus souvent qu'avoir tellement froid ou avoir tellement faim. Nous n'avions plus tellement froid ou faim, plus maintenant. Mais nous étions tellement sales. Nos vêtements étaient raides, presque comme du bois, ou de l'écorce, à force de saleté. Et sous le bois, les cloportes et les vers du bois.

« Ah, ça va mieux. Je ne comprends pas comment font les femmes pour rester aussi propres, poursuivit-il comme s'il se parlait à lui-même. Peut-être qu'elles se lèchent, comme les chats. Et nous, nous sommes comme des chiens, qui se roulent simplement dans la merde. » Il se tourna vers moi. « Bon. Je suis face à un dilemme. Peut-être que tu pourrais m'aider à le résoudre. »

Son regard redevint clair et il sourit — les jolies dents. Je m'aperçus que je craignais toujours ce sourire.

« Ici, dit-il, ça ne vaut rien. Je ne peux pas rester ici. Je m'en vais. Je pars. Ça ne vaut rien, *ici*. Ici, tout le monde va mourir. »

Je dis : Vient un temps où il faut —

« Oh, ne dis pas n'importe quoi. N'importe quel type du camp peut me sortir ça. Il se trouve qu'on a un besoin urgent de ma présence en liberté. Pour protéger ma femme. Donc. Deux possibilités. Soit je m'évade. »

Où donc ? Au Birobidjan ?

« Je peux m'évader. Ou je peux dénoncer. »

Je dis : Aujourd'hui, on va aux bains.

« Écoute, je parle sérieusement. Réfléchis-y bien,

132

réfléchis-y bien. Si je dénonce, il est envisageable qu'on me pardonne. Les choses étant ce qu'elles sont en ce moment. Tu sais, je leur donne la liste de tous les meneurs de grèves. Je pourrais tenter ça. Alors tu pourrais me tuer. Et tu sais ce que tu obtiendras si tu me tues ? (Il ferma les yeux et les rouvrit.) T'auras la trique. »

Je dis : Aujourd'hui nous allons aux bains.

Il regarda par terre et dit : « Et c'est une raison de plus pour pleurer. »

Nous allions toujours tous les deux aux bains ensemble. Même lorsque nous ne parlions pas ou que nous refusions d'échanger un regard. Il fallait faire ça en relais. On pourrait penser que les bains étaient l'endroit où tout le monde voulait aller, mais beaucoup d'hommes préféraient risquer de se faire tabasser rien que pour les éviter ou en repousser le moment. Aucune de nos innombrables protestations n'avait le moindre effet sur les bains. Par exemple, il était tout à fait possible d'en sortir encore plus sale qu'en y entrant. Une des raisons était institutionnelle ou systémique : l'absence de savon. Il n'y avait pas toujours absence d'eau, mais il y avait toujours, apparemment, absence de savon. Même en 1991, les mineurs se sont mis en grève pour du savon. Il n'y avait *jamais* de savon en URSS.

Nous faisions la queue sous la pluie glaciale. Puis, tout à coup, nous étions une centaine dans un vestiaire avec des crochets pour douze. Et, tout à coup, il y avait du savon — de petits globules noirs, dans un seau, distribués un par un. À ce moment-là, tout, excepté les pardessus, était mis en un seul tas, pour être redistribué plus tard au hasard ; mais nous pouvions garder nos affaires les plus précieuses à tour de rôle — un chiffon pour les pieds, une cuillère supplémentaire. Lev partit en premier, avec sa tasse d'eau tiède. J'examinai mon globule noir. Je le mis sous mon nez. Son odeur donnait à penser qu'une loi sacrée de la physique avait été pervertie lors de sa création.

Ce fut alors que je remarquai, dans la poche du paquet pesant que je tenais dans mes bras : la lettre de Lev... après quatre années de guerre et presque sept de camp, on pouvait imaginer que mon honnêteté avait été mise à rude épreuve. Violeur en-temps-de-guerre (du moins à ce qu'il paraissait), bourreau au sang froid (mais tout de même tumescent), j'avais l'intention, lorsqu'il m'arrivait d'y réfléchir, de redevenir le genre d'homme que j'étais en 1941. Et aujourd'hui, naturellement, je pleure à l'idée que j'avais pu croire que c'était possible. Le genre d'homme qui attirait l'attention d'un commerçant sur le fait qu'il avait rendu trop de monnaie ; le genre d'homme qui laissait son siège aux vieillards et aux infirmes ; le genre d'homme qui n'aurait jamais commencé un roman par la dernière page, mais qui le lirait honnêtement ; et ainsi de suite. Mais il y avait la lettre de Zoya, et je m'en emparai.

Il se trouve que c'est pour des raisons intéressées et utilitaires que l'on accepte les règles. J'ai connu quelques mauvais moments au camp, de toute évidence, mais ces cinq minutes, dans la brume brune des bains, produisirent un demi-siècle de souffrances... Nouvelles familiales (la mauvaise santé de la mère de Zoya, la meilleure santé de la mère de Lev), le nouveau boulot à l'usine de textile, Kazan, l'idée d'une « patrie » dans l'Est, protestations ferventes et répétitives de son amour : tout cela disparaissait après le premier paragraphe. Le reste, quatre pages d'une écriture dense, était évidemment dans un style ésopique, une fable se développant en trois étapes. Elle décrivait l'agencement d'un vase de fleurs, puis la préparation et la consommation d'un énorme repas. C'était facile à traduire : une exhibition marathon (avec de nombreuses poses aguichantes), des saturnales de préliminaires, et la masse noire d'un coït de contorsionniste. Même son écriture, bien que minuscule, avait l'air complètement indécente, dévergondée — toute honte bue.

Lev sortit et j'entrai.

Les visites conjugales, dans la Maison des Rencontres, n'avaient pas encore commencé. La sienne allait encore devoir attendre trois ans et demi.

La brigade de Lev, ce matin-là (14 février 1953) avait été réaffectée et rééquipée, elle démarra tardivement. Les porcs arrêtèrent la colonne alors qu'elle traversait le secteur. Et l'un d'eux annonça :

« Nous avons un visiteur distingué. Messieurs ? Voici le camarade Uglik. »

Uglik ? Enlève l'uniforme (et les bottes de cheval, et le foulard), et il ressemblait davantage à un urka qu'à un porc. Et les urkas, il faut le dire, étaient physiquement impressionnants. On se surprenait parfois à penser que, si la vie humaine devait s'achever à vingt-cinq ans, alors être un urka pouvait paraître une chose raisonnable. Tandis que, avec les porcs, la seule suggestion d'humidité et de mobilité dans leur visage gris et fermé était la vague moiteur scatologique qu'ils dégageaient quand ils étaient excités. Uglik ne resta avec nous qu'une semaine, et ne fut actif parmi nous qu'un jour et une nuit. Mais personne ne l'oublia jamais vraiment.

Son visage était soigné, rose et sensuel, avec des lèvres chaudes, moites, qui faisaient volontiers la moue. Ses yeux étaient littéralement flamboyants. En regardant ces yeux, on ne ressentait pas seulement de la peur mais également le genre de dépression qui met généralement une semaine à s'installer. Ses yeux étaient fastidieusement vigoureux. Uglik, je crois, venait du futur. Jusqu'à présent, le gardien type du Goulag était le produit du résidu dormant que l'on rencontre dans toutes les sociétés : ils étaient sadiques et arriérés (les plus pâles et les plus suintants des onanistes), à présent dotés d'un immense pouvoir ; et dans leurs meilleurs moments, les moments de clarté et de candeur, ils en étaient conscients. C'était pour cela qu'ils préféraient de loin tourmenter un cosmologiste ou un danseur classique qu'un violeur ou un assassin. Ils voulaient quelqu'un de bien. Élevé comme un porc, par un porc, Uglik était différent. Lui, il ne s'était jamais senti arriéré. Et, comme il n'était pas prisonnier d'une honte consciente, il avait eu le temps de devenir extraverti. Il était, par ailleurs, alcoolique. Telle était la raison de sa présence ici, il avait été rétrogradé et puni après une série d'actes déshonorants dans divers camps du sud de l'Asie centrale. Ils nous envoyaient leurs égarés. Il restait à Uglik deux mois à vivre.

« Voici le camarade Uglik. » Les gardes stoppèrent l'équipe de travail — l'équipe de travail de Lev — et on demanda au camarade Uglik de l'inspecter. Il se déplaça d'épouvantail en épouvantail, avec grâce, un genou légèrement plié, un sourire raffiné — comme si, m'expliqua Lev, il choisissait un partenaire pour danser. Ce qui était le cas. Il désirait un partenaire jeune et fort, parce qu'il voulait que la danse dure longtemps. Il finit par arrêter son choix sur le candidat (Rovno, le grand Ukrainien) et l'infraction (coiffure impropre). Puis Uglik fit jouer ses doigts dressés pour les introduire dans une paire de gants en cuir noir.

En général un porc vous tabassait plus ou moins avec méthode, comme un homme abat un arbre. Uglik, évidemment, avait l'intention de faire une démonstration, ce qu'il fit, avec force feintes et virevoltes, et quelques petits pas nonchalants de toréador, fesses serrées — de brefs intervalles pour les applaudissements tacites. Il n'était ni très gros ni très couperosé — d'ailleurs, à cette heure-là, il n'avait pas encore commencé à souffler et à transpirer profusément, il n'était pas encore très soûl... Les choses se gâtèrent pour Lev quand quelqu'un près de lui cria — un seul mot et, dans ces circonstances, le pire mot possible. Le mot *pédé*. La tête d'Uglik se tourna vers lui, dit Lev, comme une girouette fouettée par le vent. Il s'avança.

137

Il choisit Lev, je crois, parce que cette fois-ci il voulait quelqu'un de petit. Un double coup sur les oreilles avec les paumes raidies de la main. Tous ceux qui étaient présents se souvenaient d'une claque qui résonnait, mais Lev se souvenait d'une détonation.

Ce ne fut pas le dernier des exploits d'Uglik pendant son court séjour chez nous. Tard le soir, il rendit visite au bloc des femmes. Là, il s'appliqua également : il ne viola pas — il se contenta de frapper. Et pour finir, en retournant au corps de garde, il réussit à s'écrouler et à perdre conscience sous le portail en bois de l'usine de jouets. Uglik passa cinq heures par moins quarante degrés. Il avait toujours ses gants.

Rovno, le garçon de ferme géant, ne tarda pas à récupérer. Quant à Lev — cette nuit-là, au baraquement, il était couché sur le dos, et deux vers de mucosités ensanglantées sortaient de sa tête en ondulant. La conversation autour de lui avait pour sujet comment et quand se venger, mais Lev n'était que Lev, même à ce moment-là. « C'est une provocation, répétait-il sans cesse. *Uglik* est une provocation. » Et quelques hommes le prenaient désormais en considération. « Ne vous y laissez pas prendre. Il ne faut pas s'y laisser prendre. » Puis il tourna son regard vers moi et dit tout à coup : « Est-ce que vous entendez ma voix ? »

L'entendre ? demandai-je.

« L'entendre. Parce que moi, je ne l'entends pas. Je ne l'entends que de l'intérieur. »

Trois jours plus tard, nous eûmes l'occasion d'observer Uglik pendant une heure entière. Et même dans notre monde, Vénus, même dans notre monde de siamois et de sirènes et de femmes à barbe, ce fut un sacré spectacle.

Nous étions à l'atelier, dans l'ombre éternellement sans soleil de son long avant-toit, et nous avions une vue parfaite du porche de l'infirmerie, où Uglik était assis dans un fauteuil à bascule, sous une couette, en pardessus, ses bottes aux pieds. Il ne portait pas de gants. En silence, nous nous rassemblâmes à la fenêtre. L'intention immédiate d'Uglik, apparemment, était de fumer une cigarette — mais ce n'était plus dorénavant une affaire aussi simple. Janusz introduisit la cigarette entre les lèvres d'Uglik et la lui alluma, puis se retira.

Et nous étions là, à la fenêtre, six ou sept d'entre nous, nos outils à la main. Personne ne bougeait... Uglik paraissait fumer tout à fait confortablement, mais toutes les deux ou trois secondes, il levait une main bandée, puis l'autre, jusqu'à sa bouche avant de réaliser, encore et encore, qu'il n'avait plus de mains. Pour finir, ayant craché le mégot par-dessus la balustrade, il se rendit compte, un moment plus tard, qu'il allait bientôt vouloir fumer une autre cigarette. Il frappa le paquet, qui tomba par terre, et il le poussa du pied ; il s'agenouilla, tenta d'utiliser les moignons à l'extrémité de ses avant-bras comme des leviers ou des pinces ; puis il se coucha sur le ventre et, à la manière d'un homme cherchant à posséder le plancher, cherchant à le pénétrer, à l'embrasser, il se trémoussa et se secoua jusqu'à parvenir à en aspirer une avec ses lèvres tâtonnantes.

Et naturellement, ce n'était pas fini. Tu comprends : observer un porc gâcher le comptage des hommes, voire le comptage des bols, ou des cuillères ; l'observer faire une pause, froncer les sourcils, et recommencer — pendant un instant, c'est comme revenir à l'école, quand on se rend compte de l'absurdité, de l'illégitimité secrète du pouvoir des adultes. Ça donne envie de rire. Mais ça, c'est en liberté. C'est différent, quand on est dans une colonie pénitentiaire. Nous étions là, à la fenêtre de l'atelier de menuiserie. Personne ne riait. Personne ne parlait et personne ne bougeait.

Avec toutes les apparences d'une immense satisfaction, Uglik retourna s'asseoir dans son fauteuil à bascule, sa tête posée bien en arrière : la cigarette verticale ressemblait maintenant à un piccolo dont les trilles allaient faire l'éloge d'Uglik. Il tapota ses poches et entendit (sans doute) le sympathique cliquetis de sa boîte d'allumettes ; il essaya de la prendre. Il y eut un insupportable interlude de silence complet avant qu'il se mette à hurler de toutes ses forces pour faire venir Janusz.

Nous l'entendîmes dire, sur le ton de la conversation (et à plusieurs reprises) : « *On ne m'avait pas dit — on ne m'a jamais dit qu'il pouvait faire aussi froid dans l'Arctique.* »

Et lorsque Janusz se retira une fois de plus, Uglik, avec un tressaillement, lui tendit une seconde sa main droite disparue.

Tu comprends, Uglik pensait aussi à autre chose : une crainte mortelle. Ses activités dans le bloc des femmes, cette première nuit, avaient suscité une pétition, une manifestation, et maintenant une grève. Cela allait être remarqué. Et pour finir, tout ça s'additionnait pour Uglik — oui, un destin pénible attendait le camarade Uglik.

Un groupe de personnes transférées de la Kolyma nous rapporta toute l'histoire le printemps suivant. Rappelé à Moscou, Uglik passa en jugement et fut facétieusement condamné à un an dans les mines d'or du plus lointain Nord-Est. Il n'extrayait pas d'or et n'eut donc pas droit à la nourriture ; en conséquence, il devint plus ou moins sur-le-champ un bouffeur de merde et en outre — nécessairement — un bouffeur de merde à quatre pattes. Il mourut de faim et de démence en moins d'un mois. Savoir ça n'aurait pas allégé nos pensées et nos sentiments tandis que nous le regardions depuis la fenêtre de l'atelier de menuiserie.

Il était dans la nature de la vie du camp que nous devions souffrir, même pour Uglik — pour Uglik, avec Uglik. Même Lev, avec sa tête qui résonnait comme un gong, son oreille gauche déjà infectée et pétillant maintenant du peroxyde de Janusz, ses gyroscopes internes ondoyant de nausée et de vertige. Nous ne pouvions que regarder, tous jusqu'au dernier, avec horreur et scepticisme. Il ne s'agissait pas seulement de la terrible symétrie de ses blessures — semblables au résultat d'une punition barbare. Non. Uglik nous montrait exactement l'état des choses. Il était notre maître : l'homme que la peur rendait tellement bête qu'il en oubliait qu'il n'avait pas de mains.

Je jetai un coup d'œil à Lev. Et ce fut alors, je crois,

que l'idée nous vint, à mon frère et à moi — le soupçon de ce que ceci pouvait comporter comme signification supplémentaire. Je me rendis compte que ce soupçon était insupportable, et je m'en débarrassai en frissonnant. Mais j'avais déjà entendu le chuchotement, qui disait... Les Uglik et les fils des Uglik, et la réalité qui les produisait : tout cela viendrait à disparaître. Et pourtant il y avait autre chose, quelque chose qui ne disparaîtrait jamais, qui ne faisait que commencer.

Uglik cracha sa seconde cigarette, essuya son nez sur son moignon, et rentra en poussant la porte de l'épaule.

Le 5 mars, on nous assembla dans la cour pour nous annoncer la mort du grand dirigeant des hommes libres du monde entier. Silence dans toute la zona, un silence d'une qualité rare : je me rappelle avoir écouté les bruits de métro que faisaient les connexions et les conduits dans mes sinus. C'était le silence du vide. Depuis au moins cinq ou six ans, une rumeur intense courait dans le camp, ranimée tous les jours voire toutes les heures — une rumeur qui rapprochait Joseph Vissarionovitch toujours davantage des portes de la mort. Et nous étions désormais en présence d'un vide. Désormais il n'était nulle part. Mais il avait été partout.

Dès ce jour-là, l'affrontement se dessina devant nous. Pas d'amnisties (pour les politiques), provocations plus fréquentes et plus outrancières (des Uglik plus nombreux), et l'impatience incontrôlable des hommes — absolument tous à l'exception de Lev.

142

Donc, c'était clair, nous allions nous soulever. Et les porcs ne pourraient pas nous contenir. Tout cela s'acheva le 4 août, avec des troupes de la Tcheka, des voitures de pompiers et des camions blindés sur lesquels étaient installées des mitrailleuses.

Nous avons un peu de temps, dis-je. Un peu de temps, toi et moi. Et ensuite, tu vas devoir venir et prendre position.

Lev était seul dans le baraquement. Il était assis à la table près du poêle (inactif pendant l'unique mois d'été), ses mains croisées devant lui à la manière d'un juge.

« Ah, Spartacus, dit-il. *Bon Dieu*, qu'est-ce que c'était ? Une barricade ? »

Ils nettoyaient la zona tout entière, secteur après secteur. Le bruit des cris, des coups de feu et des murs que les bulldozers démolissaient allait et venait dans le vent chaud.

Je dis : Les femmes sont là-bas. Tous ceux qui sont capables de marcher sont là-bas, en rang. Ils se tiennent par le bras. Tu n'as pas le choix. Quand tout ça sera terminé, tu crois que les hommes pourront supporter ta présence ?

« Hum, le truc mouillé. S'il y a *encore* des hommes, quand ce sera terminé. Je ne serais pas surpris qu'ils tuent également tous les porcs. Une cigarette, mon frère. Oui, allez, une cigarette contemplative... »

Il avait une voix neuve, ou une nouvelle intonation : précise, presque légaliste, et légèrement démente. Une voix de solitaire.

« Tu sais, dit-il, les massacres *veulent* arriver. Ils ne sont pas neutres. Tu te souviens du comptage des fascistes en... attends, en 50 ? Quand le mirador surchargé s'est effondré. C'était sacrément drôle, pas vrai ? Comment il est tombé — comme un ascenseur dont le câble s'est rompu. Mais alors on a entendu le bruit de tous les fusils qu'on armait. Et tous les hommes avaient un rire dans la poitrine, un volcan de rire. Un seul fou rire et ce serait arrivé. Le massacre des hommes qui riaient. J'ai compris alors que les massacres *veulent* arriver. Les massacres *veulent* qu'il y ait des massacres. »

Eh bien, toi aussi, tu devrais vouloir un massacre. Et un massacre complet.

« Oui, j'ai déjà été menacé. C'est comme une unité de défense à l'armée, pas vrai ? Une mort probable, avec tous les honneurs, à l'avant. Ou une mort certaine, dans l'ignominie, à l'arrière. Finis ta cigarette. Je me suis mis à chanter cet air : *Let's Smoke*. »

Et il y a d'autres raisons, dis-je. Si tu restes assis sur ton banc, toute ta vie tu te considéreras comme une merde.

« C'est-à-dire que je ne vais pas ne *pas* me considérer comme une merde pendant longtemps, pas vrai ? J'ai écouté la radio avec Janusz. Les choses vont mieux en liberté maintenant. Les *Docteurs* ont tous été graciés. "La grippe" — elle est morte quand il est mort. Zoya n'est pas au Birobidjan. Elle est sans doute rentrée à Moscou. Dans son grenier. L'avenir paraît plutôt rose. »

144

Tu n'écriras plus jamais un autre poème. Et tu ne baiseras jamais ta femme...

« ... Là, tu es enfin parvenu à me convaincre, mon frère. Je peux aller là-bas et monter sur une caisse pour leur dire de ne pas répondre aux provocations, de rentrer dans les baraquements et d'attendre. Ou bien je peux aller là-bas et participer. Tu sais qu'ils vont tuer tous les meneurs. Tu risques de mourir au moins dix fois plus que moi. Je n'avais pas compris jusqu'à présent, dit-il, à quel point tu es un romantique. »

Qu'elle ait été provoquée ou pas, la Rébellion du Norlag fut, je crois, une chose pleine de beauté héroïque. Je ne peux, ni ne veux renoncer à ça. Nous étions prêts à mourir. J'ai connu la guerre, et ce n'était pas comme la guerre. Je vais t'expliquer. Tu te trompes, ma chérie, mon trésor, si tu crois qu'au cours des heures qui précèdent la bataille, le cœur de tous les hommes est rempli de haine. C'est là qu'est l'ironie, la tragédie de tout ça. Le soleil se lève sur la plaine où les deux armées se font face. Et le cœur de chaque homme est chargé d'amour — d'amour pour sa propre vie, pour toute vie, n'importe quelle vie. D'amour, pas de haine. Et on ne voit apparaître la haine, qu'il faut pourtant trouver, que lorsque l'on fait le premier pas dans l'orage d'acier. Le 4 août, l'amour était toujours présent, même en fin de journée. C'était... c'était pareil à Dieu. Et pas un Dieu russe. C'était magnifique, comment nous nous tenions tous par le bras. Tous, les femmes, Lev, tout le monde, même les bouffeurs de merde, debout, nous nous tenions par le bras.

Deux jours plus tard, j'étais dans un camp de filtrage dans la toundra, attendant d'être à nouveau condamné ou d'être exécuté. Semyon et Johnreed avaient déjà été fusillés lorsque les avions étaient arrivés de Moscou. Beria était tombé. L'homme choisi pour l'arrêter était mon maréchal, Gueorgui Joukov. J'aime beaucoup qu'il en ait été ainsi. Lavrenti Beria, le pervers malin, leva le regard de son bureau et vit sa némésis : l'homme qui avait gagné la Seconde Guerre mondiale... Je fus transféré sans raison à Krasnoïarsk, puis rembarqué sur le Ienisseï au printemps suivant. À l'époque de mon retour, un dortoir abandonné sur le flanc du mont Schweinsteiger était en travaux et allait devenir la Maison des Rencontres.

Le 5 août 1953, après vingt-huit heures de chirurgie d'urgence, Janusz se regarda dans le miroir : il crut qu'il y avait du talc sous sa calotte. Ses cheveux étaient devenus tout blancs.

Plus ou moins à la même époque, lors d'une autre affaire liée à ma famille et à la mort de Joseph Vissarionovitch, Vadim, mon demi-frère, le faux jumeau de Lev, fut tabassé à mort alors qu'il participait à la répression des grèves et des émeutes à Berlin-Est.

5

« *C'est un sacré paradis qui t'attend là-dedans* »

Ainsi nous arrivons aux visites conjugales. Et rappelle-toi : la vie était facile, alors, en 1956.

Les épouses avaient commencé à arriver au camp deux ans plus tôt, mais c'était un droit qui n'était accordé qu'aux plus forts des travailleurs forts. Voilà donc ce que devint Lev, une fois de plus. En repensant à lui aujourd'hui, je vois une version miniature des affiches et des toiles d'une époque révolue — les grosses gouttes de sueur, les veines protubérantes sur les bras, et même le regard d'acier trempé qui s'élance vers l'avenir. Il accomplissait le travail, et le droit lui fut accordé. À présent, cependant, la question était la suivante : le voulait-il ? Qui le voulait, ce droit ?

Étant donné la variété et l'intensité des souffrances qu'il provoquait chaque fois, j'étais étonné de voir à quel point il était convoité et ardemment réclamé : le chalet à flanc de colline. J'étudiai de très près ce rite de passage — sans pourtant beaucoup y réfléchir, je l'avoue, surtout au début. Pour les maris, la visite conjugale signifiait un rasage de crâne, une désinfection, un jet prolongé sous le tuyau d'incendie. Ils sortaient des bains récurés et méconnaissables, aiguillonnés, sur le qui-vive, avec des vêtements qui n'étaient plus raidis par la crasse mais par le mordant de détergents féroces. Puis, avec toute l'apparence de l'appétit et de l'ardeur, ils se précipitaient, sous garde légère, vers la Maison des Rencontres. Et le lendemain, lorsque chaque misérable épave redescendait de la colline en titubant, je me mettais à penser : Tu l'as réclamé. Nous nous sommes battus pour ça. Et maintenant, quoi ?

Mais bientôt, le sens de tout cela vint s'appesantir sur moi, et je m'inclinai devant ce pouvoir accru. On avait vraiment l'impression que tel était l'objectif du système dominant : pousser chacun d'entre nous dans le coin le plus étroit possible. En liberté, on parlait de « vivre dans les coins ». Quatre personnes ou quatre couples ou quatre familles par pièce, vivant dans les coins. Les femmes qui venaient à la Maison des Rencontres appartenaient à une catégorie à part : elles étaient les épouses d'ennemis du peuple, et elles vivaient sous un système de persécution spécifique, là-bas dans la grande zona. Et pas seulement les épouses : les familles tout entières. Ces vastes pièces du chalet à flanc de colline étaient en fait surpeuplées ; tentacules liquides d'injustice et de culpabilité s'agitant sur la tête de la pieuvre, dont nous étions le bec.

Tous les hommes étaient différents. Mais l'étaient-ils vraiment ? Il y avait un thème commun, je crois. Et ce thème était l'anémie chronique. Ils auraient voulu du sang rouge dans leurs veines ; mais leur sang était d'un blanc aqueux. Le visage de cet homme est un aveu d'échec, son corps en est l'aveu : la bouche déformée, la faiblesse, les membres en coton. Cet homme revendique le succès : il vous écrase contre le mur et, avec un murmure menaçant, en regardant derrière vous ou au-delà, vous dit ce qu'il lui a fait, à celui-ci, et à celle-là. Et leur cœur aussi était sans défense. Cet homme vient d'apprendre que son mariage est terminé et que ses enfants ont été confiés à l'État : il s'en faut de peu qu'il aille se promener jusqu'au périmètre. Cet homme-ci paraît regonflé de manière plus ou moins convaincante, bien qu'il soit toujours pensif et souvent larmoyant : il reprend les mesures et réévalue ses pertes — et c'était sans doute là ce que l'on pouvait espérer de mieux. Ce à quoi l'on avait droit, c'était à la première vague du reste de sa vie. On apercevait l'accumulation de toute la complexité qui nous attendait une fois qu'on serait libres. Tout le monde marchait précautionneusement autour de ces hommes et de leur chape de solitude.

Tu comprends, la Maison des Rencontres était aussi et toujours une maison des séparations — même dans le meilleur des cas. Il y avait une rencontre, et il y avait un départ, et puis les années de séparation reprenaient.

À présent, chaque fois que le travail me faisait grimper la petite allée très raide et que je voyais les tuiles blanches sur le toit du chalet, les bonnes tuiles blanches contre la masse noire du mont Schweinsteiger, je ressentais la même chose que quand je passais

149

devant l'isolateur et son double encerclement de fils de fer barbelés.

Le jour arriva : 31 juillet 1956. Le soir arriva.

J'allai le chercher aux bains. Il était seul au vestiaire, tout au fond, sur une planche de lumière jaune. Ce qui existait entre nous à présent était une sorte de codépendance. De l'amour aussi, mais dans le malentendu, et jamais davantage que ce jour-là, ce soir-là.

Elle est ici, dis-je. Les Amériques sont là. Ils lui font remplir les documents.

Il hocha la tête, et soupira profondément. Ce n'était plus guère probable, mais ils auraient très bien pu renvoyer Zoya chez elle, sous les quolibets ; ou bien ils accorderaient à Lev une demi-heure avec elle au corps de garde, un porc assis entre eux, occupé à se curer les dents... Lev avait le crâne rasé, il était épouillé et avait été passé au jet. Il dansait légèrement sur place, tel un poids plume avant un combat qu'il s'attend à gagner.

Nous sortîmes de la zona, sous escorte, nous passâmes derrière les barbelés, sur le tapis de fleurs sauvages, et nous grimpâmes le raidillon, puis les cinq marches en pierre menant à l'annexe — ce rêve compact et docile de bon ton et de repos, avec les rideaux, l'abat-jour, le plateau du dîner sur le fauteuil sans dossier. Le thermos de vodka, les bougies qui, pendant cette nuit blanche, ne seraient pas vraiment nécessaires. Je n'avais pas perçu beaucoup d'anxiété, jusqu'alors, chez mon frère cadet. Il était jeune. Il était extraordinairement en forme. Son oreille gauche était morte mais n'était plus infectée. Il dormait sur les couchettes supérieures et mangeait une ration complète plus vingt-cinq pour cent.

Ce fut alors qu'il broncha. Les deux chevrons inversés au milieu du front, le rictus implorant qui ne pouvait pas ne pas être là : la peur de l'échec. La peur de l'échec, sans doute présente pour que les hommes restent honnêtes, mais qui en fin de compte les rendait fous.

Tu te souviens de ce que je lui ai dit ? C'est un sacré paradis qui t'attend là-dedans. Je dis également : Écoute. Dis-moi d'aller me faire foutre et tout le reste, mais voici un conseil. N'en attends pas trop. *Elle* n'en attendra pas trop. Alors, toi non plus.

« Je ne crois pas que j'en attende trop. »

Nous nous étreignîmes. Lorsque je me courbai pour sortir, je vis ce petit truc sur l'appui de la fenêtre, l'éprouvette, avec une base arrondie, maintenue par un cadre en bois, sculpté à la main, et une seule fleur sans tige — d'un rouge rubis amoureux.

Je t'ai déjà parlé de la soirée du 31 juillet.

La Cafétéria du Comte Krzysztov. En essayant de ne pas rire, il me servit une tasse de boue noire et brûlante. En essayant de ne pas rire, je la bus.

Dis donc, Krzysztov, dis-je. Pourquoi tu as besoin de tous ces zeds et de tout le reste au milieu de ton nom ? Pourquoi pas simplement Krystov ?

« Pas *Krystov*, dit-il. Krzysztov ! »

Il y avait la conférence sur l'Iran, à laquelle je n'assistai pas. Il y avait mon rendez-vous avec Tanya : sa bouche crantée, comme une cicatrice, marquant le temps dans ce qui avait autrefois été son visage. Elle avait vingt-quatre ans. Minuit arriva, minuit passa.

Imiter un homme raisonnable : c'est fatigant. Imiter une personne raisonnablement bonne. C'est également fatigant. J'aurais dû dormir, évidemment. Mais comment y parvenir ? J'avais vu une femme qui ressemblait à une femme : Zoya, de profil, et son corps tout entier était en mouvement sous la robe en coton blanc, une main levée pour tenir l'imperméable jeté sur son épaule, l'autre balançant un sac en paille plein à craquer, l'arrière-train brésilien, les seins californiens, et tout cela en syncope, à contretemps, tandis qu'elle avançait sur le sentier de la Maison des Rencontres, où se trouvait Lev.

Autour de moi, dans les ténèbres, les prisonniers avalaient le repas de rêve, l'engloutissaient, le dévoraient. Je connaissais ce rêve, nous le connaissions tous, avec des miches de pain couleur de miel ou de moutarde qui passaient autour de nous et se transformaient en vapeur dans nos mains, sur nos lèvres, sur notre langue.

J'avais autre chose dans la bouche. Toute la nuit je marchai et je rampai dans un paysage recouvert de sable, un désert où chaque grain de sable, tôt ou tard, se trouverait un instant entre mes dents.

Lorsque je le revis, par-delà la barrière, je crus, je le jure devant Dieu, qu'il avait été aveuglé durant la nuit. On le conduisait par le bras, ou on le tirait par la manche. Puis le porc le lança tout simplement dans la cour. Lev décrivit un cercle complet, tituba, se redressa et finit enfin par avancer.

Je repensai à son arrivée, au milieu de ce février de 1948, lorsqu'il avait tâtonné pour sortir du hangar de décontamination et qu'il avait progressé dans les ténèbres, un pied après l'autre — mais pas lentement, parce qu'il savait alors qu'il y avait toujours de grandes distances à franchir. À présent, il se déplaçait lentement. À présent, il était héméralope à midi. Lorsqu'il s'approcha, je vis que c'était plus simple que ça et qu'il ne s'intéressait absolument pas à ce qui était à plus de trois centimètres de son visage. Ses yeux, plus exactement, étaient dirigés vers l'intérieur, où ils faisaient œuvre de réduction, de rétrogression interne. Lev passa devant moi. Ses mâchoires s'activaient, comme s'il suçait avec détermination une pastille ou un bonbon. Quelque bonbon gardé, peut-être, glissé dans sa bouche, à l'instant de la séparation, par Zoya ? Je n'y croyais pas. Je croyais plutôt qu'il essayait de chasser de sa bouche un goût nouveau.

Naturellement, je n'avais pas la moindre idée de ce qui s'était passé entre eux. Mais j'en ressentis le poids d'une façon qui continua à me frapper pendant quelque temps comme étant tangentielle et perverse. Elle disparut sans même un soupir — toute mon espérance sociale. Plus spécifiquement, je cessai de croire, alors, là-bas, que la société humaine puisse jamais parvenir à quelque chose de *simplement un peu meilleur* que tout ce qui était advenu auparavant. Je sais que tu dois penser que ma croyance sur ce point s'est évaporée avec une lenteur consternante. Mais j'étais jeune. Et pendant deux mois, au cours du printemps et de l'été 1953, même ici, j'avais connu l'utopie, et j'avais goûté la sublimité et l'amour.

Durant les soixante-douze heures qui suivirent, il resta étendu à plat ventre sur sa couchette. Même les gardes ne tentèrent pas de le faire bouger. Mais ça ne pouvait pas durer. Le troisième matin, j'attendis que le baraquement se vide, puis je m'approchai. Je me penchai sur sa forme recroquevillée. Marmonnant, murmurant, je frottai ses épaules jusqu'à ce qu'il ouvre les yeux. Je dis :

Aujourd'hui travail, mon frère. Aujourd'hui manger.

Et je le décollai des planches et l'aidai à descendre.

Écoute, dis-je, tu ne peux pas rester indéfiniment silencieux. Quelle est la pire chose qui a pu se produire ? Bon. Elle te quitte.

Son menton se releva d'un coup et j'eus ses narines devant les yeux. Je ne pense pas que Lev s'en soit rendu compte avant ce moment-là. Son bégaiement était revenu.

« Me quitter ? » parvint-il finalement à dire. Et il poursuivit, à grand-peine. « Non. Elle veut se remarier. Correctement. Elle a dit qu'elle me suivrait partout. "Comme un chien." »

Alors, tout est clair, dis-je. Tu n'as pas pu. Personne ne peut, pas ici. Tu sais, dans toute l'histoire d'ici, je ne crois pas qu'il y ait eu une seule baise dans la Maison des Rencontres.

« Si, j'ai pu. Tout s'est bien passé. »

154

Alors dis-moi.

« Je te le dirai avant de mourir. » Et il lui fallut très longtemps pour sortir ça. Et il ajouta, en luttant contre cette chose, en lui opposant toutes ses forces : « Je suis passé de l'autre côté, dans l'autre moitié de ma vie. »

Tout ce qu'on pouvait faire pour lui, c'était l'aider avec ses normes et avec ses rations. Mais il était incapable de manger. Il essaya encore et encore, mais il était incapable de manger. Il détournait son visage. Il buvait l'eau, et il parvenait parfois à avaler le thé. Mais rien de solide ne franchit ses lèvres jusqu'en septembre. Personne ne se moqua, ne sourit ni ne fit le moindre commentaire. Ses tentatives pour travailler, pour manger, pour parler — tout cela était respecté en silence par tous les prisonniers.

Mais moi, de mon côté, j'avais traversé et atteint l'autre moitié de ma vie : la meilleure moitié. Il traversa et, moi aussi, je traversai. Nous traversâmes.

À ce moment-là, le camp commença tout simplement à disparaître autour de nous. On était en train de tout démolir, et les détenus n'étaient plus qu'une gêne - -nous gênions tout le monde. À mesure que la liberté approchait, je me lançais dans l'inactivité. Lev renoua petit à petit avec son régime précédent — les bonds sur place en agitant les bras, les interminables sauts à la corde ; il était redevenu un boxeur, mais avec le dégoût et l'air somnolent de quelqu'un à qui on demande de se battre contre bien plus lourd que lui. Nous fûmes plus ou moins les derniers à partir.

155

Ils avaient quasiment démoli les poutres au-dessus de nos têtes. Et quand il n'y eut plus de prison, ils laissèrent simplement les prisonniers filer comme ils voulaient. Lev s'en alla le premier.

Je dus attendre trois semaines pour les tampons. Mais rien ne m'effrayait, ne m'inquiétait ni ne m'ennuyait. Je me foutais de tout : la non-apparition de mon Certificat de Réhabilitation, le bon de voyage en train sans aucune priorité, la « ration de voyage » en pain. Je me foutais même de la gare de Predposylov — à première vue une impossibilité évidente, car des douzaines de personnes se disputaient chaque siège. Je retroussai mes manches et pris place dans la file.

Vingt-quatre heures plus tard, avec du sang séché sur les joues et les phalanges, en me calant lorsque je m'installai dans mon recoin, je me tournai et vis un visage pressé contre la vitre. Je me mis debout sur le banc et je hurlai à travers la fente :

Depuis combien de temps tu es là ?

« *Depuis toujours. Je veux rentrer.* »

Mais évidemment.

Il secoua la tête. « *Pas là-bas. Là-bas.* »

Donc, nouveau combat, affronter une fois de plus les membres et les torses désormais coincés de manière irrémédiable, et rebrousser chemin, et rebrousser chemin, pour asseoir Lev à ma place.

Vous en faites pas, vous en faites pas, criai-je mécaniquement. Vous en faites pas — il n'est pas bien grand. Il est plus petit que moi. Il est petit. Vous en faites pas, vous en faites pas.

TROISIÈME PARTIE

1

3 septembre 2004 : Predposylov

Aujourd'hui, il y a un article dans le journal local sur les chiens sauvages de Predposylov. Le journaliste n'arrête pas de qualifier les chiens de « sauvages », mais il souligne avec terreur leur discipline et leur *esprit de corps*. Il raconte les « attaques coordonnées » qu'ils lancent contre les étals et les magasins, particulièrement contre celui d'un boucher, chez qui ils étaient arrivés par la cour arrière pour « s'emparer » de cinq terrines de viande, de trois poulets et d'un chapelet de saucisses. Le raid, disait-il, avait été planifié par le chien « éclaireur », qui avait aboyé le feu vert au chien « alpha ».

Avec grande pertinence, l'auteur de l'article compare les chiens sauvages de Predposylov aux chiens « mutants » de Moscou. Les chiens mutants de Moscou ne sont pas appelés mutants parce qu'ils ont deux têtes et deux queues. Ils sont appelés mutants parce qu'ils vivent dans le métro et voyagent dans les rames. Tu seras intriguée d'apprendre que j'ai un jour partagé un wagon avec un pigeon mutant dans le métro de

Londres. Il monta à Westminster et descendit à St James's Park.

Une « source officielle » prétend que les chiens sauvages de Predposylov sont responsables de l'agression brutale d'un gamin de cinq ans sur un terrain de jeux municipal. Il y a un dessin du terrain de jeux — un mignon pastel. Il y a une photo du gamin de cinq ans — entièrement déchiqueté. À présent, la rumeur de l'arrivée des chiens sauvages suffit à vider une rue, un parc.

On me dit, ici, à l'hôtel, que les chiens empruntent la ruelle qui longe les cuisines, tous les jours, à treize heures vingt-cinq. Le type me dit qu'on peut régler sa montre sur leur arrivée. Je vais jeter un coup d'œil de plus près aux chiens sauvages de Predposylov.

Quoi que l'on soit tenté de dire sur l'endroit, Doudinka est une proposition tout à fait raisonnable. Si on a du bois, et du charbon, et qu'on se trouve sur une grosse rivière, alors on obtient quelque chose qui ressemble beaucoup à Doudinka.

Doudinka se trouve là depuis presque trois siècles. Predposylov est là depuis 1944. Et ce n'est pas un agrégat, comme Doudinka, mais quelque chose posé là d'un bloc au petit bonheur la chance — Leninsky Prospekt, Maison de la Culture, Théâtre dramatique, Salle des Sports, Siège du Parti et, plus récemment, Musée social et historique. Pourquoi une ville ? Un site minier, oui, un ensemble d'usines, sans doute ; et, s'il le faut, un camp de travaux forcés pour soixante mille personnes. Mais pourquoi construire une *ville* aussi près du pôle Nord ?

Quand je sortis de Norlag, j'eus l'impression, pendant près d'un an, de marcher sur les coquilles d'œuf de la liberté. Ce sentiment m'a de nouveau saisi ici, ce dynamisme désagréable dans les tibias, l'écœurante lévitation de la moelle épinière. Predposylov est creux. Sous la ville s'étendent des mines jusqu'à presque deux kilomètres de profondeur. Le sol lui-même est une carapace à travers laquelle le pied pourrait s'enfoncer. Et puis il y a le mont Schweinsteiger, un œuf noir dans sa soucoupe, complètement vidé.

Ce n'est plus le Deuxième Monde. Ce n'est même pas le Tiers Monde. C'est le Quart Monde. C'est ce qui se passe *après*. Déjà inhabitable selon toutes les normes raisonnables, Predposylov a fini par devenir l'endroit le plus sale du monde. À l'hôtel se trouvent des écologistes incrédules venus de Finlande, du Japon, du Canada. Et pourtant les citoyens tourbillonnent, et les cheminées du Kombinat vomissent avec fierté.

Je suis l'homme le plus vieux de Predposylov, avec une avance de trente-cinq ans.

En fin de soirée, je vais voir à quoi ressemble un club qui s'appelle le Soixante-Neuf (le nom fait référence au parallèle). Il y a là un chanteur de charme, presleyesque (dernière période), en pattes d'ef blanches dramatiquement ondoyantes. Et il y a des serveuses en string, et un grouillement de prostituées, et des films porno soft qui passent sur des écrans surélevés. Non, je ne suis pas dégoûté. Je serais plutôt dégoûtant. Tout le monde me regarde, comme si les gens n'avaient encore jamais vu un vieillard. D'autres personnes aussi vieilles que moi, voire plus vieilles, existent, n'est-ce pas, Vénus ? Mais en fait, tout ce truc traîne depuis bien trop longtemps.

Mon projet est de soûler ma gueule de bois. Mais je ne vais pas jusqu'au bout, pas vraiment. Ma gueule de bois n'est pas une gueule de bois. Je m'étais trompé. C'est la mort. Il y a quelque chose au centre de mon cerveau, quelque chose comme un éternuement bloqué. Qui chatouille. Et l'air, ici, me pique les yeux et les fait pleurer.

En plus de tout ça, je vis désormais dans un état de colère permanent. Je me suis mis en colère il y a trois jours et je ne suis toujours pas revenu à la normale. Je suis également très volubile et on me craint déjà beaucoup, dans ce bar, employés et clients confondus. Étant resté si longtemps silencieux, je ressemble maintenant à une version bien plus tapageuse du Vieux Marin de Coleridge. La convention, au bar, veut que ce soit moi qui paye tout, mais c'est aussi moi qui parle tout le temps. Parfois, je prends une liasse de billets dans mon portefeuille et je sors de la salle avec brusquerie, en quête de quelqu'un à engueuler.

J'ai un peu potassé, et ça présente un intérêt tout particulier pour toi, Vénus, toi qui appartiens à une génération d'automutilateurs. Je veux parler du destin historique des urkas.

Bon, je n'ai aucune intention de rouvrir notre

débat (appelons-le comme ça) au sujet de la boule sur ton menton. La chair vulnérable du lobe de l'oreille, oui, naturellement — mais pourquoi le menton ? Je sais : c'est étrangement réconfortant (prétendais-tu) de diriger nos sentiments les plus tendres sur un point particulier de notre corps, douloureux pour l'instant, mais qui sera bientôt guéri ; et par la suite, le colifichet implanté marquera l'endroit de la blessure auto-infligée. Très bien. Mais qu'en est-il des « coupures », Vénus ? Je suppose que tu ne fais pas ça : tes bras, quand nous nous voyons, sont souvent élégamment dénudés. Mais beaucoup font ça. À peu près vingt millions de jeunes Américains, ai-je appris, s'adonnent régulièrement à la valve du saignement.

La culture urka, lors de sa phase décadente, est devenue beaucoup plus homo (les passifs rampaient, les actifs se pavanaient), et on pouvait se demander dans quelle mesure tout ça n'avait pas toujours été crypto-homo. Je te sens broncher. Ces mots te touchent comme des pointes de chaleur, pas vrai ? Ta commissaire intérieure, ou ta censeure — elle n'a pas aimé ça, je crois bien, pas vrai ? Tu as une censeure qui réside dans ta tête, mais ce n'est pas que négatif : y vit également une meneuse radieuse. Ce n'est donc pas si négatif que ça, d'*avoir une idéologie*, comme toi... Mais comprends-moi bien, Vénus. J'ai appris que ce que l'on voit après un crime passionnel homo est vraiment un spectacle terrible, mais la pulsion homosexuelle est de toute évidence pacifique. Les *crypto*-homos sont soi-disant des hétérosexuels ; ils s'en tiennent aux femmes ; et ils sont, de tous les hommes vivants, les plus dangereux.

La culture urka, en outre, devint automutilatrice, avec une rigueur tout à fait urka. Ils firent d'eux-mêmes un champ de bataille en avalant des clous, du verre pilé, des cuillères en métal et des lames, du barbelé. À cela s'ajoutaient les automutilations, les autocannibalisations et les autocastrations. Mon pays a toujours été bizarrement accueillant pour les autochâtrés. Cela remonte au dix-huitième siècle : toute une secte d'entre eux, les *Châtrés*, prétendait que la suppression de l'instrument était une condition préalable, un *sine qua non*, à la salvation.

Se couper. On le fait pour combattre l'engourdissement, n'est-ce pas ? Ces urkas étaient des forçats, et ils se battaient contre l'engourdissement de la prison. Dans ta bande : contre quoi se battent-ils ? Si c'est contre l'engourdissement de la démocratie de pointe, je ne peux pas sympathiser avec eux. D'autres systèmes, tu comprends, inondent les glandes et excitent l'extrémité des nerfs.

On m'avait indiqué à mon arrivée l'emplacement du Musée social et historique. Il ressemble à une entreprise de nettoyage à sec ou à un fast-food coréen. Et toutes les fenêtres ont les volets clos, en raison soit de travaux de rénovation, soit d'une fermeture définitive, personne ne sait.

Mais quand je passe devant, en début de soirée, un volet est ouvert. Mon tout petit pot-de-vin est accepté par un jeune homme aux cheveux feuille-morte en salopette blanche. Il se dit électricien. Il s'active d'ailleurs de manière convaincante sur une série de boîtes à fusibles, pour les réparer, ou tout simplement pour les démonter. Il me loue une de ses trois torches puissantes.

Dont le faisceau vacillant révèle une courte arcade, avec quatre vitrines de chaque côté — *tableaux morts.* Le verre des ampoules brisées s'écrase et éclate sous mes pieds à mesure que j'avance, que je passe devant les Vogouls, les Entsy, les Ostyaks, les Nganasan, et ainsi de suite : les peuples de l'Arctique absorbés, ou annihilés, ou empoisonnés à l'alcool. Puis j'arrive devant les Zeks : nous. Je regarde autour de moi, toutes ces silhouettes, les maigres revenants des tribus disparues. La meilleure part de chacun de nous se sent tenue de les accepter en tant que compagnie ennoblissante, sous une forme ou une autre, dans un contexte ou un autre. Nous étions tous pauvres, de pauvres connards. Néanmoins, c'étaient là des multitudes bien plus anciennes, et elles auraient de toute façon succombé à la seule modernité.

Leurs formes moulées caressent les flancs de rennes empaillés et donnent des morceaux de pain à des huskies en plastique. Je suis représenté, Lev est représenté, par une poupée figurant un vieux bonhomme assis à une table basse, devant un poêle dont la porte est ouverte, sous des fenêtres entartrées de neige, à côté d'une couchette défaite. Les Entsy ont droit à leur tenue de sorcier reconstituée, à leur yourte factice. Nous avons droit à nos moufles raccourcies et à notre bol métallique cabossé. Tout cela dans le faisceau vacillant et maintenant défaillant de la torche.

« Nous voulions ce qu'il y avait de mieux, avait dit un jour un ancien du Kremlin en parlant d'un autre désastre, d'un autre enfer panoramique : mais ça a fini comme d'habitude. »

L'École Numéro Un est pareille à un laboratoire, à un test de contrôle. Elle sert à montrer comment on construit la totalité russe.

Le troisième jour, on atteint le moment où on ne peut plus laisser la situation des otages empirer de façon plausible. Imagine. Ils sont assoiffés, affamés, suffocants, sales, terrifiés — mais ce n'est pas tout. Dehors, les corps en putréfaction de ceux qui ont été tués le premier jour sont dévorés par les chiens. Et si les captifs peuvent le sentir, si les captifs peuvent l'entendre, le bruit des chiens charognards d'Ossétie du Nord dévorant leurs pères, alors les cinq sens sont sollicités, et la totalité russe est en place. Rien ne peut s'y opposer pour l'instant. Leur situation ne peut pas empirer. Elle n'empire qu'avec la mort.

Donc la mort arrive au moment du soulagement, d'un soulagement infime — parce que la totalité russe ne peut pas accepter ça. Les médecins officiels, après négociation, s'occupent des chiens et des corps au moment où la bombe tombe du panier de basket et où le toit du gymnase s'écroule. Et, si vous êtes un tueur, c'est alors que vient votre heure — l'heure de tirer dans le dos sur des enfants alors que, en sous-vêtements, ils zigzaguent entre des corps en putréfaction.

Tu sais, je n'arrive pas à trouver un Russe qui y croie : « Nous voulions ce qu'il y avait de mieux, mais ça a fini comme d'habitude. » Je n'arrive pas à trouver un Russe qui y croie. Ils ne voulaient pas ce qu'il y a de mieux, en tout cas c'est ce que pensent tous les Russes. Ils voulaient ce qu'ils ont eu. Ils voulaient le pire.

Et maintenant il y a un médecin, à la télévision, qui dit que certains des enfants survivants n'ont plus d'yeux.

Gogol, Dostoïevski, Tolstoï : chacun d'eux insista sur l'existence d'un Dieu russe, un Dieu russe spécifique. Le Dieu russe devait être comme l'État russe, mais il sangloterait et chanterait alors même qu'il châtie.

Je suis dans un état de panique mortelle au sujet de ma vie, Vénus ; et ce n'est pas là une simple figure de rhétorique. La panique semble arriver... Semble ? La panique arrive, non de l'intérieur, mais de la terre ou de l'éther. Je la laisse s'épuiser — c'est tout ce que je peux faire. Elle glisse près de moi, et elle s'évanouit, me laissant un goût métallique dans la bouche et sur tout le corps, comme si j'avais été fondu ou galvanisé. Puis elle revient, pas le même jour, et sans doute pas le lendemain, mais elle revient et glisse et gonfle près de moi. Je crois qu'elle balaye la planète tout entière, qu'elle l'a toujours fait. Les seuls qui la sentent passer près d'eux sont les mourants.

Les marins ont une expression : à l'estime — cela signifie tout simplement qu'ils calculent ainsi leur position en mer. Sans l'aide de points de repère ni des étoiles. Simplement par la direction et la distance. Je sais où je suis : à travers la brume, je perçois déjà les contours du port vers lequel je me dirige. Ce que je fais à présent, c'est avancer à l'estime. Droit vers la mort. Je règle mes comptes avec la mort.

Il y a une lettre dans ma poche, dans la poche intérieure de ma veste, et il faut encore que je la lise. Je la garde là, et j'espère qu'elle pénétrera dans mon cœur par un processus d'osmose salutaire, un mot après l'autre, sur la pointe des pieds. Je n'ai aucune envie que mes yeux, ma tête soient obligés de la lire.

Mais je vais l'ouvrir et l'étaler devant moi, un jour, bientôt.

2

Épouser la taupe

Depuis le début, je fantasme sur les pages qui vont suivre. Je n'ai pas l'impression que tu vas les trouver particulièrement stimulantes. Mais, lorsque tes narines se dilateront et que ta mâchoire vibrera, tends l'oreille pour entendre mes gloussements de satisfaction — les petits reniflements et gargouillis d'une félicité presque complète. Il s'agit d'un « moment de calme », tels ceux que l'on pouvait te persuader d'accepter quand, après trop de chocolat et des heures de glapissements, d'agitation convulsive et de tourbillons, tu te soumettais au livre à colorier sur la table de la cuisine ou à un conte sur cassette dans ta chambre — avant de repartir dans les glapissements, l'agitation convulsive et les tourbillons.

Je suis étranger en pays étrange. Un paysage d'une fraîcheur étincelante s'ouvre devant moi : je veux dire le terre à terre. Mon Dieu, quel beau spectacle. Il y aura des hauts et des bas, bien sûr, tout particulièrement pour ton demi-oncle et son épouse, mais, pour l'instant, ces vies s'élèvent et s'abaissent comme elles le désirent. Nous ne sentons plus sur nous, *de façon ininterrompue*, la masse pesante, la respiration nasale, le regard fixe et imbécile de l'État. Comment t'évoquer l'éclat impossible du quotidien ? Nous sommes en sécurité, pour l'instant ; abrités par le cliché de la banalité. Tel un dévideur de sagas d'une autre époque, je peux presque me mettre au nettoyage après le départ de mes invités. « Zoya est aussi étourdie que jamais. » « Non, Kitty n'a jamais trouvé le grand amour. » Et cela se poursuit sur presque deux chapitres entiers, et vingt-cinq ans. Tout va bien, il n'y a aucun danger, jusqu'à ce que nous entrions dans le tunnel de Salang.

Avant cela, néanmoins, il y eut ceci.

En tant que politique non réhabilité, j'étais effectivement un « moins quarante », tout comme Lev. Cette expression ne faisait plus référence à la température de Norlag par une après-midi d'automne. Pour nous, cela signifiait que quarante villes nous étaient interdites. Nous étions également privés de certains privilèges tels que logement ou emploi... Je partis vers l'est, depuis Predposylov, jusqu'au Pacifique (où je me baignai une fois) avant de revenir vers l'ouest. Il me fallut deux mois pour parvenir à Moscou. Je passai une demi-heure avec Kitty dans un salon de thé de banlieue nommé La Théière chantante, où un sac à dos rembourré changea de mains. C'était l'héritage de ma mère, qui était morte, calmement, m'apprit Kitty, au printemps. Ensuite, pendant des mois, j'eus l'impression d'être baladé de bourgade en bourgade, arrivant toujours au petit matin, la faible ampoule au-dessus de la sortie de la gare, le cadran de l'horloge regardant ailleurs, la profondeur de pierre de la cage d'escalier. Et on se retrouvait alors dans un trou noir et une ville en fer-blanc. L'air lui-même était de l'ébène, comme le déni, la réfutation de l'idée même de lumière. La parfaite absence de toute joie, pourrait-on penser. Les ténèbres, le silence et une rigidité palpable, comme si les bâtiments étaient fixés, non à la surface du monde mais en son centre. Et pourtant je savais que le bruit de mes pas ne faisait plus peur à personne et que les maisons blotties s'ouvriraient à moi, sinon aujourd'hui, alors demain. Parce que la bonté se frottait les yeux et se réveillait, la bonté russe, l'attention réfléchie au bien-être de l'autre. Et j'étais libre, et j'étais en bonne santé.

J'arrivais muni de quelques billets de banque que m'avait donnés ma sœur, de quelques vêtements de mon père et de quelques livres de ma mère — à savoir une introduction à l'électronique de pointe, un manuel d'anglais de base, et les tragédies de Shakespeare avec la traduction en vis-à-vis (les quatre principales, ainsi que les pièces romaines, plus *Timon*, *Troïlus* et *Richard II*). J'adorais ma mère (et elle avait dû me voir dans sa boule de cristal, par moins quarante), comme tout honnête homme devrait le faire, comme tout homme le fait. Et je me demandais pourquoi cela n'allait pas mieux entre les femmes et moi... J'étais sans arrêt interrogé et envoyé ailleurs, évidemment, mais cette année-là devint mon année sabbatique nomade — congés payés pour le voyage et l'étude, et pour une reconversion intérieure. Le poids de Zoya, pensais-je, était aussi en train de changer. Quand je me couchais, elle était toujours là dès que je fermais les yeux, éveillée, partiellement dévêtue, les cheveux de plus en plus défaits, un léger sarcasme posé sur le duvet de sa lèvre supérieure, tandis qu'elle m'évaluait, son compagnon vers l'oubli. Mais que lui arrivait-il ? Étrangement, et de manière inquiétante (ça ne peut pas être normal), son effigie, sa raillerie avaient échappé au contrôle de ma volonté. Par le passé, ce petit mannequin que je m'étais confectionné avait été d'une charmante rigueur, draconien jusque dans ses incitations et ses demandes. Plus maintenant. Elle était sans mots et sans désirs, muette et fluette — sans résistance et inerte, d'une lourdeur presque inébranlable. Et son visage était toujours détourné du mien, plein d'un chagrin et d'une défaite indéchiffrables. Je me disais : Bon, nous sommes tous libres à présent, je suppose. Alors j'abandonnais et je renonçais, la serrant quelque temps dans mes bras fraternels avant de me détourner moi-même, vers le sommeil et l'absence de rêve.

Les quelques douceurs sexuelles auxquelles j'eus droit, à cette époque, et ma réaction en général faiblarde eurent l'effet curieux de m'imprégner d'ambitions matérielles. La forme slave, cet oblong de pâleur avec ses fioritures de marmelade, les grognements de compassion ou d'acceptation, les chuchotements froufroutants : cette réponse ne suffisait plus. Le centre — je sentais qu'il m'attirait vers lui, avec ses femmes et son argent. Et, à la fin de l'été 1958, je commençai à décrire mon orbite autour de Moscou.

172

Lorsque Lev arriva à Kazan, sa femme et sa belle-mère s'étaient déjà retirées au-delà de la frontière de la ville. On l'attendait. Ma sœur m'apprit qu'ils vivaient tous les trois dans « la moitié d'un taudis » aux abords d'une autre ville (plus petite, moins connue — acceptablement abjecte), où Zoya avait trouvé du travail au service comptabilité d'un entrepôt de grains. La vieille Esther fabriquait et vendait des patchworks ; depuis son lit de malade, elle continuait à enseigner l'hébreu (une langue illégalisée en 1918) à un enthousiaste intrépide et à ses trois petits garçons qui venaient en voiture deux fois par semaine. Lev ne faisait absolument rien. Il passait la majeure partie de la journée (selon les lettres de Zoya à Kitty) en position couchée — compréhensible et salutaire, disait-elle ; il « tentait de retrouver sa forme ». Je ne fis aucun commentaire. Pendant ses derniers mois là-bas, Lev était redevenu un des hommes les plus en forme de Norlag. Sourd d'une oreille, les doigts de sa main droite pareils à des pinces, même pendant le sommeil, verrouillés pour saisir une pioche ou une pelle imaginaire — il était d'une grande force physique. Il persistait apparemment à refuser de travailler pour l'État, lequel, à ce moment-là, ne voulait de toute façon pas de lui. Et il n'y avait que l'État. Il se plaignait de migraines et de cauchemars. C'était le début d'un long déclin.

Je m'en sortais mieux. Vivant dans les coins, pour commencer, je m'installai à la limite nord de la capitale et j'y pénétrais tous les matins par le train de sept heures. J'obtins rapidement de l'argent... En 1940, il y avait quatre cents postes de télévision en URSS. En 1958, il y en avait deux millions et demi. Chacun d'entre eux appartenait à un membre du PC. M'occuper des postes de télévision de la nomenklatura — tel était mon travail pendant la journée et pendant la nuit —, les installer, les réparer ou simplement nettoyer après les explosions fréquentes (même quand ils étaient éteints ; même quand ils n'étaient pas branchés). J'allais bientôt m'autoriser une gâterie : l'achat de mon Certificat de Réhabilitation. Une dépense importante, à l'époque, parce que la Russie n'était pas encore devenue — ou redevenue — une société à pots-de-vin. Mais je me payai une gâterie.

Quand j'étais parti, j'avais vingt-six ans. J'approchais de quarante à mon retour. La gloutonnerie et la paresse, en tant que buts temporels, avaient tranquillement été remplacées par l'avarice et la luxure, lesquelles, associées à la poésie (oui, à la poésie), occupaient tout mon temps libre. Je me mêlai à la bande du marché noir, et mes petites amies étaient toutes du même type. Je suppose qu'il serait plus précis de dire que leur type était toujours celui d'une croupière. C'étaient d'anciennes poules et cocottes ayant le sens des affaires. Et lors de mes rapports avec ces femmes, Vénus, je me trouvais devant un problème logistique qui allait me troubler de plus en plus. Prenons-en une au hasard. L'inventaire de son corps et de ses talents se faisait, naturellement, en parallèle à l'inventaire de son passé. Et son passé était long et épouvantablement peuplé. Et ils étaient toujours debout, ces hommes : tu comprends, à cette époque-

174

là, presque plus personne ne se faisait tuer. Et il fallait que je sois au courant. De chacun d'eux. De sorte que je me retrouvais souvent en train de prolonger une liaison qui avait tourné à l'aigre, parfois même jusqu'à en doubler la durée, simplement pour m'assurer que j'avais extirpé ce contrebandier de Vladivostok aux manières grossières, ce bijouteriste gominé de Minsk.

Entre 1946 et 1957, j'avais mangé deux pommes, une en 1949 et une en 1955. À présent je faisais tous les efforts possibles et imaginables pour manger une pomme par jour. L'homme qui me les vendait le plus souvent savait que les fruits frais sont une denrée fort rare en Union soviétique. Mais nous avions des idées tout à fait différentes sur ce qu'était une pomme. Dans la file d'attente, on rencontrait des courants de reconnaissance et de méfiance. S'il y avait cinquante Russes dans la file, sept ou huit d'entre eux étaient allés *là-bas*. Sept ou huit des autres avaient contribué à les y envoyer. Je croisais les yeux d'hommes et de femmes qui avaient la même idée que moi sur ce qu'était une bonne pomme. Je mangeais tout, le trognon, les pépins, la queue.

Ce qu'il fallait, c'était une rencontre. Il y eut une série d'approches indirectes, de vagues propositions vaguement différées. De son côté, une impression de réclusion ou de paralysie ; du mien, comme la peur du diagnostic. La marionnette de poche dormait près de moi, sans froncer les sourcils dans son jupon blanc. Se réveillerait-elle ? Le voulait-elle ?

175

Dès que j'eus en main les clés du nouvel appartement, je décidai d'agir. C'était une invitation qu'aucun Russe ne pouvait raisonnablement refuser : une pendaison de crémaillère en famille à Pâques. Le moment approcha : l'équinoxe de printemps, la première pleine lune sur la plaine d'Eurasie du Nord, le vendredi, le samedi, le dimanche.

Je n'avais pas vu Lev depuis dix-huit mois. Il a été le premier à pénétrer dans la pièce principale, abandonnant Kitty et Zoya à leurs salutations devant la porte. Il remarqua mon sourire, mes bras écartés, mais il continua à examiner le décor — les tapis, les canapés, la télévision à hauteur de poitrine dans son meuble en noyer, le pavillon en cuivre du gramophone. Son expression de dédain un peu amusé n'ajouta ni charme ni distinction à son visage sans base où le nez était comme un bouton. J'avançai d'un pas et nous nous étreignîmes. Ou plutôt je l'étreignis. Plus dense, plus doux, une odeur de synthétique pas très propre. Mais alors Zoya inonda la pièce de sa présence, et il y eut du champagne, et le repas démarra, et il dura sept heures.

« Tu vois ce que je veux dire, m'expliqua Kitty plus tard. Elle le saigne, elle lui arrache toute vie. »

Peut-être n'est-ce qu'une impression, dis-je.

L'impression venait du fait que Lev dirigeait sa bonne oreille (fréquemment entourée de la pince qu'était sa main droite) exclusivement vers Zoya. Et elle était son interprète. Si on lui posait une question, il l'accueillait avec un air d'incompréhension rustique qui disparaissait graduellement quand Zoya, de tout près, lui murmurait une explication. Il ne pouvait pas entendre — et il ne pouvait pas parler. Son bégaiement s'était entièrement réinstallé. On aurait cru parfois, lorsqu'elle gesticulait dans sa direction (elle n'arrêtait pas de gesticuler) et qu'elle articulait avec ravissement, qu'il s'agissait d'un rite de lecture sur les lèvres et de langage des signes, et que sans elle il serait seul dans son univers mutique.

Je dis : Il était un peu plus enjoué en fin de soirée.

« Oui, dit Kitty. Une fois soûl. »

Elle est bien plus belle maintenant, je crois.

« Tu trouves ? Oui, c'est vrai. »

De la gravité. Elle n'en a pas, mais sa beauté en a.

« J'ai vu que tu la regardais... est-ce que tu... *encore* ? »

Non, non. Plus maintenant, Dieu soit loué.

« Prête-lui de l'argent. Donne-lui de l'argent. »

Mais je lui expliquai que j'avais déjà essayé.

Nos rencontres, qui devinrent assez fréquentes, ne tardèrent pas à prendre un tour régulier — un peu comme une querelle enfantine d'assertion et de réfutation. C'étaient eux qui, le plus souvent, venaient nous voir, mais les lois de l'hospitalité exigeaient que nous allions parfois chez eux. Lev était tout à fait différent à Kazan. Il dominait. Nous ne nous retrouvions pas à l'hôtel où Kitty et moi logions mais à un coin de rue dans le quartier industriel — les brouillards de zinc de Zarechye. Il y avait ensuite un assez long trajet à pied, les visiteurs marchant au pas derrière les deux duffel-coats encapuchonnés, les deux paires de bottes en plastique qui crissaient. « Ah, nous y voilà. Très bien », disait-il en poussant un bon coup pour ouvrir la porte humide d'une cantine d'hôtel ou d'une cafétéria subventionnée. Tandis que nous jouions avec la nourriture dans nos assiettes, il nous questionnait sur sa qualité. La viande de cheval est-elle correctement cuite ? Le porridge, je l'espère, est al dente ? Le repas achevé, nous avions droit à un verre de vodka patateuse dans un bistrot ou un relais bruyant. Puis, à huit heures et demie, Lev et Zoya se dirigeaient en pataugeant vers la gare routière.

Ces sorties, naturellement, étaient presque ouvertement punitives. Kitty n'en était pas troublée, et je trouvais ça plutôt drôle mais assez éprouvant pour les nerfs. C'était Zoya qui souffrait. Tout en s'éventant, elle gardait fièrement la tête haute, respirait profondément en gonflant les narines. Elle rougissait pendant au moins une demi-heure, et l'immense colonne de sa gorge devenait un aquarium de bleus et d'écarlates chatoyants. À Moscou, évidemment, il y avait les représailles : je les emmenais dans des grill-rooms modernistes du marché noir, puis dans des casinos traditionalistes du marché noir. Le garçon en smoking nous servait de la chartreuse verte, et je portai un toast pour le trentième anniversaire de Zoya, levant mon calice sous des globes pailletés et des boules à facettes.

En les voyant ensemble, on ne pouvait s'empêcher d'être frappé par ce malaise qui nous poursuit — gênant pour la Révolution et pour les rêves utopistes, y compris pour le tien : l'inégalité humaine. J'espère t'avoir fait bien comprendre que j'ai toujours été plutôt ému par le physique de mon frère. « Un visage très *visage* », comme notre mère avait coutume de le dire, bien qu'éclairé, jadis, par son sourire et la douceur de ses yeux bleus. Et nous honorions Zoya, n'est-ce pas, Vénus, de son indifférence aux normes et aux quotas des conventions romantiques — et de tout le reste. Mais on ne peut pas oublier la force vitale. Et le contraste paraissait sortir d'un conte de fées, d'une comptine ou d'une carte postale de station balnéaire.

Jean Bart ne mangeait plus de lard. Et puis il y avait Zoya, un mètre de plus que lui, semblait-il, qui tanguait (nous étions à Moscou) tout en riant, chantant, singeant, exultant. Dans ces minables gargotes à Kazan, Lev faisait tout un cinéma pour l'addition, réfléchissait en fronçant les sourcils, reniflait de près d'un air perspicace un bout de papier où était écrit *quatre dîners*, ou rien du tout, avant de suborner Zoya pour un colloque tendu sur le nombre de piécettes à déposer dans le bocal. Ailleurs, pour chaque calorie de ces esprits forts avalée, c'était toujours Zoya qui payait... Il portait encore les cheveux ras, style prisonnier. Au bon vieux temps, là-bas dans les camps, j'y passais la main à rebrousse-poil pour les lisser — cela faisait picoter le bout de mes doigts. À présent, je tentai une fois de les toucher, le duvet pâle était moite et plat, il avait perdu tout pouvoir de communiquer le moindre picotement. Il détourna la tête et glissa une autre cigarette entre ses lèvres fripées.

Au cours de ces années, il y eut d'autres transformations : des ajouts significatifs à la panoplie des attraits de mon frère. Un repli d'embonpoint, pareil à un prolapsus ou à une ceinture banane comme on en voit aujourd'hui, entre le nombril et l'entrejambe ; une tonsure, parfaitement circulaire, ressemblant à une calotte en daim rose ; et, extrêmement mystérieux, un arc invariable de transpiration, de la largeur d'un ruban de chapeau, d'une tempe à l'autre. Ces trois développements paraissaient étrangement uniformes et standardisés sur un petit bonhomme aussi asymétrique. Particulièrement la tonsure. Un jour, m'étant levé brusquement et le surplombant, je crus voir une bouche ouverte, une immense langue, cernée par une barbe et une moustache trempée de sueur.

Les apartés moroses et monotones de Lev au sujet de mon appartement, de mes vêtements, de ma voiture (et une fois, expérience jamais répétée, de ma croupière) ressemblaient désormais à des ronflements dans une autre pièce. Je ne crois pas qu'il me méprisait d'avoir accepté la pièce tendue par l'État. Il méprisait mon appétit. J'avais de l'allant, et tous les Russes détestent ça ; mais il y avait encore une autre strate. Dans une de ses lettres à Kitty, Zoya mentionna sans autre commentaire que le cercle d'amis de Lev dans les environs de Kazan, pas bien grand, ne rassemblait que des ratés d'un certain âge. Si nous avions été en meilleurs termes, j'aurais pu lui dire qu'il ressentait ce que ressentaient bien des gens ; il se soumettait, en fait, à une émotion générique. Beaucoup de ceux qui étaient partis — eux aussi détestaient l'argent. Parce que l'argent représentait la liberté, voire la liberté politique, or ils avaient cessé de croire à la liberté. Mieux valait que personne n'en ait — pas d'argent, pas de liberté.

Je terminai ses phrases pour lui, à présent, quand il bégayait. Tu aurais fait pareil. Sinon, on n'en serait jamais venu à bout. D'ailleurs, désormais nous savions toujours exactement où allaient ses phrases. Et il s'en foutait. Il s'en foutait parce qu'il avait cessé de lutter. Lev s'était rendu, sans condition, et son bégaiement régnait en maître ; deux uppercuts au menton et il se jetterait sur la poitrine de Lev pour l'étrangler et le réduire au silence. Maintenant, quand Lev rejetait la tête en arrière, dans l'une ou l'autre de ces gargotes à soupe de Kazan, ce n'était pas pour poursuivre la guerre civile avec son moi — pour y mettre toute son énergie. C'était pour se soumettre à contrecœur lorsque Zoya lui demandait de manger un légume. La tête plongeait en arrière ; le morceau de betterave noirci ou de concombre silencieux plongeait dans sa bouche. Et on sentait qu'il ne luttait plus contre ça — il le nourrissait. Un soir, ayant éclusé de grandes quantités de vodka, il m'apprit qu'il avait cessé de lire. Il ne l'annonça pas avec désinvolture mais avec défi. « Si c'est mauvais, je n'aime pas, poursuivit-il en adoucissant sa voix. Et si c'est bon, je *déteste*. »

Les filles étaient plus continentes, mais Lev et moi ingurgitions les quantités traditionnelles d'alcool. Nous étions tous deux assujettis au rouleau compresseur de siècles d'alcoolisme russe. Et tu seras sans doute surprise d'apprendre que nous étions aussi de bons poivrots, l'un comme l'autre : raisonnables, plutôt tranquilles, peu enclins, en général, à sangloter ou à brailler. Arrivait un moment, le plus souvent vers le milieu de la troisième bouteille, où ses yeux croisaient les miens et avouaient presque le moment de rémission — peut-être était-ce simplement la non-apparition de la vague suivante de douleur. Il n'attirait pas l'attention en tant qu'ivrogne. Cela, je l'admets, aurait été difficile. Mais il attirait l'attention en tant que fumeur. Or, le tabac (comme la boisson) calme l'anxiété. Alors, essaye donc de ne pas fumer en Russie, et tu verras où ça te mènera. Mais Lev ? Il mangeait avec une cigarette dans la main qui tenait le couteau. Et quand il s'apprêtait à l'éteindre, ce mouvement n'était qu'un prélude pour en allumer une autre. Il fumait toute la journée. Zoya disait qu'il fumait même en se rasant.

Un jour, alors qu'il inhalait avec sa véhémence coutumière, j'eus une idée qui fit picoter mes aisselles. L'idée était la suivante : des dents folles. Ces belles dents de Lev, bien que magnifiquement jaunies, avaient toujours l'air en bon état. Mais leurs angles avaient été réorganisés. Elles ne se tenaient plus au garde-à-vous : elles penchaient et s'avachissaient, elles se chevauchaient. Et parfois ceci va bien plus loin chez les véritables fous : les dents sont tirées et tordues par des forces tectoniques profondément enfouies sous la surface.

Et moi ? Je crois que j'aurais pu très bien m'en sortir, s'il n'y avait pas eu la danse.

Cela eut lieu trois fois de suite. La même chose eut lieu, exactement... Dans mon appartement, Zoya était superstitieusement attirée par le gramophone, elle tournait autour de lui et communiait avec lui. Trois fois elle réclama du jazz américain avec un air coupable. Elle écouta, hocha la tête, puis, après une torsion du cou, elle posa bruyamment son verre et tendit une main élégamment amincie en direction de son mari. « Non, plus maintenant », c'était ce à quoi l'on pouvait s'attendre de la part de Lev. « Et toi, tu ne sais pas danser. » Je dansai donc avec Zoya — le swing exploratoire russifié. Je ne sais pas si elle dansait vraiment bien, ce qui était certain, c'est que cela la rendait follement heureuse, son corps tout entier, à tel point qu'on se sentait impliqué et même compromis par l'éclat de son rire affamé. Mais même à bout de bras, c'était comme manier un haricot sauteur grand comme une femme. Il y avait en elle une opposition, quelque chose qui ressemblait à un contrepoids dans une cage d'ascenseur, mais dangereusement mal aligné.

Cela eut lieu trois fois : trois fois elle disparut de ma vue, et elle fut là à mes pieds, sur le dos, secouée par un rire silencieux, les paupières serrées et les mains sur le cœur. La dernière fois (et nous sommes entrés dans l'ère des dernières fois), sa robe d'été, résistant à la vitesse de sa chute, remonta jusqu'à sa taille... et ce n'était pas seulement le choc érotique, la puissance des deux nuances de ses cuisses dans leur bas, l'ingénierie très compliquée, et l'attention au détail, avec tous ces petits riens, liens et soutiens. C'était l'impuissance, le rire silencieux, les deux mains croisées sur le cœur, c'était l'impuissance.

« C'était la dernière fois », dit Lev tandis que j'aidais Zoya à se remettre debout.

J'ai parlé plus haut, je crois, de la froideur dont dispose toujours le frère aîné. Ce fut cette froideur que je recherchai alors. Ce que l'on fait, en réalité, c'est prendre du recul, en se préparant au désastre. Et — que Dieu me vienne en aide — j'avais un plan.

Naturellement, je n'ai jamais demandé à Lev s'il écrivait toujours de la poésie. Si Vadim avait été en vie et présent, il lui aurait posé la question. Quelqu'un qui le haïssait lui aurait posé la question.

Comme tu le dirais sans doute, Vénus : Pense à Poucette.

Avant sa libération, portée par les ailes de l'oiseau guéri, avant sa rédemption entre les mains du minuscule Prince Fleur, la minuscule Poucette, tu t'en souviens sans doute, en vient presque à épouser la taupe. À épouser l'insectivore aux petits yeux noirs et à passer le reste de sa vie dans les ténèbres.

Est-ce que tu pourrais épouser la taupe ? t'ai-je demandé.

« Mais oui ! » as-tu répondu avec chaleur.

Mais oui ! Je n'ai pas de préjugés ! Tu avais six ans. Environ un mois plus tard, Poucette est revenue dans la conversation, comme le font si souvent les thèmes de l'enfance, et j'ai répété ma question. Tu étais silencieuse, troublée : c'était ton premier dilemme. Tu avais évalué la réalité d'un mariage avec la taupe. À présent, tu désirais l'éviter. Mais comment l'éviter sans blesser la taupe dans ses sentiments ? « Ça me blesse dans mes sentiments. » Les petites filles ont vite fait d'accaparer cette expression. Le seul petit garçon que j'aie jamais connu — lui, il ne l'aurait *jamais* utilisée. Les filles comprennent que leurs sentiments aussi ont des droits... Que t'était-il arrivé, d'ailleurs, au cours de ces quatre ou cinq semaines ? Quelque mystérieuse accession ou promotion. Si quelqu'un avait fait un film parallèle de ta vie, il aurait compris alors qu'une nouvelle coupe de cheveux ou des chaussures à semelle plus haute ne suffirait plus : le temps serait venu d'engager une nouvelle actrice.

Plus tard dans ta vie, tu as épousé la taupe, pendant un temps, quand tu étais avec ce Nigel. Quand il marchait à tes côtés, ai-je dit, il ressemblait à ton parapluie cassé. Après lui, ai-je remarqué, tu n'as pris que des princes fleurs, et de temps en temps seulement, un porc-épic ou un putois.

Mais supposons que Poucette ait vraiment épousé la taupe. Et examinons tout ça du point de vue de la taupe. Elle vit avec la taupe sous la terre, dans une humidité et des ténèbres irrespirables. La minuscule beauté est une épouse dévouée. Et pourtant la taupe, qui est à moitié aveugle et qui n'y peut rien, qui ne peut s'empêcher de détester les fleurs et la lumière du soleil, devine la frustration de Poucette — Poucette qui est née d'une tulipe. La taupe est incapable de lui demander de partir. De sorte qu'elle transforme sa caverne en tombeau, toujours plus sombre, plus humide, et désire qu'elle parte.

3

Le tunnel de Salang

Et elle partit, le 29 octobre 1962.

C'était le lendemain du jour où la crise de Cuba avait été désamorcée. Ce qui produisit une fausse impression. Zoya quittant Lev : ce n'était pas la fin du monde. Pas pour moi, en tout cas. Y eut-il un catalyseur ? Kitty elle-même, qui se rendit sur place et interrogea même la mère, ne parvint pas à obtenir de détails, bien qu'elle ait prétendu avoir ressenti le choc consécutif au scandale... Nous savions que Zoya avait repris son travail à l'école. Elle y enseignait le théâtre. Et nous savions qu'elle avait été renvoyée sans préavis. Elle était à Pétersbourg, où la vieille Esther s'apprêtait à la rejoindre. Lev était toujours dans leur moitié de taudis près de Kazan.

Je ne le vis pas pendant presque un an. Mais nous nous écrivions. Voilà ce qui lui arriva.

Dans ma première lettre, je lui fis une suggestion pratique. J'offris de lui acheter un Certificat de Réhabilitation, tout comme j'avais acheté le mien quelques années plus tôt (et tout comme j'allais bientôt acheter ma carte du Parti). Il accepta ma proposition et demanda, en outre, que je lui fasse un prêt assez important, avec un échéancier de remboursement qui indiquait le montant des intérêts. En examinant cet échéancier, avec ses pourcentages, ses décimales compliquées, je plongeai dans un gouffre d'ébahissement. Enfin, pour l'instant, je ne peux pas l'exprimer autrement. Le grand frère en moi était évidemment très content que Zoya soit partie. Ce qui m'inquiétait était la réaction de Lev : un échéancier de remboursement qui s'enfonçait loin, loin, dans l'avenir. Pourquoi n'était-ce pas la fin du monde ?

Ce mois d'octobre-là, il sollicita un emploi dans un projet d'exploitation minière à Tyumen et il fut engagé ; c'était juste de l'autre côté de l'Oural, au-delà de Iekaterinbourg. À Noël, il m'envoya la photo d'une blonde à lunettes et taches de rousseur, debout dans un corridor éclairé au néon, les mains derrière le dos. C'était la femme de vingt-trois ans qu'il avait rencontrée au dispensaire de la mine : la petite Lidiya. J'ajoute que, dans la lettre d'accompagnement, mon frère avouait ressentir une fierté réactionnaire parce que Lidiya était — ou avait été — vierge. En regardant à nouveau la photographie, je m'aperçus que je n'étais absolument pas surpris. J'en conclus calmement, aussi, que les vierges ne m'intéressaient pas. Évidemment. Que ferais-je d'une vierge ? Qu'aurions-nous à nous dire toute la nuit ?

Au Nouvel An, en février, il franchit un échelon et elle tomba enceinte. Or, Lev était toujours marié, et divorcer n'était pas aussi facile que par le passé. Autrefois, divorcer avait été extrêmement facile. Il n'était même pas nécessaire de se lancer dans ces complications auxquelles étaient assujettis nos frères musulmans : qui divorçaient en disant trois fois « Je divorce de toi ». En Union soviétique, il suffisait de l'énoncer une fois, sur une carte postale. Mais à présent, pour des raisons sur lesquelles je reviendrai plus tard, les deux parties en cause devaient passer en audience. Je ne comprenais pas plus que Kitty pourquoi Zoya refusait de coopérer. Lev trouva plus prudent de se rendre à Pétersbourg. Dès qu'il eut appris à Zoya que Lidiya était, comme le disent les Latino-Américains, *embarazada* (l'ai-je bien écrit ?), Zoya obtempéra ; après cela, ce ne fut plus qu'une question de paperasserie.

J'étais le garçon d'honneur lors du mariage en août. Mon frère paraissait beaucoup plus mince (étonnamment, ses cheveux avaient en partie repoussé), les parents pieux de Lidiya semblaient enfin apaisés et tout se passa le mieux du monde, surtout quand on sait que Lidiya était, selon l'expression de Kitty, « grosse comme ça ». Lidiya était grande et svelte, avec des jambes comme des nouilles — une autre Kitty, un autre Chili. Je la trouvai aussi dissemblable de Zoya que possible, ce qui est une autre façon de dire qu'elle n'avait pas l'air très féminine, alors même qu'elle entrait dans le troisième trimestre. Déjà elle était écrasée par le bébé. On aurait dit la ficelle sur un paquet. Un fils de sept kilos, Artem, fut mis au monde comme prévu en novembre.

Zoya demeura quelque temps à Pétersbourg avec sa mère. Elle participa au célèbre Théâtre de Marionnettes, confectionnant des costumes de marionnettes, des décors de marionnettes. Lorsque le Théâtre de Marionnettes ouvrit une annexe à Moscou, Zoya faisait partie de l'équipe qui allait la gérer. Dans une longue lettre à Kitty du genre époussetage des vieilles toiles d'araignée, elle lui expliqua qu'elle avait désormais l'intention de « renouer avec la vie du cœur ». Elle et sa mère avaient également retrouvé leur ancien logement. De sorte que, une fois de plus, Zoya recevait dans le grenier conique.

Kitty alla la voir, naturellement. Pas moi. Je ne retournai pas dans l'ancien quartier pour me tenir sous sa fenêtre. Je ne traînai pas là par tous les temps en essayant d'interpréter le mouvement des ombres sur le plafond de sa chambre. Quelque chose devait se produire d'abord. Quelque chose qui pouvait prendre beaucoup de temps.

Nikita Sergueïevitch tomba. Leonid Ilitch s'éleva*. Le Dégel, puis le Petit Gel, puis la Stagnation.

Ma vie amoureuse, comme je vais continuer à l'appeler, prit un tour inattendu. Je vieillissais. Les croupières vieillissaient. Ce n'étaient pas de vraies croupières — même si, dans mon cauchemar récurrent au sujet de Varvara (la dernière de la série), celle-ci se tenait devant une roue de la fortune couverte de jetons, et son râteau se transformait sans cesse en lorgnette... Il est difficile d'obtenir un sourire d'une fille de joyeuse vie lorsqu'elle a dépassé les quarante ans.

---

* Leonid Ilitch est Brejnev, dirigeant de la Russie, 1964-1982.

Toutes ses pensées sont tournées vers la cérémonie. J'en essayai une ou deux un peu plus jeunes ; mais avec elles, j'avais toujours l'impression de m'être trompé de train ou de bateau, l'impression que les autres passagers avaient des tickets et des itinéraires différents des miens, des tampons différents, des visas différents. Et puis le milieu du marché noir perdit une grande partie de son énergie après la loi de 1961, qui procura aux criminels économiques une nouvelle raison de s'inquiéter : la peine capitale. De sorte que je me réformai en partie, que je rejoignis ma génération, que je me lançai dans une série de liaisons plus obstinées, plus compliquées et (certainement) moins onéreuses avec les filles de la Révolution, divorcées, veuves de vétérans, anciennes détenues, anciennes exilées, toutes sans père, toutes sans frères. En 1969, au cours d'un voyage d'affaires en Hongrie, je rencontrai Jocelyn, avec qui je cohabitai, par intermittence, jusqu'aux événements de 1982 — le tunnel de Salang, et ce qui s'ensuivit.

À partir de 69, j'avais trouvé ma vocation. La robotique, mais pas encore dans ses applications médicales. Pour mettre la main sur des matériaux aux normes internationales, il fallait travailler soit dans la recherche spatiale soit dans l'armement. L'espace étant surbooké, je m'intéressai à l'armement. Lanceurs rotatifs pour missiles nucléaires. C'est bien ça, mon enfant, préparatifs pour la Troisième Guerre mondiale. Le Tiers Monde n'est jamais devenu la Troisième Guerre mondiale, et ça vaut mieux ainsi. Dans mon humeur actuelle, qui ne se caractérise pas par son indulgence,

je n'apprécierais pas vraiment de me sentir responsable de la Troisième Guerre mondiale.

J'avais ma propre Zigli avec chauffeur. Je faisais mes
courses dans les arcades souterraines où l'on paye en
valuta. Pas très souvent, environ une fois par an, j'ac-
cumulais un colis de chemisiers en soie, de foulards
en soie et de bas en soie, et de parfums, d'onguents et
d'élixirs, et de fards, de crayons et d'estompes ; puis
je les envoyais, sans aucun message, à l'occupante du
grenier conique.

Il faut que je t'apprenne quelque chose au sujet de
Jocelyn. Le thème dominant de son caractère était la
mélancolie — une mélancolie mélodramatique. Déjà
bien assez triste à Budapest, Jocelyn était suicidaire à
Moscou. Elle transportait la mélancolie partout où
elle allait, peut-être dans son sac à main, un fouillis
noir et sans fond de broderie effilochée ; ou peut-être
était-ce dans ses cheveux (un autre fouillis) que la
mélancolie était tapie. Son obsession était l'éphé-
mère. Oh oui : changement et pourriture étaient ce
qu'elle voyait tout autour d'elle. Ce qu'elle craignait,
c'était le vide. Pour Jocelyn, s'endormir était un tour-
ment existentiel ; lorsqu'elle allait se coucher tôt, il fallait installer une radio ou un gramophone, et elle voulait que la lumière reste allumée et la porte ouverte.
L'explication de tout ça, me faisait-on comprendre,
était une sensibilité extrême imposée par une intelligence exceptionnelle. Plus on est intelligent, plus on
plonge obligatoirement dans la dépression. Elle aurait
pu être le héros d'un des romans les plus noirs de

Dostoïevski. Et elle était anglaise. Son mari, avec qui elle n'allait pas tarder à se brouiller, était le numéro deux de l'ambassade britannique de Budapest. Jocelyn Patience Harris était une rombière et une plaisanterie, ainsi qu'une prosélyte aux dimensions mythiques. Plusieurs raisons expliquaient son pouvoir de séduction. La principale étant le snobisme.

Elle était également et fondamentalement très belle, et riche, et littéraire, à sa façon. Elle ne se rendait jamais nulle part sans quatre ou cinq de ses anthologies — ou trésors — de poésie anglaise du dix-huitième siècle reliées en cuir. Nous les lisions ensemble. Dans une langue nouvelle, naturellement, la dernière chose que l'on apprend, c'est le bon goût ; et des années durant je tentai d'impressionner tout le monde par ma mémorisation marathonienne de poètes tels que Lascelles Abercrombie et John Drinkwater. À cette même époque, l'idée que je me faisais de l'anglais idiomatique était de construire une phrase contenant beaucoup d'expressions telles que « en deux temps, trois mouvements » et « faire de nécessité vertu ». Connais-tu l'expression, « un répugnant anglophile » ? Voilà ce que j'étais devenu. Et c'était *vraiment* répugnant. Il m'arrivait parfois de me surprendre moi-même tant j'étais répugnant — le tweed et le sergé qu'elle importait pour moi, et la canne-siège. Ainsi que la désobligeance, et ce terrible pédantisme. Tu en as eu toi-même un aperçu quand j'ai été saisi d'une crise de rire prolongée et que tu as fait venir Tannenbaum : je venais de tomber sur la phrase « il eut le culot de prendre ma photographie », dans *Lolita*. Je prétends cependant que l'anglophilie n'a rien d'irrationnel. Voilà pourquoi. Tu comprends, Vénus, on pense quelquefois que la littérature russe est notre récompense pour avoir vécu toute cette horrible Histoire. Tellement forte, tellement réelle, ayant germé sur ce compost de sang et de merde. Mais l'exemple anglais montre que la littérature ne tire aucune légitimité de l'horreur. Lorsqu'il brigue la domination du monde, le roman anglais doit surveiller anxieusement les Français et les Américains et, oui, les Russes. Mais la poésie anglaise ne respecte pas notre jugement. Et ce n'est pas rien, ferais-je remarquer, que d'avoir cette Histoire — et un ensemble poétique ne craignant aucune concurrence. D'avoir cette politique, et cette poésie.

Jocelyn, cette grande prêtresse de l'évanescence et de l'infertilité, était saisie d'impatience, avec un manque de lucidité tout à fait artificiel, quand on lui faisait remarquer qu'elle avait cinq filles adultes et vingt-trois petits-enfants (chacun d'eux avait droit à une carte et à un jouet russe camelote, pour son anniversaire). Les rapports sexuels, de la même façon, étaient pour elle de la plus intense frivolité, mais elle se laissait souvent fléchir. Et puis il y avait la gaieté toujours surprenante de sa silhouette. Pour une raison quelconque, ses anciens amants, y compris son mari, ne provoquaient chez moi aucune hostilité. Pour être franc, et donc peu galant, je n'arrivais pas à comprendre ce qu'ils lui trouvaient : ils étaient tous, *eux*, déjà anglais. Ma vie intérieure, en tout cas, devint de plus en plus anglophone. Cela faisait également partie du plan, mais c'était aussi une ressource appréciable. Lorsque Pasternak fut réduit au silence en tant qu'écrivain, il se tourna vers la traduction — de Shakespeare, entre autres. Je comprends ce qu'il voulait dire quand il expliqua qu'il était ainsi en communion « avec l'Ouest, avec la terre historique, avec la face du monde ». Jocelyn s'habillait en noir, mais c'était du noir qu'elle avait peur. Je portais des couleurs plus maussades — des bruns, des verts.

Alors qu'il avait déjà dix ou onze ans, mon neveu Artem fuyait encore Jocelyn. Puis, une ou deux heures plus tard, il entrait au salon en catimini et regardait, et approchait lentement pour recevoir son cadeau. Or, par ailleurs, ce n'était pas un petit garçon timide... Cela ne m'empêchait pas d'emmener Jocelyn là-bas pour une semaine chaque été. Lev et Lidiya s'y habituèrent vite. Après tout, il n'était pas tellement extraordinaire, dans mon pays, de rester assis pendant tout un dîner avec le visage dans ses mains ; il n'était pas tellement extraordinaire de voir quelqu'un couché en chien de fusil pendant toute la durée d'un piquenique. Elle aurait été tout à fait anodine si elle n'avait été une Anglaise qui pouvait quitter le pays quand elle le désirait. En outre, Jocelyn parlait aussi bien le russe qu'un aristocrate du dix-neuvième siècle (sans doute une douzaine de mots), de sorte que personne n'était obligé de l'écouter. Et j'aimais l'écouter.

Lev et moi, nous retrouvâmes une fois une certaine intimité. Ah, ces modulations apaisantes : imagine une *vie* tout entière racontée en modulations tranquillisantes... Lev et moi, nous retrouvâmes une fois une certaine intimité. Nous avions pris l'habitude de rester tard dans la cuisine, à boire et à fumer. Il y avait divers signes d'un bien-être au moins partiel. L'excellence de son jeu aux échecs en était un (pour moi, parvenir à un match nul ressemblait aux efforts requis pour grimper sur un radeau au milieu d'une terrible tempête). Le bégaiement en était un autre : il avait une fois de plus repris les armes. Et ce n'était plus une méchanceté flagrante que de parler, un soir, de poésie. Je n'étais pas désintéressé. Il y avait quelque chose que j'avais encore très envie de savoir.

Ces trucs qu'elle lit, dis-je à voix basse, et je parlais de Jocelyn (on entendait encore sa radio, à côté, là où nous dormions, elle et moi), sont *terribles*.

« Terribles dans quel sens ? »

J'expliquai — sentimentalo-pastoral, l'âge d'argent. Je lui parlai de Wilfred Owen, un poète de la Première Guerre mondiale qui avait commencé de cette façon. Il avait une expression, « niaiserie des rayons de soleil ».

C'est exactement le titre que l'on devrait donner à tous ses livres, dis-je, *Niaiserie des rayons de soleil : Trésors de la poésie du dix-huitième*. Je ne comprends pas ce qu'elle en tire.

« Sans doute quelque chose. Ce qui est mieux que rien. Rien, c'est ce que moi j'en tire. Tout ça, pour moi, c'est mort. Tu aimes toujours ça parce que tu n'as jamais voulu en écrire. De la poésie. »

J'attendis.

Il dit : « Et je pensais autrefois, avec Mandelstam, qu'elle était la mesure d'un homme, d'une femme :

195

leur façon de réagir à la poésie. Avec Mandelstam. Cela paraît tellement ancien maintenant. Mais il se peut que j'y croie encore. Et je vais te dire qui d'autre y croit. Artem. »

Âgé de quinze ans maintenant, Artem était couché, immense, à l'étage, comme un poulain, dans une chambre à la taille d'Artem, infestée d'écharpes et de rosettes.

« Je sais. Je n'arrive toujours pas à y croire. Que j'aie réussi à produire une créature aussi magnifique. *Et* il connaît son Akhmatova sur le bout des doigts. »

Pendant un instant il se laissa aller à un sourire privé. Puis il se redressa et fit : « Quand nous étions là-bas. Je le faisais encore. J'écrivais des poèmes dans ma tête. Et jusqu'en 1956. »

Il se tut. Nos regards se croisèrent.

56, dis-je. La Maison des Rencontres.

« Oh, ne t'inquiète pas, dit-il. Pas maintenant, pas encore. Mais avant de mourir, tu *sauras*. »

Ce fut alors que Lidiya entra, bâillant et traînant des pieds dans sa chemise de nuit tubulaire ; et puis Jocelyn entra, insomniaque jusqu'au bout, et vêtue de noir. Il me vint à l'esprit que ces deux femmes étaient l'opposé zélé de Zoya, Lidiya dans le domaine physique, Jocelyn dans le domaine spirituel. Si on les mettait toutes les trois dans la même pièce, un événement $E = mc^2$ aurait lieu, comme il est supposé advenir quand l'antimatière rencontre la matière.

Lev, en conclus-je, était divisé de la même façon. Il allait bien, plus ou moins, maintenant, dans sa tête, mais son corps n'allait pas bien. Il avait le regard irrité, bordé de rouge du malade chronique. Pendant quelque temps, chaque fois qu'il était pris d'une quinte de toux, il quittait la pièce ; bientôt, c'était la maison qu'il quittait. Autour de la quarantaine, il développa un asthme « de stress ». Ces attaques le propulsaient dans un autre type de combat. En arrière partait la tête. Il parvenait à inspirer mais il ne pouvait pas expirer. Il essayait. Il ne pouvait pas faire ressortir l'air. Il ne pouvait pas le faire sortir.

« Arrête de me regarder comme ça. »

Comme quoi ?

« Comme me regardent les médecins. »

Eh bien, Dieu me pardonne, j'avais un plan.

Cette période de calme bourgeois, de progrès et de poésie et d'ascension sociale, sans viols et sans meurtres, est sur le point de s'achever. Alors permets-moi de te mettre au courant.

Au tournant de la décennie, nous fûmes témoins d'une série de développements, comme si (c'est ce qu'il semble aujourd'hui) tout le monde prenait position, en préparation de novembre 1982. Lev fut hospitalisé pendant deux semaines. Ils voulaient surveiller son cœur tandis qu'ils le faisaient mariner dans le salbutamol, le nouveau médicament contre l'asthme. De plus en plus critique envers ce qu'elle appelait ma « sérénité bovine », Jocelyn rentra en Angleterre, pour une visite. Dans son unique lettre, elle-même un document remarquablement ensoleillé, elle m'expliqua que ce n'était pas seulement le vide, et sa familiarité avec lui, qui la déprimaient : c'était la Russie. Et elle ne reviendrait pas. Mon neveu Artem passa Noël 1980 dans la soute d'un avion stratosphérique, direction l'Afghanistan et la guerre contre les moudjahidin. Il était dans le corps des signaleurs et resterait à bonne distance de la ligne de front. Noël, un anniversaire qui ne signifiait rien pour les musulmans et les communistes. Et Zoya... Zoya fit une chose étrange.

Les nouvelles d'elle me parvenaient toujours, avec éclat, à travers le prisme de ma sœur. Elles se retrouvaient environ une fois par mois et, quand Kitty faisait son rapport, elle prenait toujours l'air d'une assistante sociale surchargée de travail décrivant un cas particulièrement réfractaire. Par ailleurs, il lui arrivait, lorsqu'elle parlait, de se laisser aller à de soudaines expansions physiques ; pendant des minutes entières elle perdait sa sveltesse, sa maigreur et se gonflait de potentialité... Parfois, à l'aide de ses guillemets, Kitty m'apprenait, par exemple, que Zoya était « tombée amoureuse d'un "merveilleux chorégraphe" », que Zoya « avait eu un coup de foudre pour un "extraordinaire costumier" ». Au fil des ans, ses amants semblaient décliner à la fois en envergure et en endurance. Je me préparai à entendre parler du superbe machiniste, de l'extraordinaire ouvreur, et ainsi de suite. Mais lorsque l'ancienne décennie laissa place à la nouvelle, deux événements eurent lieu, et Zoya se transforma. Elle atteignit cinquante-trois ans et elle enterra sa mère la même semaine. Et Zoya se transforma. Au début de 1981, elle apprit à Kitty, très calmement, qu'elle avait accepté une demande en mariage.

Tu te fous de moi, dis-je. Avec qui ?

Kitty ménagea une pause, qui prolongeait son emprise sur moi. Puis elle dit : « Ananias. »

Non. Je croyais qu'il était mort.

« Ananias ! Comment l'annoncer à Lev ? »

Rien qu'un nom : Ananias. Travaillant à présent de temps à autre pour l'annexe moscovite du Théâtre de Marionnettes, Ananias était un dramaturge qui avait été célèbre. *Les Voyous*, la pièce qui avait fait sa réputation (il y avait également des nouvelles et des romans), avait été écrite au milieu des années trente. Elle se déroulait dans un camp de correction et les personnages étaient un groupe d'urkas pas très malins. Elle fut reprise au début des années cinquante, puis Ananias l'adapta au cinéma, avec grand succès, et sous un titre différent — *Les Polissons.* Ananias avait quatre-vingt-un ans.

Et Kitty ? Mieux vaut en finir avec Kitty, parce que nous n'allons plus beaucoup la revoir. Non, elle n'a jamais rencontré le grand amour. Sa passion n'était pas d'une grande force, mais elle la mena à s'attacher de façon incurable à un homme marié. Il avait depuis longtemps cessé de promettre qu'il quitterait sa femme. Plus tard, elle se lia en outre d'amitié avec l'épouse et devint une sorte de tantine pour l'unique enfant du couple. Je te dis cela simplement pour te montrer que, partout, les gens parviennent à créer leurs propres pièges, leurs propres adhésions. Il n'est pas toujours nécessaire que cela soit orchestré par l'État.

À cette époque-là, après Jocelyn, je vivais une liaison tranquille avec l'une des interprètes du ministère de la Défense. Tranquille, parce que Tamara était toujours en deuil de son mari avec qui elle avait vécu vingt-cinq ans (et son histoire antérieure était l'affaire d'une seule occasion). Bien que son anglais parlé n'ait été que médiocre, son anglais technique était de première qualité, et j'allais en avoir besoin. Tamara était également un peu folle, mais plutôt dans l'autre sens, et plus rêveuse que maniaque. Sa seule obsession était sa datcha — une cabane de plage transformée dans le sud de l'Ukraine, au bord de la mer Noire. Elle jura qu'elle m'y emmènerait au printemps. Tandis que je m'endormais, elle me parlait avec des murmures duveteux. Nous irions vivre dans cette cabane toute simple, nager nus tous les matins dans les eaux turquoise, puis nous marcherions pendant des heures sur le sable sous les confettis des papillons blancs. J'aime beaucoup nager, c'est vrai, gigoter, puis flotter et me vautrer, sans support, sans connexions...

Le 3 novembre 1982, en compagnie de centaines d'autres, Russes et Afghans, Artem fut tué dans le tunnel de Salang, sur la route qui mène de Kaboul au Nord. Le tunnel de Salang, le plus haut tunnel du monde, creusé dans l'Hindu Kuch par les Soviétiques (en 1963) était donc, et est encore, un piège mortel à quatre dimensions et 360 degrés, même en temps de paix. Le convoi d'Artem, ayant réussi à passer une avalanche, se dirigeait vers le nord. Un autre convoi, à quatre kilomètres de là, de l'autre côté, ayant traversé une autre avalanche, se dirigeait vers le sud. Il y eut peut-être une collision, il y eut certainement une explosion. On nous apprit que « plusieurs dizaines » de personnes étaient mortes, mais le chiffre exact était sans doute plus proche de mille. Ce ne fut pas le souffle de l'explosion qui les tua. Ce fut la fumée. Parce que les autorités russes croyaient à tort que le convoi d'Artem était attaqué par les moudjahidin. Ils scellèrent donc le tunnel aux deux extrémités. Et dans quel but, de toute façon ? Aveuglés, devenus fous, étouffant, tâtonnant, s'agitant, cognant — et lentement. Une mort totale, une mort *profonde* pour Artem.

J'arrivai à la maison le lendemain du télégramme. Tous les stores étaient baissés. Tu te demanderas peut-être comment j'eus le loisir de le faire, mais je me rappelai Wilfred Owen : « Et à chaque lent crépuscule on baisse les stores. » Il décrivait une famille endeuillée (ou une série presque infinie de familles semblables) dans les « tristes comtés » — octobre 1917. Les stores baissés constituaient un aveu et une sorte de signal. Mais les accablés ont besoin du noir. La vie est lumière et leur est insupportable — tout comme les voix, les pas décidés. Et ils sont eux-mêmes des fantômes, et ils cherchent une atmosphère qui pardonne aux fantômes, et qui permette la visite d'autres fantômes, ou d'un fantôme en particulier.

Aussi longtemps que je pus le supporter, je restai assis avec eux dans les ténèbres. Dix minutes. Dans l'hôtel de la gare, l'eau de la baignoire coulait noire. Et cela ne me surprit en rien, ni ne m'inquiéta. De quelle couleur l'eau devait-elle être ? Je regardai dans le miroir et je pensai que je pouvais tout simplement l'enlever, mon visage. Il y aurait des fermoirs, derrière les oreilles, et il pourrait se détacher... Je téléphonais toutes les deux heures. J'allais les voir. Et chaque fois je me retrouvais dehors — on avait l'impression de se débattre dans les profondeurs et de parvenir à aspirer sa première goulée d'air.

Il me dit ceci. Ce fut tout ce qu'il me dit. Il dit : « Le pire, c'est à quel point j'ai pitié de lui. »

Lidiya, à cet instant, était à l'étage, dans sa chambre. Je dis, doucement : Qu'est-ce qu'elle fait là-haut ?

« Si jeune, tant de peur. Elle respire ses vêtements. »

Les stores — ils ne les remontèrent jamais. Le troisième matin, Lev annonça que, pour autant qu'il pouvait évaluer son être physique, il paraissait souffrir de vertiges. Il fut admis à l'infirmerie de Tyumen et transféré l'après-midi même à l'hôpital de Iekaterinbourg. M'ayant emmené loin de Lidiya, le médecin m'apprit qu'il n'avait jamais vu un patient réagir aussi faiblement à une dose massive de drogues. Il appelait cela des « échecs en cascade » : organe après organe fermait boutique. Mon frère était étendu, immobile et silencieux sur le lit surélevé, mais en même temps il bougeait rapidement. Il tournoyait dans ma tête. Il disparaissait dans un maelström.

Et conscient, jusqu'au bout. Ses yeux pivotaient de visage en visage — celui de Lidiya, celui de Kitty, le mien. Ses yeux étaient les yeux d'un homme qui craint d'avoir oublié quelque chose. Et puis il se souvint. Il dit adieu à chacun, l'un après l'autre. Il parut examiner mon visage. Ne me démasque pas, pensai-je. Ne dis rien.

« Enfin, non ? » dit-il. Et puis l'expression : « Je t'en prie. »

Lev mourut le même jour que Leonid Ilitch — le 10 novembre. Le même jour que l'homme qui envoya Artem dans le tunnel de Salang.

4

La maison mal famée

Elle vivait, Vénus, dans une maison mal famée...
Attends. Ne pourrions-nous pas avoir un intervalle de
bienséance ? Non, nous avons *déjà* eu un intervalle de
bienséance. Il dura vingt ans. Naturellement, je pouvais me dire tout en marchant dans les rues de la
capitale que j'étais un messager, porteur de nouvelles
de mort, comme le meilleur des frères — le meilleur
des frères. Mais ce n'était pas ça. J'avais un plan. Et
elle vivait, Vénus, dans une maison mal famée.

C'était l'immeuble historique sur les quais, épaules
carrées et menaçantes, poitrine médaillée s'avançant,
comme au garde-à-vous, sur le fleuve Moskova :
gothique néoclassique, et d'une immense violence. En
l'appelant mal famée, comme je le fais, j'utilise l'expression au sens ancien de *infâme*, et j'écarte toute
connotation avec le sens de *fameux*. Il a été construit
juste après la guerre afin de loger la nomenklatura
triomphante ; et il abritait toujours nombre de bou-
chers vénérables et contents d'eux — amnésiques
taciturnes vivant de pensions de l'État. Les résidents
s'étaient diversifiés mais, alors que j'attendais, après

être entré et avoir donné mon nom, que le gardien ait téléphoné, j'aurais pu rencontrer un Kaganovitch, ou un Molotov*. Je pénétrai dans l'ascenseur en bois, qui ballottait dans les gorges de ses serrures. Lorsqu'il s'éleva, le vieil appareil se mit à grincer, comme si la cage, avec son contrepoids en pâmoison, était un instrument de torture haut de huit étages. La plate-forme grillagée y était aspirée vers le haut, à l'intérieur de la maison mal famée.

J'avais traversé la ville depuis le Rossiya, où j'avais pris une suite qui donnait sur la place Rouge. 17 novembre 1982, et on portait Leonid Ilitch en terre. Pour les funérailles de Joseph Vissarionovitch, en 1953, la ville tout entière ululait — hurlements humains, klaxons de voitures et de camions, sifflets d'usine, sirènes. Dans toute son histoire, Vénus, la Russie n'a jamais été prise de folie comme ce jour-là. Des centaines, peut-être des milliers de gens furent piétinés ou écrasés (et pas seulement à Moscou). Ma sœur était présente. Les corps, me raconta-t-elle, roulaient comme des tonneaux dans la pente raide qui menait à la place Troubnaïa et s'immobilisaient bru-

* Lazare Kaganovitch et Viatcheslav Molotov appartenaient au cercle dirigeant restreint qui régna depuis le milieu des années vingt jusqu'au milieu des années cinquante. Tous deux furent des acteurs clés lors des deux grandes vagues de terreur, 1931-1933 (dans les campagnes) et 1937-1938 (dans les villes). Cette note de bas de page est la dernière. Et le lecteur pourrait avoir envie d'une réponse à une question, du fait de ce qui va suivre. Est-ce que je lui pardonne ? Pour finir, oui, je lui pardonne. La seule chose que je ne lui pardonne pas est de ne pas m'avoir laissée le conduire à l'aéroport. C'était O'Hare, l'aéroport de Chicago. Une dernière petite heure.

talement dans une mare de sang. Même Pasternak, même Sakharov sentirent la panique. Une présence outrageuse d'immensité avait disparu ; une absence outrageuse d'immensité l'avait remplacée. Dans ce vide, tout le monde pensait sérieusement que la Russie allait — allait quoi ? Que la Russie allait cesser d'exister. Seuls les Juifs étaient contents. Seuls les Juifs et les esclaves... Pas de chagrin, pas d'apocalypse, pour Leonid Ilitch. Pas de surabondance mortelle d'êtres humains, mais une pénurie embarrassante. La foule était composée de gens que l'on avait fait venir en camion et en bus pour la journée depuis les fermes et les usines des environs. Ils étaient vêtus de noir. Le noir des femmes effiloché et boursouflé, le noir des hommes rendu brillant par l'usage. J'ai traversé une ville pleine de Jocelyn et de croque-morts. Moi aussi je portais une cravate noire, sous mon foulard en soie blanche, sous mon pardessus en cachemire.

Ces derniers éléments, je les abandonnai à la femme de chambre en uniforme. Puis je me retournai. Zoya était debout près d'une table ronde, penchée en arrière, appuyée sur ses doigts gantés. Elle aussi était en deuil : un tailleur noir, des bas et des chaussures noirs, et une fine voilette attachée au rebord de son chapeau en velours.

« Cléopâtre, dit-elle d'un ton sans humour, avait raison. » Elle me regarda et m'examina — mon froncement de sourcils, ma cravate noire en tricot. « Elle tuait le messager s'il lui apportait de mauvaises nouvelles, évidemment. Tout à fait correct. Mais parfois

206

elle tuait le messager avant qu'il ait dit quoi que ce soit. Avant. Je devrais te tuer maintenant. Kitty m'a parlé d'Artem. Mais il ne s'agit pas de lui, n'est-ce pas ? Il s'agit de son père. Ton frère. Mon premier mari. »

Et elle avança en tanguant pour m'engouffrer entre ses bras. J'avais l'intention, quoi qu'il arrive, de me remplir d'impressions sensorielles, souvenirs futurs d'odorat et de toucher. Et les hommes russes s'y connaissent pour réconforter les femmes russes. Ils savent que l'étreinte durera longtemps et qu'ils ont droit à une certaine licence. Il semble acceptable de caresser les flancs de la partie supérieure du thorax ; et quand on murmure « allons, allons », on pense également au volume arrondi en dessous d'une aisselle, au volume arrondi en dessous de l'autre... Zoya pleurait avec tout son corps. Je sentais son haleine brûlante dans mon oreille tandis qu'elle haletait et refoulait ses larmes et sanglotait, et sa voilette devint moite contre ma joue. La voilette — sombre bonneterie des yeux, du nez, de la bouche ; quand elle se redressa et recula d'un pas, la voilette était collée sur son visage, et pas seulement à cause des larmes, mais aussi d'autres liquides. Elle leva une main et, de l'autre, elle m'indiqua le chemin.

Dans le salon, une des trois fenêtres à petits carreaux était ouverte et laissait entrer le matin. Tandis que je m'approchais de la digue tremblotante de verre, je perçus une odeur, douce mais d'une douceur sinistre ; elle provenait, je le savais, de l'usine de Chocolat Octobre Rouge en face, mais elle me rappelait l'odeur de l'humanité pendant le dégel arctique. Brusquement, l'uniforme de la femme de chambre passa près de moi pour fermer la fenêtre avec une douce exclamation de surprise. Comment, demanda-t-elle alors, désirais-je mon café ? Je déclinai. Je craignais même le plus infime accès de nervosité. Tu devrais en prendre note. Je ne peux pas parler de la perte d'un enfant. Mais la perte de toute autre personne est une sorte de stimulant. Mon cas était rare et horrible, je l'avoue, mais je soupçonne qu'il est universel de se sentir stimulé. On te demande, après tout, de manifester le plus grand des contrastes imaginables. Et j'étais tout à fait vivant. Ne t'inquiète pas. La facture, sur son plateau en argent, sera présentée plus tard. Les paiements sont effectués à tempérament — ce que les Anglais, artistiquement, mais sans le moindre fond de vérité, appellent le *never-never*, le jamais-jamais. Comme je l'ai dit, Vénus, tu devrais prendre note de ces pensées sur le deuil. Toi qui vas bientôt être en deuil.

J'en étais à ma quatrième cigarette quand elle réapparut. La voilette avait été soulevée, elle était épinglée sur le chapeau... Quand on se retrouve, après de longs intervalles, c'est ce que font les femmes, je l'ai remarqué — elles s'avancent vers vous timidement, le visage baissé et incliné de côté, observant, non pas à partir des ruines, mais du musée de ce qu'elles ont été dans le passé, à présent que leurs trophées sont conservés dans des vitrines. Zoya, conservatrice d'elle-même. Et bien sûr, tout était là, malgré les couleurs d'ombre et de fard, sa chair auto-hydratante : les fissures soyeuses du front, les poches bleutées sous les orbites, les plis sur la lèvre supérieure, et les rides supplémentaires de douleur qu'ont tous les Russes, lesquelles accentuent l'avance du menton. Vue de face, sa silhouette paraissait avoir conservé ses contours et ses formes mais, quand elle se tournait, c'était comme si (pour poursuivre la métaphore d'écolier) un atoll caraïbe s'était détaché et avait dérivé jusqu'au golfe de Panama.

« Son costume, dit-elle. Ses chaussures ! J'ai senti ton pardessus pendant cinq bonnes minutes. Je ne me suis privée de rien. »

Et toi, dis-je. Tes cheveux...

« Toujours noirs. C'est parce que je les teins à mort une fois par semaine. Oh, ils sont gris. Comme ceux de Voltaire. C'est terrible, de se présenter ainsi au passé. Je veux que tous mes vieux amis soient frappés de *cécité*. Je... » Elle baissa la tête et eut l'air d'écouter. Elle dit : « Il arrive. Il arrive. Il ne restera qu'une minute. Il veut présenter ses respects. »

Et il arriva, par la double porte... Jusqu'en 1960 environ, il était possible, à Moscou ou à Pétersbourg, de voir Ananias sur des affiches et des panneaux. Assis à une table, le menton posé sur une main, la mèche de cheveux bruns décoiffée, la moue ironique et déterminée, l'air bohémien auquel il pensait avoir droit. Et maintenant ? Le destin de bon nombre de vieilles femmes de petite taille est de se transformer en vieillards de petite taille : des vieillards de petite taille en culotte et caraco. On ne voit pas très souvent le processus inverse, mais il y avait Ananias, une vieille teigne à fixe-chaussettes et grosses chaussures noires. Même les épaules raides, rejetées en arrière étaient féminines. Il possédait également cette vivacité que d'aucuns prétendent admirer chez certaines dames âgées. Ce n'était que dans les sourcils broussailleux que l'on discernait les fardeaux et les calculs du mâle.

Zoya nous présenta. Et tu vas penser que j'invente tout ça, mais pas du tout. Sa poignée de main était tellement dégoûtante que je décidai sur-le-champ de l'étreindre ou même de l'embrasser quand je le quitterais plutôt que de serrer à nouveau cette main. Blanche et humide, la chair paraissait sur le point de fondre, de tomber en déliquescence. On avait l'impression de saisir un gant en caoutchouc couvert de graisse et à moitié rempli d'eau tiède.

Zoya nous pria alors de l'excuser et promit à son mari, qui l'observait avec inquiétude, de revenir sans tarder.

Ananias s'installa dans son fauteuil en disant : « Je crains que vous n'ayez eu un vol terrible en passant les montagnes. »

Je dis : Les montagnes ? Non. C'est à peine si on peut leur donner le nom de montagnes.

« Ah, mais les trous d'air, vous comprenez, la basse pression. On y a droit parce que... »

Tout en bavardant avec lui, je m'aperçus que j'étais en train de comprendre quelque chose au sujet d'Ananias : on pouvait faire une estimation assez exacte. L'année précédente, j'avais vu une reprise du film adapté de sa pièce, *Les Polissons*. J'avais également jeté un coup d'œil à un recueil de ses nouvelles, publié en 1937. Ce livre m'avait beaucoup surpris et inquiété. En apparence, ces nouvelles se conformaient au motif réaliste social : disons les vicissitudes d'une fonderie ou d'une ferme collective, conduisant à une affirmation renforcée de « la ligne générale ». C'était là que se trouvait l'anomalie : Ananias avait du talent. La perception, à un niveau constamment élevé, était toujours vivante et se contorsionnait. La prose vivait. Et quand on arrivait aux parties où il devait se lancer dans les formules et la piété d'usage — on voyait presque les touches de la machine à écrire s'empêtrer et se coincer telle une bouche pleine de dents maigres et noires. Pendant les années trente, un écrivain talentueux qui n'était pas encore en prison avait le choix entre deux destins possibles : soit le silence, soit la collaboration suivie d'un suicide. Seuls ceux qui n'avaient pas de talent pouvaient collaborer et rester sains d'esprit. De sorte qu'Ananias était un être humain plutôt rare. En quelques minutes, je pus sentir la force de la détresse mentale qu'il avait accumulée, aussi impossible à ignorer que sa main ou l'odeur de son haleine. Son haleine, pareille à l'air au-dessus de Predposylov.

Elle paraissait toujours entrer et sortir, et à présent elle revenait (son cou bien droit, sa démarche harnachée). Ananias la regarda comme s'il allait partir et annonça, de sa voix sans poids : « Je compatis à votre tragédie. Et le garçon. Horrible. Horrible ! Un enfant unique, dit-il en hochant la tête. Cette guerre a sur nous l'effet d'un poison. Les chiffres ne sont pas encore très élevés. Mais les jeunes gens tués n'ont pas de frères, pas de sœurs. Leurs familles sont détruites d'un coup. Notre société tout entière grince sous cette guerre. »

Il s'arrêta, et son menton retomba sur sa poitrine. Quand son regard se releva, on voyait que même le verre des yeux vieillit, rainuré de creux et de dureté. Il dit : « Je suis aussi vieux que le siècle. Plus vieux ! 1899 ! (Sa tête trembla.) Et votre frère était encore jeune. Quel âge avait-il, ma chérie ? Le même âge que toi, non ? Plus jeune. Un petit veau. Et rendre l'âme ainsi. À *son* âge. Tout à fait extraordinaire. *Tout à fait extraordinaire.* »

Ananias était assis, les mains sur ses cuisses, les doigts entrecroisés. Ses mains — comment pouvaient-elles supporter de se toucher ? Pourquoi ne se séparaient-elles pas brutalement ? Et je ressentis une pitié abstraite pour le grain de poussière qui était peut-être prisonnier, dans l'infecte bivalve de leur étreinte. La réponse que je lui fis était galamment modérée, mais il était déjà tout à fait clair qu'il n'y aurait pas de seconde poignée de main à éviter ou à laquelle survivre.

Je dis : Vous savez, je suppose, que Lev a passé dix ans dans les camps.

« Il n'y avait pas d'autre solution, vous comprenez ? Les hommes libres auraient refusé de faire ce travail, creuser pour trouver de l'or, de l'uranium, du nickel, tout ce dont la nation avait besoin ne serait-ce que pour survivre. »

C'était après la guerre, lui dis-je. Nous y étions après la guerre.

« L'institution s'est figée. Comme toutes les institutions. Mais tout cela, c'était il y a longtemps. Et il suffit de vous regarder. Vous avez fait la paix avec l'État. Et vous vous en sortez *plutôt* bien, j'en ai l'impression. Cela ne vous a pas fait trop de mal. »

J'attendis. Je regardai Zoya, m'attendant à un coup d'œil de mise en garde. Mais elle avait baissé la tête. J'avais l'impression que chaque Russe faisait toujours la même chose. Nous nous battions toujours contre l'aliénation de l'amertume. Pour l'instant, je me contentai de lui dire que la réalité des camps n'était pas ce qu'il avait choisi de décrire.

« Choisi ? Choisi ? Je n'ai pas choisi. Vous n'avez pas choisi. *Elle* n'a pas choisi ! *Personne n'a choisi.* »

Et je le lui dis. Je dis : Vous avez choisi. Et vous savez ce que vous êtes ? Vous êtes comme les hommes et les femmes des camps — les hommes et les femmes qui ne sont pas des hommes et pas des femmes. On leur a enlevé ça. Mais vous. Vous avez fait ça tout seul.

Le temps s'égrena. Puis il frappa de ses mains les accoudoirs en cuir du fauteuil et tenta de se lever. « Oh, pourquoi les gens croient-ils qu'ils peuvent revenir et déranger tout le monde ? Ils croient pouvoir tout simplement revenir. Et provoquer tant de douleur avec ces vieilles blessures. »

Zoya l'aida à se lever. Elle fit un mouvement de tête dans ma direction et un geste pour me calmer, avant de guider Ananias vers la porte, me laissant avec l'impression pénible qu'il s'en allait pour s'occuper de la vieille Esther.

J'occupai cette seconde interruption à faire le tour de la pièce ; et j'avais l'impression que le moindre ornement, le moindre bibelot avait été potentialisé, voire directement financé, par le rire indulgent qu'Ananias avait suscité, dans toute la nation, avec ses vauriens de brigands, qui trébuchaient un tout petit peu sur la route de la rédemption. Dans *Les Voyous* (1935), les fascistes, les politiques étaient franchement démoniaques ; dans *Les Polissons* (1952), les politiques étaient démoniaques — et sémites : nous étions tous des Fagin et des Shylock, nous étions tous des Judas. Un autel glorifiant les plus grands succès d'Ananias était dressé dans un coin — photos signées, coupes et grands rubans, le certificat confirmant son statut de Héros du Travail socialiste... Je réfléchissais également à la profondeur de l'échec de Zoya : son incapacité à vivre par le cœur. Je savais moi-même à quel point ce projet était décourageant, avec mes veuves, mes orphelines, ces enfants abandonnées ayant dépassé la quarantaine, les souris et les cochons d'Inde qui continuaient à s'agiter dans le labo désert après la fin de l'expérience. Et qui étaient maintenant censés tout simplement vivre leur vie.

Une fois de plus, elle entra. Juive, murmurai-je. Et « Ananias » — n'était-il pas juif aussi, ce nom ? Oh, qu'est-ce qui ne va pas en Russie avec les Juifs ? Elle referma la double porte et s'adossa avec lassitude, ses mains à plat contre le teck. Elle avança ensuite avec une démarche ressemblant au débraillé de son allure d'autrefois et, lorsqu'elle s'affala sur le canapé, ses pieds quittèrent un instant le parquet avant de se reposer tandis qu'elle tapotait la place à côté d'elle pour m'inviter à la rejoindre.

« Il s'est remis. »

On sentait la vibration de son soupir dans la structure du canapé.

Elle dit : « Nous avons environ cinq minutes. Et puis il commencera. Tu es gentil d'être venu mais ça fait mal de te voir. Et ça fait mal d'être vue. Pourquoi tu es ici ? Tu as sûrement une raison. Te connaissant. »

Je dis que j'en avais deux. Deux questions.

« Vas-y. »

Je lui demandai ce qui s'était passé dans la Maison des Rencontres.

« La maison... ? » Sur son front, nombre de rides conspirèrent avant qu'elle reprenne : « Oh. Alors. Pourquoi tu poses la question ? Il ne s'est rien passé. Je veux dire, tu penses à quoi ? C'était magnifique. » Remarquant ma surprise, et surprise par celle-ci, elle dit : « Je suppose que, d'une certaine façon, tout ça était trop fort. Beaucoup de larmes, beaucoup de paroles. Et puis ce qui va sans dire. »

Je m'excusai alors par avance de ma hâte déplacée, ajoutant assez malhonnêtement que certains de mes projets ne pouvaient pas attendre. Je lui expliquai que je quittais ce pays : l'Amérique. Où je serai riche et libre. Je lui dis que j'avais pensé à elle mille fois par jour pendant trente-six ans. Ici et maintenant, dis-je, elle enchantait tous mes sens.

De sorte que la seconde question est : veux-tu venir avec moi ?

Et je la retrouvai : l'odeur douce. Mais à présent toutes les fenêtres étaient fermées. Et à cet instant, alors que le sang faisait gonfler ma gorge, mes deux oreilles s'obturèrent d'un coup et, quand elle me répondit, c'était comme une conversation longue distance, avec pause, chuintement, écho.

« L'Amérique ? Non. Je suis touchée, mais non. Et si tu veux que je dise adieu à tout ce que j'ai ici pour retrouver le risque, à mon âge, tu te trompes... L'Amérique. Ça fait des mois que je ne suis pas sortie. Ça fait des mois que je ne suis pas *descendue*. Je suis bien trop soûle. Tu ne l'as pas remarqué ? »

J'aurais continué, mais Ananias l'appelait et elle me dit : « Je suis tellement à bout. De toute façon. Pas *toi*. Jamais toi. Lui. Lui. »

Tous les bars et bistrots étaient fermés à ceux qui voulaient déjeuner, en signe de respect. Respect pour l'homme le plus décoré de l'histoire russe, respect pour le dirigeant chevronné qui, lors de ses apparitions en public, n'avait pas arrêté de baver partout depuis au moins cinq ans. Avec énergie, j'avais franchi le Grand Pont de Pierre, mes pas résonnant sous moi. Tu dois t'étonner de mon ton, Vénus, t'étonner de mon allure énergique, de mes pas qui résonnent...

Je payai mon entrée dans un des clubs que je fréquentais à l'époque où j'étais dans le marché noir. Davantage de membres du Parti maintenant, ainsi que la foule habituelle de tire-au-flanc et d'arnaqueurs. Je me juchai sur un tabouret au comptoir et commandai une coupe de champagne. Le téléviseur, installé au-dessus d'un mur de bouteilles, retransmettait silencieusement les funérailles nationales. Et on se sentait en présence du chef-d'œuvre d'ennui habituel — jusqu'à l'événement. Quelque chose qui imposa le silence dans la salle et qui l'enflamma d'un feu roulant de sifflets et de cris. Les soldats de la garde personnelle s'apprêtaient à fermer le cercueil ; la veuve de Leonid Ilitch, Viktoriya, respira profondément et marqua une pause. Et alors elle commit un acte criminel. Elle fit le signe de croix. Il n'y avait qu'une seule personne qui pouvait faire ça sans crainte de représailles : elle. Elle fit le signe de croix au-dessus de l'empereur mort des sans-dieu.

Et avais-je un espoir de résurrection, de résurrection à la onzième heure ? Je dois avouer que oui ; et pas, dans mon cas, sans quelques bonnes raisons. Je prenais congé de la maison mal famée — et ce n'était pas un joli congé. Zoya déverrouilla la grande porte, je passai devant elle et je me retournai, mon écharpe et mon pardessus sur un bras. Elle me tendit sa main de satin noir, jointures vers le haut. Que je ne pris pas. Ananias l'appelait. Tel fut l'accompagnement de mes adieux : les cris chaque fois moins rapprochés mais de plus en plus désespérés d'Ananias.

Je lui dis en élevant la voix qu'elle ne pouvait certainement pas vivre avec moins d'honneurs qu'elle ne le faisait en ce moment. Si l'on considérait ce qui était arrivé à Lev. À moi et aux vingt autres millions. Il y en avait eu davantage, il y avait eu beaucoup trop, toujours la même chose. Puis vint le moment où je fis référence à son mari, avec de toute évidence une brutalité superflue, comme à une vieille gouine rance. L'épaule de Zoya sursauta. J'attendis qu'elle me claque la porte au nez. Mais il n'en fut rien ; son corps changea d'idée, elle fit un pas en avant, se pencha vers moi et embrassa ma lèvre inférieure, la tint entre ses dents pendant une seconde en me regardant dans les yeux.

C'était un test.

Maintenant tu dois croire à quel point je voudrais passionnément, tumultueusement, que tout se soit terminé là et qu'elle ne soit jamais venue dans ma suite à l'hôtel Rossiya.

5

Du sang sur la glace

Une des choses que j'aimais chez ta mère était son nom. Le nom est évidemment fort beau en lui-même mais il était également, pensais-je, l'évocation de la forme de sa vie, avec ses résurrections cycliques : son enfance comme fille de métayer, les cages de La Nouvelle-Orléans, le premier mariage de convenance, les années à l'usine, la période avec ton père, tout cela ayant été vécu et surmonté. Et puis toi, l'arrivée tardive, le « crocus d'automne ». Et puis sa période avec moi. Mais moi, moi je n'avais pas le pouvoir de renaître de mes cendres. Quand j'ai rencontré ta mère, j'étais menacé dans les fondements les plus profonds de mon être. Ta mère m'a aidé à m'en sortir — ou à aller au-delà. Mais je ne pouvais pas faire ce que fait l'oiseau de feu et m'envoler dans les flammes.

Ton chagrin, quand je t'ai appris, peu après sa mort, que notre mariage avait été chaste, était impressionnant et intimidant. Tu avais dix-sept ans. J'aurais mieux fait de me taire. Si elle ne te l'avait pas dit, pourquoi fallait-il que je le fasse ? Ma maladresse, j'aimerais le déclarer, était la conséquence de ma grossière euphorie : c'était le jour où tu as décidé de ne pas aller vivre chez ta tante, ton oncle et tes cousins, comme nous l'avions plus ou moins planifié, et de rester avec moi. L'impression que Phénix, pendant ses dernières années, n'avait pas eu droit à l'épanouissement : voilà ce qui t'a fait mal. Tout ce que je peux faire, c'est répéter, avec fort peu d'assurance, que ta mère n'a manqué ni de câlins, ni de caresses, ni de tendresses.

Et si cela te fait encore mal, Vénus, maintenant au moins tu vas comprendre.

Lorsque je lui ouvris la porte, je me sentis pareil à l'enfant qui se croit perdu dans une rue grouillante de monde et qui tout à coup aperçoit cette silhouette qui résout tout, cet indispensable déplacement d'air.

Elle portait un manteau de fourrure blonde sur une épaule. Et un sac en plastique transparent sur la poitrine : des bottes de caoutchouc. Je baissai les yeux et je vis ses hauts talons rouge sang et les rubans d'humidité sur les mollets de ses bas. Son visage turc était aussi pâle qu'une statue en plâtre – contre nature. Je me souvins de l'onguent yogourteux dans lequel Varvara, ma dernière croupière, avait l'habitude de s'ensevelir, tous les soirs, vers la fin ; il changeait la couleur de ses dents — de chair d'amande à écale ligneuse d'amande.

Zoya entra en tanguant, balança ses affaires (qui comprenaient, je le vis alors, un chapeau en fourrure à la Davy Crockett) sur une considérable distance jusqu'à l'un des pesants fauteuils. Je lui demandai ce qu'elle désirait — vodka, champagne, peut-être un cognac pour se réchauffer ? Elle refusa d'un volettement négatif des deux mains.

« Je leur ai dit que tu étais mon mari », dit-elle. Elle enfonça alors ses poings dans ses hanches et se pencha en avant, comme une écolière lançant des sarcasmes depuis le fond de la cour. « Ne crois pas que j'aie changé d'idée. Je ne partirai nulle part avec toi — mais je *vais* changer ma vie. »

Il y avait une table de salle à manger dans la pièce : quatre tabourets cylindriques au siège en paille, un plateau circulaire argenté et des verres, une bouteille d'eau minérale, une carafe de malt britannique. Ce fut là qu'elle s'installa. De ses ongles impatients, déjà exaspérés, elle tripotait la cellophane d'un paquet de cigarettes qu'elle tenait tout près de ses yeux.

Tu es sèche, dis-je.

La chaise basse grinça sous elle. « Sèche. Et aussi toute seule, pour l'instant. Ma seule amie, c'est la femme de chambre. Il est à la clinique pour son check-up. Ils procèdent morceau après morceau. Et ce sont tous les *autres* qui meurent... Tu as raison. Je me déteste. Je me déteste. Et je veux te dire que je suis désolée. Si tu disais la vérité, alors je suis désolée. Je parie que tu penses être un bon parti. Mais regarde-toi. Regarde tes yeux. Tu n'es pas aimable. Et je n'ai pas le choix : je dois fréquenter des gens aimables. Oh, je sais que tu trouverais une façon de me torturer. Et puis de toute façon tu es le *frère* de Lev. Alors, désolée, mon pote. Pas grand-chose à attendre pour toi, je le crains fort. Si Kitty était de retour, j'irais la voir. J'ai besoin de parler de Lev. Tu peux m'écouter pendant une heure ? Et on pourra alors se dire au revoir comme un frère et une sœur. »

À ce moment-là, peut-être cela te surprendra-t-il, mon cœur était comme un essaim d'abeilles et mes oreilles, une fois de plus, étaient complètement obturées ; deux sensations qui disparaîtraient bientôt. Ses paroles, je les comprends parfaitement aujourd'hui. Je ne les comprenais pas du tout alors. Zoya disait qu'elle avait besoin de parler, mais je savourais la certitude qu'elle était venue dans ma chambre d'hôtel pour une tout autre raison. Elle pouvait, tout au plus, avoir un ou deux scrupules et elle aimerait bien que je l'aide à l'en débarrasser. Tout comme je l'aiderais à se déshabiller. La décision, pensais-je, avait déjà été prise. Ce matin-là. La veille. Et cette décision amènerait une autre décision. Parce que, pour elle, tout prendrait un aspect différent après une nuit entre mes mains.

J'étais évidemment préparé à un assez long épisode de volubilité. Tout en me versant de petites doses de scotch bourbeux, tourbeux, j'écoutais et je regardais. Elle portait un tailleur de femme d'affaires très cintré de couleur anthracite et un chemisier bleu uni à la coupe masculine. Il était trois heures de l'après-midi. Par la fenêtre la plus éloignée, on voyait le crépuscule s'amasser au-dessus de la place Rouge — la place Rouge et la frénésie asiatique du Kremlin. Le siège en paille craquait sous son poids mouvant.

Le temps que Zoya passa avec Lev, me dit-elle, avant qu'il parte au camp, était « comme un nouvel univers », parce que enfin elle avait trouvé quelqu'un « exactement comme moi ». Quelqu'un qui ne se retenait pas. En ce qui concerne les choses du cœur, « il disait toujours que j'étais nulle. Beaucoup, beaucoup trop entière ». Mais ce qu'il ignorait encore, c'était que, même dans ses infatuations les plus violentes, de ses abandons les plus insouciants, elle continuait à se retenir. « Et c'était vrai aussi physiquement », remarqua-t-elle en hochant la tête. Avec Lev, elle ne se retenait pas. Et mon frère (cela fut vite éclairci) était à la hauteur... Soit. Lev, l'amant « de choc », le stakhanoviste sexuel, avec ses centaines de tonnes de charbon. J'assimilai cela avec un calme parfait. Un pressentiment de ce qui allait nécessairement suivre se frayait un chemin en moi ; mais je pardonnai à Lev. Il appartenait aux morts. Il était pardonné. Et les vivants ? Dans toutes mes pensées concernant Zoya, jamais je n'avais dépassé la scène d'ouverture. Et à présent la scène d'ouverture était enfin assurée. Je regardai donc et je vis.

« Quand il est revenu, les choses ont été plutôt difficiles. Comme tu le sais. Et il a fait tout un cinéma avec sa morosité. Mais quand ce n'était que lui et moi, seuls, c'était toujours le paradis. Il se demandait comment je pouvais me lever le matin et aller travailler mais, pour moi, c'était simplement du combustible... Tu sais, Lev pleurait dans son sommeil. Pas toutes les nuits. C'était toujours le même rêve, disait-il. Quelque chose qui avait eu lieu au camp. Il ne voulait pas en parler, mais j'ai insisté. Il m'a dit qu'il rêvait toujours du gardien sans mains. Sans mains.

Comme si on venait de les lui couper en Arabie. Indescriptible. Mais pourquoi fallait-il qu'il pleure ? Et aussi pitoyablement. »

Et durant quelques minutes, elle se mit elle-même à pleurer, en silence ; ses yeux versèrent chacun une larme. Elle poursuivit : « Cinq années encore. Je ne comprends toujours pas comment c'est arrivé. Je veux dire, je comprends et je ne comprends pas. Le dernier été, il est devenu très renfermé. Il n'allait pas bien, sa santé, je crois. Il s'est détourné de moi. La nuit, il se détournait de moi. Et les mots. Eux aussi, ils ont disparu. Tout a disparu. J'ai alors fait quelque chose d'idiot. Tout le temps qu'il était parti, je n'avais jamais regardé un autre homme. Ce n'était pas délibéré. Mes yeux ne les voyaient pas, tout simplement. C'était lui et c'était moi. Et quand il s'est détourné de moi, je me suis sentie complètement désorientée. En fait, j'étais désespérée. Si j'avais été un paysan pendant une époque de disette, j'aurais laissé tomber toutes les souris, les baies et les insectes. J'aurais *immédiatement* pensé au cannibalisme... Il y avait un jeune enseignant, un collègue. Et une brute parfaite, qui plus est. Je n'ai même pas pu garder la chose secrète. Toute l'école était au courant. Et puis tout a été terminé. J'ai vu qu'il n'en serait peut-être pas ainsi. Parfois, il y a... le pardon. Mais c'était terminé. Et voilà qu'il a engrossé cette petite chienne à Iekaterinbourg. »

Et les revoilà, me disais-je vaguement — les brutes et les chiennes. Les voilà. Je dis : Ce n'était pas une chienne.

« Évidemment que ce n'était pas une chienne. C'est juste une façon de parler. Bref. Et après ça, bon Dieu. Un homme après un homme après un homme après un homme après un homme. »

Quelque chose dans la pièce avait commencé à changer. Nous avions atteint ce que certains appellent le moment nodal — un moment où les lignes temporelles se divisent et se ramifient. Pendant la dernière demi-heure, je m'étais acclimaté à son front blanc de neige, à son habitude de secouer la tête comme pour échapper à une mouche corpulente, à sa façon d'écraser ses mains entre ses genoux pour les contrôler ou simplement pour savoir où elles se trouvaient. Sa pâleur : la chair avait le luisant sourd du chocolat blanc — mais avec la promesse d'autres teintes à l'intérieur, jaune, beige, brun, rose. À présent, en un battement de cœur, le corps de Zoya s'immobilisa et toutes ses couleurs revinrent. Toutes ses ombres et tout son fard. Elle se leva. Elle regarda le sol et dit d'une voix qui était descendue d'une octave :

« Mes vêtements sont trop serrés. Où est la salle de bains ? »

Derrière la chambre, dis-je — la porte coulissante.

Et alors même que ses cuisses bruissaient à mes côtés, je contemplai, ce qui provoqua une bouffée sanguine chez moi, l'immense projet étalé devant moi. Il y avait une exaltation gigantomaniaque dans l'évaluation de ses dimensions ; j'aurais pu être en train de regarder le plan du canal de la mer Blanche ou du Chemin de Fer transarctique. Et quelle était cette entreprise ? Le passé de Zoya — les hommes de Zoya. Pas Lev, mais tous les autres, jusqu'au dernier. Même la trace de limace d'Ananias. Oh, quel travail s'ouvrait devant nous, quelles merveilles d'extractions et de catégorisations, quels audits et quels manifestes, quelles négations, quelles annulations...

« C'est navrant, mais je crois que j'ai besoin d'un médecin. »

Je me retournai. Elle se tenait dans l'encadrement de la porte, sans veste, sans chaussures, son teint encore rafraîchi par un très léger voile de transpiration. Elle avait défait sa jupe à la taille : un triangle renversé blanc contre l'anthracite... Depuis quelque temps, peut-être depuis le tout début, j'avais été conscient par intermittence d'un glissement ou d'une division en moi ; et lorsque je me levai de ma chaise, je sentis que je laissais un autre ego, un autre moi, assis tranquillement à la table.

Mais je me redressai de ma chaise en disant non non non non non, ça passera, ça passera, il faut, ici (tu es en *feu*), c'est ça, je te tiens, on enlève ça maintenant, c'est bien, et ceci, lève le pied, et l'autre, nous y voilà, nous y voilà. Tout doux. Tout doux.

Elle se tenait devant moi, au-dessus de moi, un spectre imposant en combinaison blanche.

« Tire-toi de là. Va-t'en. Dehors ! rien que les draps », dit-elle. Et elle se glissa entre eux.

À la table de la salle à manger, je bus un verre de whisky et je fumai une cigarette. J'appelai la standardiste de l'hôtel. Quand je revins à la porte de la chambre, je vis qu'elle avait repoussé le drap du dessus et qu'elle était maintenant étendue avec un bras sous l'oreiller. Une jambe était tendue, l'autre complètement pliée. Une danseuse qui bondit, figée dans l'air.

Souvent par le passé, comme tous les hommes russes, je m'étais retrouvé à faire la cour à une femme qui s'était, quelle que soit la norme, soûlée à mort. Aucune fausse délicatesse, donc, ne pouvait m'empêcher de faire la cour à une femme en état de manque. Pour commencer, je me dépouillai de quelques vêtements pour atteindre une parité approximative avec mon invitée ; puis je la rejoignis. Il ne serait pas vrai de dire qu'elle sommeillait. Tout comme la majorité de mes compatriotes, j'avais une certaine connaissance du delirium tremens — les araignées et les éléphants roses. C'était là l'un de ces comas légers qui précèdent normalement la guérison ; Zoya coopérait profondément avec le sommeil et s'y abandonnait, elle respirait goulûment, et son front était lisse.

Rares sans doute sont les femmes qui, lors d'un premier rapport, se réjouissent d'un amant inconscient. Et sans doute peu d'hommes ; mais certains sont des adeptes. Pour l'instant, c'était exactement ce qui convenait à mes projets. Elle était couchée sur le flanc, tournée de l'autre côté ; puis elle bascula en avant et s'aplatit d'une torsion des hanches.

Ainsi commença l'inventaire. Chaque omoplate, chaque protubérance de la partie supérieure de son épine dorsale, chaque côte. Après exactement la durée nécessaire, elle se mit sur le dos. Du recto au verso. Tu vois, j'allais devoir apprendre ce que les hommes avaient fait à chaque partie de son corps. J'allais avoir besoin de connaître l'histoire, tout le picaresque, de chaque sein et de chaque fesse, de ces jambes qui s'étaient ouvertes, de ces lèvres qui avaient embrassé et sucé. Et je pensais même que nous allions devoir vivre très longtemps. Nous allions devoir vivre de longues vies, Zoya et moi, afin d'accomplir notre tâche.

Son soutien-gorge ou bustier sans bretelles, que j'avais déjà pris la liberté de défaire, je le fis apparaître de sous sa combinaison. Et puis, par une patiente poussée de ma rotule gauche, je persuadais ses cuisses, qui finirent par s'ouvrir mollement, ce qui repoussa l'ourlet de sa combinaison en direction du blanc encore plus blanc.

Ce fut alors, tandis que je continuais à renifler et à farfouiller, que Zoya se mit à s'agiter. Des tremblements localisés, dont l'origine était les mollets ou les avant-bras, se communiquaient aux plaques de son corps. Un bruit léger jaillit d'elle, nasal, un doux hennissement ; elle était comme une chienne toute tremblante dans son panier, à la poursuite de chats ou de voitures. En moi, l'atmosphère était celle d'une journée torride au milieu de l'hiver : chaleur, gratitude, la conscience différée de l'anormal.

Je commençai à embrasser ses lèvres. Nous l'avions déjà fait, après tout. Je l'avais embrassée. Elle m'avait embrassé. Maintenant, nous nous embrassions à nouveau.

Et voilà qu'elle se mit à flotter, à remonter des profondeurs, d'un seul coup, ses bras pour m'étreindre, sa langue envahissant ma bouche, la poussée constante de son entrejambe. Je pensai, avec un murmure de panique : une nuit ne suffira pas. Pour une telle inondation — une nuit, une année seront loin d'y suffire.

« Oh, putain, oui », dit-elle.

Ainsi, Vénus, j'eus droit à plusieurs secondes de tout cela. Et puis elle ouvrit les yeux. Et elle se réveilla.

Je suppose que c'est la meilleure chose qu'on pourrait dire sur ce qui suivit : en termes techniques, d'emblée, ce ne fut pas un viol. Et ce fut très rapide. Zoya ouvrit les yeux et vit, à quelques centimètres, une horrible illusion : c'était moi, Delirium Tremens. Elle avait eu le mauvais rêve, puis le bon rêve, puis l'horrible illusion. Maintenant elle avait la réalité, et la forme verrouillée sous moi se lança immédiatement dans une lutte furieuse. Mais je me souvenais de la marche à suivre. Tu comprends, je me souvenais de ce qu'il fallait faire : la lourde paume sur les voies respiratoires, tandis que l'autre main... À un moment, elle cessa de lutter, et elle fit la morte. Ce fut très rapide.

Afin de la comprendre, lors de ce dernier passage temporel, je te prie de soustraire de tes pensées toute imputation de théâtralité. Il n'y avait aucun sous-entendu dans ses manières ; elles ne transmettaient aucune signification. Voilà comment elle était.

Mais d'abord je me retrouvai étendu là, fixant l'autre mur, et je l'entendis dans la salle de bains, je l'entendis se battre avec tous les robinets qu'elle ouvrit tout grands, j'entendis le cliquetis du rideau de douche, j'entendis le fracas de la lunette des toilettes et la chasse d'eau à répétition. La porte s'ouvrit ; et je pus entendre tous les bruits familiers à n'importe quel homme, lorsque son épouse ou son amante, en tranquille autarcie (et peut-être enveloppée dans une serviette), rassemble et prépare ses vêtements. Puis la glissière de la porte coulissante. Vénus, l'orgasme masculin, la jouissance masculine : seul le violeur sait à quel point c'est dérisoire. Je m'habillai, et je la suivis.

Zoya était assise dans les ombres du fauteuil où se trouvaient son manteau, son chapeau, ses bottes de caoutchouc. Elle avait remis son bustier et ses bas et rien d'autre — telle une sous-maîtresse, mais innocente de tout calcul et de toute séduction. Une de ses mains était levée, et elle tenait sa jupe, mouillait un doigt pour ôter une poussière ou un fil sur le tissu. Tandis qu'elle s'habillait méthodiquement, puis s'asseyait, le dos bien droit, afin de s'occuper de son maquillage, je tournais autour d'elle en me frottant les mains. Oui, j'ai essayé de parler ; de temps en temps je grommelais une demi-phrase d'abjection ou de supplication. Une fois ou deux son regard glissa par hasard sur moi, sans manifester d'intérêt, sans me reconnaître. Tout ce qui provenait d'elle, toutes les dix secondes environ, était un bruit de crachat, sans emphase, mais d'une régularité exaspérante. Comme lorsqu'un enfant découvre qu'il peut faire quelque chose de nouveau avec sa bouche – retenir sa respiration, faire claquer ses lèvres.

Un sentiment nouveau naissait en moi. Au début, il paraissait au moins vaguement familier et, supposait-on, tout juste gérable — guère plus, sans doute, qu'une façon tout à fait nouvelle d'être très malade. Je m'assis à la table, dans la lumière, et je l'examinai, cette naissance. C'était l'invisibilité. C'était la douleur de la personne d'avant.

Entièrement habillée — manteau, chapeau —, elle sortit des ombres. Elle était de profil, à la distance d'un bras tendu. Une minute passa. Je me doutais qu'elle réfléchissait à quelque chose, à quelque chose de grave ; et je me doutais que ce n'était pas moi qui étais dans ses pensées. Elle prit un des grands verres et le secoua pour en vider l'eau. Puis elle s'empara de la carafe trapue et versa — dix, onze centimètres — et but le tout en quatre ou cinq gorgées. Zoya frissonna jusqu'à l'extrémité de ses doigts, cracha, expira, cracha de nouveau et s'avança vers la porte.

Et maintenant, la délictuosité. Haste-toi vers le dictionnaire — voilà une enfant obéissante. Rappelle-toi : chaque consultation ajoute une nouvelle cellule grise.

Dix jours plus tard, j'étais à Chicago. Comme tous les autres, tous ceux qui travaillaient dans l'armement d'État ; j'étais un « transfuge cat.-A » — pas bien grave ; mais il me fallut un bon moment avant d'ouvrir une voie d'accès jusqu'à ma sœur, et je dus attendre mars pour avoir des nouvelles de chez moi.

Sa lettre était écrite à toute vitesse, disait Kitty, parce que mon messager était assis dans la pièce et la fixait des yeux tandis qu'elle écrivait... Elle m'offrait de pâles félicitations pour ma transplantation réussie.

Elle continuait en m'apprenant que Lidiya était en train de vider la petite maison — elle emménageait chez ses parents. Il y avait diverses « affaires » de Lev qui me seraient remises, par la même voie, dès qu'elles arriveraient de Tyumen. Kitty m'apprenait qu'elle aussi pensait changer d'adresse : elle allait vivre, en tant que sous-locataire, dans le deux-pièces de son amant. Elle savait que ce n'était sans doute pas une bonne idée mais elle s'attendait à être plus seule, maintenant, qu'auparavant.

Quant à mon autre belle-sœur, mon ex-belle-sœur, les nouvelles, hélas, étaient « mauvaises ». Kitty me disait que, pendant des mois, ses lettres n'avaient pas reçu de réponse. Ses appels téléphoniques étaient reçus par « une machine » et jamais personne ne l'avait rappelée. Elle se rendit même dans l'immeuble sur les quais et parvint à avoir une conversation d'une minute à travers une fente de la porte avec la femme de chambre, qui lui dit que sa maîtresse était « souffrante », était « indisposée ». Kitty n'en sut pas davantage jusqu'à ce qu'elle l'apprenne par le journal — un entrefilet en bas de page. La nuit du 1er février 1983, l'épouse du célèbre dramaturge, Ananias, âgée de cinquante-six ans, s'était jetée du haut du Grand Pont de Pierre. Il y avait du sang sur la glace de la Moskova.

Aussi distraite que d'habitude, Zoya avait laissé quelques accessoires dans ma suite du Rossiya. La combinaison froissée et la culotte déchirée, je les avais retrouvées dans le panier de la salle de bains. Les bottes de caoutchouc, dans leur sac en polyéthylène transparent, je les avais trouvées par terre dans le salon. De sorte que je fus obligé de l'imaginer, cette nuit-là, son pas mal assuré sur la patinoire de fer de la capitale. Zoya n'était pas très solide sur ses jambes (pas un chamois), parce que, enfant, si tu t'en souviens, elle n'avait jamais appris à marcher à quatre pattes.

QUATRIÈME PARTIE

1

Du mont Schweinsteiger à Iekaterinbourg : 4, 5, 6 septembre 2004

Les voici, les chiens sauvages.

Ils sont huit, non, neuf, des bâtards d'origines diverses, de tailles diverses : certains sont poilus, d'autres ont le poil ras et tous, sans exception, comme tous les chiens de la planète, descendent du loup. Ils avancent lentement, déployés sur toute la largeur de l'allée, et ainsi toutes les odeurs peuvent être reconnues et transmises aux autres. Oh, comme leurs museaux aiment les odeurs. Et ils ont le temps, également, de s'accroupir et d'asperger, de poser leur fumier. Les deux sexes sont représentés : ce sont les brutes et les chiennes. L'une d'elles est pleine, lourde — grosse des chiots sauvages de Predposylov. Elle arrive en dernier, avec une escorte légère. À leur approche, je lève les bras à hauteur d'épaules, pour avoir l'air encore plus grand. Une bête, l'air d'un rat, presque d'une souris, gronde en montrant les dents mais recule immédiatement quand je gronde à mon tour, et elle détale. Je suis.

Au coin de la rue, l'un d'entre eux, sur le côté, se précipite sur un panier à provisions par terre (en paille effilochée, abandonné sans doute par une grand-mère en fuite) et alerte les autres par un jappement semblable à un cri. Neuf jeux de mâchoires en quête, neuf queues frissonnantes. Mais le panier ne contient que des fruits, et ils poursuivent leur route, l'un d'eux revenant en arrière pour saisir une pomme dans son museau en forme d'étui revolver.

Alors qu'ils traversent la rue, un bus accordéon accélère brutalement et une roue avant frappe la chienne gravide avec un bruit sourd et humide. Les passagers se répandent en acclamations féroces (avec une tyrolienne au milieu, quand le bus passe sur un nid-de-poule). La chienne est morte ou mourante dans le caniveau. Les autres chiens la poussent du museau, lui lèchent le visage ; l'un d'eux tente de la monter, ses pattes postérieures tendues et tremblantes et, un court instant, il ressemble méchamment à un vieillard. Ils la laissent là et s'en vont. Ils lui jettent un dernier regard et s'en vont.

Les chiens sauvages de Predposylov ne me donnent pas l'impression d'être sauvages. Ils ont l'air d'avoir été formés — pas par un être humain, mais par un autre chien ; et ce superchien leur a appris tout ce qu'il savait. Je ne crois plus qu'ils aient attaqué et lacéré le gamin de cinq ans sur le terrain de jeux pastel. Je conjecture que le gamin a été lacéré par un berger allemand appartenant aux forces de sécurité, prélude à une tentative délirante tous azimuts de tuer l'ensemble des bêtes domestiques de Sibérie.

Oui, je suis rerussifié. Mais que faire ? La règle est : *Cette chose, comme toutes les autres, n'est pas ce qu'elle paraît ; et tout ce dont on peut être certain, c'est que c'est pire que ça en a l'air.* Tous les Russes à qui je parle, sans exception, me disent que l'École Numéro Un est l'œuvre du gouvernement. Comment est-ce possible ? Raison d'État — puis, en langage ésopien, le mot d'ordre est transmis. Raison d'État : nous avons besoin de quelque chose qui serait susceptible de renforcer le soutien national pour la guerre à notre frontière nord-est. Les immeubles qui explosent et les avions ne servent à rien — nous avons besoin de bien pire que ça. Nous avons besoin d'un pire encore plus pire.

Évidemment, ce n'est qu'une théorie. Et on y sent en outre des symptômes paranoïaques, en tout cas aux yeux des Occidentaux. Cependant, le fait que tous les Russes y souscrivent spontanément et indépendamment : *ça,* ce n'est pas une théorie.

Tu vas me trouver tendancieux, ma chérie. Mais voici à quoi ils ressemblent.

La planète possède une tonsure, et son point central est le Kombinat. Il n'y a aucun arbre vivant sur plus de cent verstes dans toutes les directions. Mais quelques arbres morts sont encore debout. Comme par hasard, il leur reste deux branches dénudées, sans feuilles, sans brindilles ; elles ne sont dirigées ni vers le haut ni vers l'extérieur, mais vers le bas, et elles se croisent sur le tronc. Vus de loin, ces arbres paraissent être les survivants d'un camp de concentration, sortis pour qu'on les compte, et dissimulant leur honte derrière leurs mains. Au-dessus d'eux, les miradors et les pylônes sans câbles.

Tu vas me trouver tendancieux, ma chérie. Mais voilà à quoi ils ressemblent.

Voilà à quoi ils ressemblent depuis les flancs du mont Schweinsteiger. Je parcours ses modestes pentes avec mon boitillement et ma canne. Deux fois, déjà, j'ai reculé le moment de m'envoler vers Iekaterinbourg. Il y a un endroit qu'il me faut trouver, un endroit où je dois me rendre, avant de partir.

2

Statistiques, silence, nécessité

Le graphe est fait de deux lignes qui cheminent péniblement de gauche à droite. La ligne supérieure est le taux de natalité, et elle se dirige vers le bas ; la ligne inférieure est le taux de mortalité, et elle se dirige vers le haut. Elles se sont croisées en 1992. Par la suite, la ligne de vie tombe brutalement, et la ligne de mort grimpe tout aussi brutalement. On dirait la tentative d'un gamin de trois ans qui aurait voulu dessiner la partie postérieure d'une baleine ou d'un requin : le large torse se rétrécit et disparaît, puis s'élargit pour se terminer en queue de poisson. La croix russe.

Fatigue, malnutrition, logements trop petits et absence de lits doubles dans toute la nation : ça aide. Mais la principale méthode de contrôle des naissances en Russie est l'avortement — le destin de sept grossesses sur dix. Sept sur dix de ces avortements seront pratiqués après le troisième mois et dans une ambiance sordide et menaçante ; la nécessité d'autres avortements est souvent évitée grâce au processus de stérilisation (obtenue de diverses façons bien que par inadvertance). Sinon, il y a aussi la mortalité infantile :

le taux s'est amélioré au cours des cinq dernières années, et est à présent égal à celui de l'île Maurice ou de la Colombie.

En Russie, un homme risque neuf fois plus qu'un Israélien de mourir de mort violente. S'il s'en sort, il vivra à peu près aussi longtemps qu'un habitant du Bangladesh. Il existe un phénomène démographique : le village de babouchkas — les jeunes sont partis et les hommes sont morts.

On estime que la Russie pourrait devenir une « pompe épidémiologique ». La plaine d'Eurasie du Nord sera fermée par un cordon sanitaire et les visiteurs viendront habillés en astronautes.

De toute façon, on s'attend, pendant les cinquante prochaines années, à voir la population divisée par deux.

Ici, à l'hôtel, il y a une jeune famille (ils attendent un logement définitif) : un mari baraqué, une épouse baraquée, un petit garçon. Ils sont toujours en survêtement, comme s'ils voulaient être prêts, au moindre claquement de doigts, pour une course ou pour un exercice ; mais ils ne font que manger. Et ce sont des mangeurs dévoués et silencieux. Je suis assis dans la salle à manger, je leur tourne le dos. De leur table on n'entend que le travail des couverts et les demandes sourdes ou bruyantes de davantage de nourriture — plus les vagues bourdonnements et grésillements des divers gadgets auxquels le garçon est branché (écouteurs, console de jeux), ainsi que le raclement incessant de ses rollers illuminés. Je me demande s'il leur arrive de débattre le genre de transaction qu'ils ont signée. L'ingestion ininterrompue de nourriture permet de maintenir le silence — la conspiration du silence.

La mère et le père sont destinés au Kombinat. Leur force naturelle sera extraite, comme le nickel est extrait du minerai. La jeunesse fondra et disparaîtra, et ils seront dûment remplacés — peut-être par leur fils et sa future épouse. Les salaires sont élevés. Les carrières sont courtes. Mais maintenant ils ont une couverture sociale, et vous allez être soulagés de ces problèmes respiratoires, de ce début de tumeur.

Ce que j'ai devant les yeux, je suppose, c'est le capitalisme à visage russe, un visage étatiste. L'État a abandonné les nationalisations et le monopole du travail. Il n'est plus que l'actionnaire principal, le grand oligarque — l'autogarque ou l'olicrate. Et l'État doit continuer à se montrer dur et pesant, parce que la topographie est toujours en train d'écarteler la Russie.

Ananias avait tort. Les hommes et les femmes libres viendront et useront leur corps dans ce marécage gelé et venimeux — au prix du marché. Les Russes viendront à Predposylov. Ce qu'ils ne feront pas, puisqu'ils sont russes, c'est repartir. Le Kombinat tente de se débarrasser d'eux, de ces boiteux, de ces épaves. Il leur attribue des actions, d'une grande valeur à Moscou, mais ils les vendent ici à des spéculateurs à la sauvette. Le Kombinat leur attribue des appartements dans les villes du Sud, mais ils les vendent également, et ils restent. On les voit dans la rue, prêts à se recroqueviller, bientôt, pour cette nuit de quatre mois.

Lev ne *voulait* pas venir à Predposylov même si, à la fin, il n'était pas certain de vouloir partir. La raison d'être des travaux forcés, à propos, demeurait ce qu'elle avait toujours été. Je suis resté cliniquement muet pendant une semaine lorsque j'ai appris de quoi il s'agissait. La raison d'être des travaux forcés ? Ils permettaient de maintenir le peuple dans la terreur et, bien plus important, ils rapportaient de l'argent. Mais ils ne rapportaient pas d'argent, ils n'ont jamais rapporté d'argent. Ils perdaient de l'argent. Tout le monde le savait, excepté le Secrétaire général. D'où l'on peut conclure qu'il existait une conspiration du silence. « Si seulement quelqu'un en parlait à Joseph Vissarionovitch. » Mais personne n'a jamais osé.

Ananias avait tort. Ananias la veuve. La veuve Ananias, à présent, morte depuis longtemps.

Toi et moi, un jour, nous avons passé une heure sur ce problème, pour une de tes dissertations à Cornell University. Tu t'en souviens ? Ils l'exprimaient différemment, moins catégoriquement, naturellement, mais voilà à quoi ça revenait : pendant les années trente et quarante du vingtième siècle, qui des deux était plus répugnante, la Russie ou l'Allemagne ? *Elle,* ai-je dit. *Bien plus* répugnante.

Mais on peut en déduire quelque chose. Elle était bien plus répugnante que nous. Pourtant, elle s'en est sortie et pas nous. L'Allemagne n'est pas en train de s'atrophier, comme la Russie. Une expiation rigoureuse — y compris, non pas des commissions de vérité et des réparations de l'État, mais des poursuites, des emprisonnements et, oui, des exécutions, des suicides sacramentels, des déprimes, des autoflagellations, l'arrachage des cheveux — réduit le poids de l'offense. Sinon, à quoi sert l'expiation ? Que fait-elle ? En 2004, la culpabilité allemande est un tout petit peu plus légère qu'elle ne l'était. La culpabilité russe, en 2004, est toujours la même culpabilité.

Oui, oui. Je sais. La Russie a autre chose à faire. Il y a aussi cet autre aspect de la vie nationale : le désespoir permanent. Jamais nous n'aurons le « luxe » de la confession et du remords. Mais, supposons que ce ne soit pas un luxe ? Et si c'était une nécessité, une misérable nécessité ? La conscience, je suppose, est un organe vital. Et quand elle disparaît, on disparaît avec.

Si j'avais mon mot à dire, j'exigerais des excuses officielles, par écrit, pour le dixième siècle ; et pour tous les autres siècles jusqu'au nôtre. Mais aucun survivant tremblotant, fait de fumée et de flammes, ne va se dresser et se tordre les mains. Aucun Dieu russe ne va pleurer et chanter.

Que quelqu'un dise qu'il est désolé. Que quelqu'un me dise qu'ils sont désolés. Allez. Pleurez-moi la Volga, pleurez-moi le Ienisseï, pleurez-moi la Moskova.

3

Niveau à bulle

Les *affaires* de Lev sont arrivées à Chicago à la fin du printemps 1983 : une caisse de bonne taille en contreplaqué, collée, bien jointe et clouée. Elle est restée emmurée dans le cagibi pendant vingt et un ans. Puis je l'ai ouverte. Le précipitant a été d'apprendre la mort de Kitty, ainsi que l'annonce indéniable de la mienne. J'ai attendu un matin combinant un ciel parfait avec la perspective de déjeuner chez toi. Puis, après le petit déjeuner, j'ai demandé à l'entité connue sous le nom de courage de me prendre par la main. Nous sommes allés ensemble chercher le ciseau et le marteau fendu dans la caisse à outils. Tu comprends, une de mes réussites, au Rossiya, avait été de parvenir à défigurer le passé. Et on n'a pas envie de regarder une chose défigurée, n'est-ce pas, quand il est évident que l'on ne peut pas la guérir. C'est à ça que je devais me confronter : le témoignage des stupéfiantes dimensions de mon crime — mon crime parfait. Je savais également que l'offrande de Lev serait piégée ou minée. Je savais qu'elle allait m'exploser au visage.

Alors. Une ceinture en cuir, deux cravates, une

246

écharpe de ma mère et d'autres livres à elle, un trophée d'Artem, un réveil, un rasoir sabre, une flasque, un niveau à bulle (avec son luisant parfait et son œil tragique), une boîte à chaussures blanche et un dossier vert...

Le dossier portait un titre : « Poèmes ». La boîte à chaussures était pleine de photos. J'en ai sorti une et j'y ai pesamment posé le regard : moi, Zoya et Lev, au lac Noir, à Kazan : 1960, et la brume innocente du monochrome. Mais des trois visages, seul celui de Zoya, sous son bonnet à pompon, possédait l'éclat du plaisir — plaisir devant la nouveauté d'être photographié. Le visage de Lev était en partie détourné, son regard cherchait quelque chose un peu plus bas sur le côté. Le mien était ultérieur, et exprimait le manque d'humour d'une veille : Kitty va presser sur l'obturateur, et une autre seconde va s'écouler.

Je me suis levé de ma chaise et me suis dirigé vers mon bureau avec le dossier vert sous le bras. J'avais l'intention, à présent, de lire les poèmes : les œuvres complètes de Lev. Tu peux imaginer le regard intense de l'érudit et les lèvres protubérantes de l'enquête livresque — l'anormale normalité, comme l'intérêt finaud pour le décor qui saisit tout à coup un homme dans la salle d'attente de son oncologiste. Tandis que je fais cette chose normale (pensais-je secrètement), cette chose normale pour laquelle je suis assez doué, rien d'anormal ne peut m'arriver. Je me suis assis : j'ai inspiré à travers mes dents serrées ; mes froncements de sourcils étaient pareils à des pompes à plat ventre. Excellent, dis-je à voix haute : chronologique Ici, après tout, se trouve une *vie*.

Vingt-deux poèmes couvraient la période s'étendant des premières tentatives sérieuses de Lev jusqu'à son arrestation, en 1948, à l'âge de dix-neuf ans. Très mandelstamien, ai-je jugé : bien construit, des conversations studieuses, s'approchant de près, ici et là, d'images qui font vraiment mal et qui vous lient. Trop jeune, évidemment. Des poèmes sur les jeunes filles, les jeunes filles en général, pas des poèmes d'amour.

Un hiatus, ensuite, jusqu'en 1950, puis six ou sept par an jusqu'en 1956. Ceux-là avaient dû être mémorisés sur le moment et retranscrits en liberté. Tous des poèmes d'amour — des vers lyriques où l'être aimé est tutoyé. Disons qu'il m'était plus difficile de les évaluer. Ils étaient tendus, douloureux, lourds de sens. Ce qui chez eux m'assaillait, à part les secousses et les piqûres provoquées par la bile et la perte, était une sensation insupportable de carence émotionnelle. Comme si je n'avais jamais rien ressenti pour quiconque. J'avais seulement pensé que je l'avais ressenti... Le dernier était daté de juillet 1956 : à peine quelques semaines, peut-être quelques jours, avant la visite conjugale au chalet sur la colline.

Après cela, plus rien pendant huit ans. Et puis ils reprenaient, raides, presque en s'excusant, après la naissance de son fils. Deux décennies, et une poignée d'épigrammes sur Artem. Tandis que je les étudiais, je me demandais ce que tout cela représentait : un radeau d'œuvres de jeunesse intelligentes ; une masse de poèmes d'amour lyriques écrits en esclavage ; et huit haïkus sur la paternité. Neuf.

Je n'avais pas aimé la forme du poème numéro neuf. Il n'y avait rien à redire sur le fond — une réflexion minimaliste sur le dilemme du fils unique. Mais il y avait quelque chose sous le poème numéro neuf. Une présence rectangulaire d'un blanc plus blanc.

C'était évidemment une lettre, elle portait mon nom et mon ancienne adresse à Moscou. L'enveloppe était scellée, et en outre renforcée par un morceau de sparadrap. Pas couleur chair, mais le rouge brique grossier des premiers secours russes. Il y avait plusieurs feuillets à l'intérieur. Holographes : sa petite écriture utilitaire.

« *Cher frère,* commençait la lettre. *J'avais dit que je répondrais à ta question avant de mourir. Je vais respecter la première moitié de cette promesse. Je suis certain que je pourrai assouvir ta curiosité. J'ai également l'intention de mortifier ton âme. Prépare-toi.* »

Et je ne suis pas allé plus loin. Et c'est ce que j'ai fait depuis lors — me préparer.

Oui, je lirai la lettre de Lev. Mais je ne veux pas qu'elle ait le temps de me pénétrer.

Je la lirai plus tard. Je veux que ce soit plus ou moins la dernière chose que je ferai.

4

Éprouvette

C'est lors d'une de mes dernières claudications crépusculaires, sur le flanc de la masse évidée du mont Schweinsteiger, que je l'ai trouvée. Ici les éléments paysagers, les plaques tectoniques, même les points de la boussole, ont été brouillés et redistribués, mais je l'ai trouvée : le petit sentier raide, cinq marches de pierre posées là juste pour nous ; et puis le petit plateau vide du contrefort. Plus de bâtiment à présent, mais on apercevait encore les contours billonnés sur le sol — les contours de l'annexe de la Maison des Rencontres. J'en ai franchi le seuil. Tandis que j'avançais à grand-peine dans les gravats et les ordures, j'ai entendu le bruit léger du verre qui crissait. Ma chaussure a fouillé dans les débris, et je me suis baissé. Je la tenais, cette chose qui luisait faiblement : une éprouvette cassée, dans un cadre en bois. Cette traînée sombre sur le rebord. Peut-être était-ce la fleur sauvage et son rubis amoureux, le témoin d'une expérience d'amour humain.

Dans mon autre main, je tenais un sac en plastique. Il ne m'a pas fallu longtemps pour le remplir

— avec des fémurs, des clavicules, des tessons de crâne. Je marchais sur un charnier, un tombeau labouré par les bulldozers et les excavatrices. Un peu plus loin sur la pente, j'ai trouvé une sorte de guérite ; elle ressemblait à des toilettes pour une personne, mais c'était en fait un *autel*. À l'intérieur : des icônes, une pomme, une croix en bois clouée sur le mur. Non, ce n'est pas un pays de la nuance... Les Juifs ont Yad Vashem et une armée de l'air. Nous avons un préfabriqué et une pomme véreuse. Et une croix russe.

Je suis retourné sur la place centrale de la ville. J'ai acheté une bière et un journal, et je me suis assis sur un banc devant une table recouverte de fablon. L'unique autre client était un homme au visage tacheté en costume gitan, affalé irrévocablement, Dieu merci, sur son accordéon. Un article au bas d'une des pages du *Post* m'a appris que les « chiffres » de Joseph Vissarionovitch continuaient à grimper. Son taux de popularité est celui auquel pourrait s'attendre un président américain dévot et bel homme pendant une période de prospérité monotone. Avec mon sac d'ossements et mon éprouvette cassée, j'étais assis dans une transe due à l'absence d'affection et je l'observais — l'arlequinade. L'arlequinade des incorrigibles.

Les épaves de cinquante ans dont je t'ai parlé, ceux qui ne veulent pas s'en aller : un groupe d'entre eux, hommes et femmes, se tenait dans un coin et vendait — au plus offrant — leurs analgésiques à des jeunes gens étiolés en pardessus fabriqués avec des housses en plastique de sièges de voiture. Puis, très rapide-

251

ment, les vieux se soûlent et les jeunes planent. Vingt minutes plus tard, tout le monde s'étale et se vautre dans les flaques couleur de sang infestées d'oxyde de fer, de seringues sales, de préservatifs usagés, de papiers de bonbons américains et de verre cassé. Ils chancellent, avec des embardées et des vacillements. Et ils se regardent tomber les uns après les autres. Oui, il ne reste plus rien — les chiens sauvages ont davantage d'esprit. C'est ça, restez par terre. Personne ne va vous lécher le visage ou essayer de vous ramener à la vie en vous baisant.

Ce soir-là était un vendredi, et Predposylov se défonçait, pas avec de la vodka, mais avec de l'alcool à 90°, ou *spirt*, à trente centimes la bonbonne. Un des kiosques était en verre et éclairé a giorno, tel un phare. Je m'y suis rendu et j'ai observé. J'ai observé la silhouette de la blonde potelée dans son piège. Tout ce qu'elle avait à vendre, c'était de l'alcool à 90° et des piles de livres de poche relevant tous du même genre. Elle n'avait rien d'autre : *Le Mythe des six millions*, *Mein Kampf*, *Les Protocoles des Sages de Sion*, et du *spirt*. Et la blonde était assise, les yeux dans le vague, devant sa caisse, le visage posé sur son placide double menton, comme si ce qui l'encerclait (sur les étagères, dans les rues et dans les banlieues tout autour) était parfaitement ordinaire et non une partie de quelque chose de cauchemardesque et d'inoubliable... Tu sais ce que je pense ? Je pense qu'il doit exister une nécessité de croissance et que la Russie n'a tout simplement pas pu y parvenir. Elle n'est pas comme Zoya. La Russie a appris à marcher à quatre pattes, et elle a appris à courir. Mais elle n'a jamais appris à marcher normalement.

Demain je m'envole vers Iekaterinbourg. Je suis prêt. Nous pouvons terminer, maintenant, avec deux lettres du même hôpital.

5

La lettre de Lev

Elle est datée du 31 juillet 1982.

« Cher frère », commence-t-elle.

J'avais dit que je répondrais à ta question avant de mourir. Je vais respecter la première moitié de cette promesse. Je suis certain que je pourrai assouvir ta curiosité. J'ai également l'intention de mortifier ton âme. Prépare-toi.

Depuis vingt-six ans, jour pour jour, j'essaye de rédiger un long poème intitulé « La Maison des Rencontres ». Un long poème. Avec symétrie, toutefois, ma flamme, mon *numen*, quelle qu'elle ait été, est morte cette nuit-là, avec tout le reste. Tu verras que je suis parvenu à écrire une ou deux strophes, bien plus tard. Je ne crois pas que tu les trouveras intéressantes. Elles parlent d'Artem, j'en ai peur. Ce sont des comptines. Elles ne sont rien d'autre.

Non, je ne pouvais pas y parvenir, à ce poème. Je ne pouvais pas raconter cette histoire. Mais maintenant, je suis mort, et je peux te la raconter.

J'écris ceci à l'hôpital. Notre système de santé a sans doute des doigts malhabiles (et des ongles en deuil), mais il a la main généreuse. Son attitude devant la maladie est la suivante. Tout dans le traitement — et rien en matière de prévention. Toutefois, ils se servent de moi et testent sur moi le nouveau médicament pour l'asthme. Je ne suis pas le premier. Il est clair que la plupart, sinon la totalité, des précédents candidats sont morts de crise cardiaque. Et très rapidement, en plus. Mais jusqu'à présent, nos intérêts concordent. Mon cœur tient le coup et je respire mieux. Comme l'air est délicieux. Quel luxe de l'inspirer — une fois que l'on sait que l'on va pouvoir expulser cette cochonnerie. L'air, même l'air d'ici, avec ses odeurs de cendrier (tout le monde continue à fumer, patients, femmes de ménage, cuisiniers, médecins, infirmières), de médicaments violents et de tuberculose en phase terminale, a plutôt bon goût. L'air a bon goût.

Donc — je l'ai vue arriver dans le sentier, sa démarche, ses formes qu'exagérait la vitre tordue de la fenêtre. Elle est entrée. Et le moment de la rencontre a été exactement ce que l'on pouvait en attendre. J'ai senti la force de certains clichés — « être hors de soi », par exemple. J'avais besoin de deux bouches, l'une pour embrasser, l'autre pour les louanges. J'avais besoin de quatre mains, une pour défaire, une pour déboutonner, une pour caresser, une pour étreindre. Et tout ce temps-là, je me réapprovisionnais en souvenirs que la répétition mentale avait épuisés. Quand on caresse Zoya, elle frétille, elle se trémousse presque, comme pour intensifier l'inclusivité du toucher. Les enfants font ça. Artem le faisait.

À chaque vêtement que j'enlevais, m'étaient livrées d'énormes quantités de fascination. S'il y avait là un sentiment importun, à cette étape, c'était une sorte de peur mortelle et amusée. Tu te souviens du bouffeur de merde qui a échangé son bol et sa cuillère contre une double ration et qui est mort d'une overdose ? Et qui pourrait oublier le destin de Kedril le Glouton ? Tandis que Zoya se retrouvait de plus en plus nue, je ne pouvais m'empêcher de penser à ces banquets tsaristes ridicules sur lesquels nous fantasmions. Lèvres de saumon et paupières de paon macérées dans le miel et la laitance de turbot. Et deux cents plats différents, avec quarante-cinq tourtes différentes et trente salades différentes.

Il est à présent nécessaire de te dire quelque chose du style amoureux de Zoya. Je ne suis ni tatillon ni possessif à ce sujet (comme je sens que tu l'es) et j'ai de toute façon l'intention de t'accabler — de t'entraver — avec mes confidences. Le plus remarquable, le plus alchimique, était qu'elle était une femme forte qui pesait environ un demi-kilo au lit. Elle était également très inventive, surnaturellement prête à tout et assez incroyablement marathonienne. Au cours des neuf premiers mois que nous avons passés ensemble, il me paraît juste de dire que nous faisions l'amour presque tout le temps. Par exemple, avec des pauses pour manger et sommeiller, notre dernière séance (avant le jour de notre mariage et les dix minutes de mon procès) a duré soixante-douze heures.

Très rapidement, dans la Maison des Rencontres, nous l'avons fait — ce que font les gens. J'étais tellement stupéfait par mon empressement, par mes capacités, qu'il m'a fallu quelque temps avant de me demander ce qui n'allait pas. C'était ceci — et pour commencer, c'était d'un ridicule achevé. Tout en faisant l'amour, je ne pensais pas à mon épouse. Je pensais à mon dîner. L'énorme morceau de pain, le hareng entier, et le brouet bien gras que toi et les autres aviez si précautionneusement rassemblés. Naturellement, je pouvais me dire : Cela fait huit ans que tu n'as pas eu autant de nourriture devant toi et que tu es en train de faire autre chose. Mais il serait faux de dire que je n'avais pas déjà très peur. Une des choses les plus terribles de cette nuit-là a été l'impression d'être envahi de l'intérieur et le sentiment que je n'étais que le spectateur d'un moi étranger.

Nous avons mangé notre repas. Et il était sacrément bon. Et la vodka, et les cigarettes. Puis je l'ai aidé à se laver. Elle avait passé la journée à l'arrière d'un camion et on ne savait plus ce qui était un bleu et ce qui était de la saleté. Deux semaines dans les trains et sur les routes. J'exultais, à présent, devant sa bravoure, sa fidélité, sa beauté, sa mystérieuse vivacité. Bon Dieu, quelle brave fille ! J'étais plein de gratitude et une fois de plus plein de désir.

Cette fois-ci, j'étais content, dès le début, de voir que je ne pensais pas à manger. Tout ce que cela faisait, cependant, c'était retarder le moment où je me rendrais compte que je pensais au sommeil. Au sommeil et à la pitié. C'était un de ces moments où tes pensées et tes sentiments secrets te montrent le résultat de leur travail silencieux. Tu te rends compte de ce

257

qui t'inquiétait — et pour quelles très bonnes raisons. Je voulais m'endormir parce que l'on avait pitié de moi. Voilà ce que je voulais. Et nous avons fini par nous endormir, pour de nombreuses heures, et à l'aube, nous avons bu le thé de sa flasque et nous avons recommencé. Cette fois-ci, je n'ai pensé ni au sommeil ni à la nourriture ni même à la liberté. J'avais à présent trouvé mon sujet. Tout ce à quoi je pensais, c'était à ce que j'avais perdu.

Et qu'était-ce donc ? Je me suis souvenu de la première loi de la vie au camp : pour toi, rien — de toi, tout. J'ai également pensé à la devise des urkas (inscrite sur nombre de tatouages urkas) : Tu peux vivre mais tu n'aimeras pas. Or, il serait morbide de dire que j'avais perdu tout mon amour. Et pas vrai, pas vrai. Voilà ce qui m'était arrivé, mon frère — j'avais perdu tout mon sens du jeu. Tout entier.

Il ne t'a sans doute pas échappé que Zoya est plus séduisante que je ne le suis. Tu me l'as même dit plus d'une fois, en 1946. Je peux t'assurer que je le savais — chacun de mes sens le savait. Je m'étais senti suffisamment exalté par les gentillesses maladroites de mon Olga, de mon Ada. Et puis Zoya, le grand chelem de l'amour, qui m'a guéri de mon bégaiement en une seule nuit. Quoi d'autre ? Ferait-elle de moi quelqu'un de plus grand, me fournirait-elle un menton et une paire d'oreilles semblables ? Eh bien oui, elle l'a fait.

Je me suis senti révolutionné — et libéré. Et ma réaction a été une gratitude sans bornes. J'aurais fait n'importe quoi pour elle. Louanges perpétuelles et infinie considération, marques d'affection et étreintes, distiques, breloques, messages, massages — attention pleine et entière, ainsi que le déploiement d'un désir qui n'avait pas de limite supérieure. Cette « espécité » dont tu parlais pendant ces mois de folie héroïque, en 53, ce sentiment d'« être à la terre » — que tu voyais dans la communautarité que j'avais trouvée en elle. Avec ce superamour, j'ai retrouvé l'équilibre. Et elle me regardait, *moi*, et disait qu'elle n'arrivait pas à croire à sa chance. Oh, frérot, j'étais presque paranoïaque de bonheur. C'était comme la religion combinée à la <u>raison</u>. Et j'étais seul à adorer.

Cette nuit dans la Maison des Rencontres, toute la conscience que j'avais de mon infériorité est revenue, et elle était renforcée, à ce moment-là, par la signification de mon esclavage. À Moscou, dans le grenier conique, j'étais Lev, mais j'étais propre et libre. J'ai pensé : elle aurait dû me voir il y a quelques heures, avant la tonte et le jet d'eau — une petite queue-de-renard pleine de lentes et de poux. Donc, au murmure silencieux mais universel de consternation que j'entendais toujours, vaguement, chaque fois que j'entrais dans le berceau de ses bras, s'ajoutait une autre voix, qui disait : « Peu importe qu'il ait l'air de l'idiot du village. Ça, c'est leur affaire. Occupons-nous de ce qu'il <u>est</u>. Il est une fourmi qui travaille pour l'État sous la menace d'une arme. Voilà ce qu'il est, un <u>esclave</u>. Il ne reste qu'une chose à faire, avoir pitié de lui, pitié de lui. » Et je voulais vraiment la pitié. Je voulais la pitié de toute la Russie.

Tout autour de moi se trouvait un auditoire rauque

de pensées, telles des gargouilles ricanantes et chahu-teuses. Qu'était ce miracle de féminité sous moi et tout autour de moi ? Les femmes n'étaient pas <u>cen-sées</u> ressembler à des femmes, plus maintenant. Et puis, bon Dieu, cette histoire de mains. Je n'arrêtais pas de penser : Où est la main qui a tué mon oreille ? Où sont les mains du camarade Uglik ? Mes mains sont-elles ses mains ? Les siennes sont-elles les mien-nes ? Cette pince, ce crabe — à qui appartient cette main ? Et simplement parce qu'elles étaient là, sim-plement parce qu'elles n'étaient pas absentes, mes mains paraissaient lourdes, violentes. Et derrière tout cela se trouvait l'idée que, je ne sais pas — l'idée qu'il ne faisait pas bon être un homme. Je ne pouvais pas m'empêcher de le penser. Aucune pensée n'était stu-pide ou infecte au point que je veuille l'empêcher d'entrer. Parce que n'importe quelle pensée me sor-tait de cette autre pensée — la pensée de tout ce que j'avais perdu.

Je ne m'attendais pas à ce que les choses soient dif-férentes en liberté. Et elles ne l'ont pas été. En tant qu'ensemble de sensations, d'impulsions nerveuses, l'acte physique était encore bien plus agréable que toute autre chose que je pouvais m'imaginer faire. J'ai pensé que je pouvais simplement me concentrer sur le charnel. Mais quand le cœur s'en va, alors, très vite, la tête s'en va aussi. Il m'est devenu impossible de me protéger de l'idée que ce que je faisais était fondamentalement inepte — comme de me relancer dans un hobby futile et complexe qui ne me passion-nait plus depuis longtemps. Quand on a perdu tout son sens du jeu, devine ce que devient l'amour. Du travail. Du travail qui devient plus difficile d'heure en heure. La nuit, c'était comme devoir travailler dans l'équipe de nuit, quelque chose qui pèse pendant toute la journée. Et voilà que revient (avec quelques touches satiriques, c'est vrai, avec des blagues et des sarcasmes) le rappel radotant de ce que j'avais perdu. Je devais fouiller mon visage pour y retrouver les traits de la tendresse mais ces formes, elles aussi, avaient disparu.

Cette nuit-là au camp, j'ai réussi une très bonne imitation du vieux Lev — c'est-à-dire du jeune Lev. Mais le vieux Lev avait disparu, en même temps que ma jeunesse. J'ai continué cette imitation pendant cinq ans. Et elle ne l'a jamais su. Mon expérience des grandes beautés commence et finit avec Zoya, mais j'ai investi bien trop de pensée en elles. Dans leur type. Je crois qu'elle n'était absolument pas typique sexuellement. Je soupçonne que la plupart des grandes beautés ont tendance à être passives : un simple acquiescement est considéré comme un don suffisant. Mais dans un autre domaine, je crois qu'elle était typique — archétypique, même. Elle n'était pas une remarqueuse de la texture des sentiments de ceux qui l'entouraient. Les grandes beautés, elles, n'ont pas besoin de faire ce qu'il nous faut faire, l'étude de la vox populi et le travail d'« Observation de Masse ». Sauf lorsque l'antisémitisme était d'un contenu violent, il était plutôt rare qu'elle s'en aperçoive. Les gens la regardaient avec cet air de mépris compatissant, comme si elle était une chatte qui avait perdu toute sa fourrure. Tu peux me croire, j'ai fini par bien connaître la grippe du xénophobe. C'est un miroir de la taille du Pacifique — un océan d'insuffisances.

Non, elle ne l'a jamais su. Il n'y avait qu'une seule chose que je ne pouvais pas contrôler, et cela l'inquiétait. Je pleurais dans mon sommeil. Je pleurais toujours dans mon sommeil. Et c'était toujours le même rêve. Elle me posait des questions à ce sujet en s'habillant pour aller travailler. Je lui disais que le rêve était un rêve se rapportant à Uglik. Ce n'était pas vrai. Le rêve était un rêve intitulé la Maison des Rencontres.

Mon *Doppelgänger*, mon jumeau d'autrefois, mon Vadim, était toujours là, en liberté, et il avait un plan. Son plan était que je devienne encore plus laid. D'où la bedaine, le nouveau tic, le manque de grâce consciencieux — et évidemment, ma façon de me plier ou de me pencher quand je bégayais. J'étais alors désireux de la maladie, de son impuissance. Je voulais être entouré de gens habillés de blanc. Le mot hôpital s'est vu doté de cette aura qu'il avait possédée à Norlag. À longueur de temps, maintenant, j'étais conscient d'un sentiment d'« attente ». C'était l'impatience d'être vieux. Précédemment, au plus haut sommet du plaisir sexuel, j'avais l'impression d'être torturé par quelqu'un d'une tendresse infinie. À présent je le ressentais chaque fois qu'elle me souriait ou prenait ma main. La dernière étape, l'étape finale, qui a introduit toute une nouvelle série de craintes, s'est déroulée pendant l'été de 1962. Et le premier symptôme était physique.

J'ai commencé à entendre, de loin en loin, un bourdonnement tendu — pareil au bruit de moteurs à réaction tel qu'on l'entend depuis l'intérieur d'un avion. Un bruit blanc, je supposais, venant de mon oreille morte. Au bout de quelque temps, je me suis rendu compte qu'il ne se faisait entendre que dans certaines situations : quand je traversais des ponts élevés, au bord d'une falaise ou sur un balcon, près de voies ferrées ou de routes à trafic intense — et également quand je me rasais avec le sabre. Et puis un jour, à Kazan, il m'a fallu une demi-heure pour passer devant un camion arrêté dans la rue. C'était un compacteur d'ordures. Les hommes avaient laissé le moteur tourner et allaient toujours plus loin chercher leurs charges, évidemment (au cas où il ne redémarrerait pas), et le bourdonnement dans mon oreille était tellement fort que les horribles mastications de la machine, son jeu de mâchoires et ses grincements, se faisaient sans bruit, même lorsque je me suis approché pour regarder dedans. Les blocs d'acier qui se soulevaient et plongeaient n'étaient qu'à peine souillés, et les dents noires s'étaient presque nettoyées d'elles-mêmes. Ça avait l'air plutôt bien là-dedans. Et ça ne faisait pas de bruit.

Quand nous grandissions, tu disais que j'étais un solipsiste, et un solipsiste d'une vivacité et d'une fermeté inhabituelles. Tu parlais de la sobriété des calculs de mes intérêts personnels, de l'absence de tout instinct qui pourrait m'inciter à me plier à l'humeur du groupe (avec en outre la saillie décentrée de la lèvre inférieure et le désir d'intimité du regard). Eh bien, il est resté vrai que je n'avais aucune envie de me suicider. Cela me paraissait une priorité raisonnable. Le suicide de l'esclave-survivant — nous savons que c'est suffisamment fréquent et, pour finir, je crois que je respecte ça. Une façon de dire que c'est _moi_ qui décide à quel moment je perds ma vie. Mais j'ai pensé que je m'étais plutôt bien tenu, au camp — pas de violence, pas trop de compromis, pas d'émotion grégaire. Je ne voulais pas faire ce que faisaient les autres. Et je pensais que j'avais de bonnes chances de vivre ma vie sans avoir à tuer quelqu'un.

En fait, tout cela paraissait plutôt involontaire. Je veux dire ma grève, soudaine et non officielle — la grève sauvage. J'ai laissé mes mains retomber sur mes flancs. Pas seulement l'acte nocturne, mais tout le reste, tous les sourires et tous les sacrements, tous les mots, tous les commentaires de l'amour. Ça, elle l'a remarqué. Je te demande d'imaginer ce que c'était que d'être étendu là, assis là, debout là, et de regarder. Ça a été rapide — je peux te le dire. Un mois plus tard, elle s'est fait prendre, un crime flagrant, avec le professeur de gym, pendant la pause du déjeuner. J'étais libre.

Simplement pour finir en ce qui me concerne. Je ne voulais pas d'enfant avec Zoya et je ne voulais pas d'enfant avec Lidiya. Mais c'est curieux. Avec Lidiya, avec Lidiya, j'ai ressenti un bref renouveau du but érotique. Il y avait maintenant la possibilité, au moins, d'une conséquence. Quelque chose comme — si ce n'est pas un jeu, alors soyons sérieux. Et, à propos, j'ai toujours été étonné par ce que Lidiya pense de la baise, comparé à ce que Zoya pensait de la baise. Mais ça a marché. Le garçon, quand il est arrivé, a commencé à m'apporter le genre de plaisir que m'apportait Zoya. La proximité de l'épanouissement physique, mais gérable, à présent. J'ai suffisamment d'amour en moi pour Lidiya, je peux rassembler tout ça et le distribuer sous forme d'approbation et de respect. Lidiya comprend. Après Zoya, j'ai l'impression de vivre avec une psychothérapeute dévouée — qui sait lire dans mon esprit. Je la sens en train de décoder mes silences. Elle comprend, et a pitié de moi. À la fin, on cesse de s'apitoyer sur soi-même. C'est trop fatigant. On aimerait que quelqu'un le fasse à votre place. Lidiya a pitié de moi. Elle s'apitoie sur moi, ce que Zoya, à juste titre, n'a jamais fait, et elle s'apitoie sur moi à cause de Zoya, également.

L'obliger à partir, obliger Zoya à partir, n'était pas de la cruauté maîtrisée. Personne ne savait mieux que moi à quel point elle était nulle en amour. Cette terrible façon de s'ouvrir complètement. Elle était pour la totalité au milieu d'hommes qui s'occupaient de fractions. Je sais que Kitty et toi avez été horrifiés par son mariage, mais j'étais secrètement extatique, en tout cas pendant quelque temps. L'ironie est assez mordante, je l'avoue. Mais n'oublie pas qu'elle était nulle dans d'autres domaines aussi, y compris en matière d'argent. Au cours des quelques mois entre notre séparation et le divorce, elle a amassé des dettes qui ressemblaient au budget d'un État. J'ai entendu dire que, pour finir, Ananias a dû dépenser la moitié de tout ce qu'il possédait pour la sortir du pétrin.

Enfin : réparation. L'argent gagné en ridiculisant la sueur des esclaves — il passe à Zoya. Dorénavant, c'était ce que je ressentais, cette lamentable vieille merde la nourrira, l'habillera et la chauffera, et il en fera grand cas. C'est ce que je ressentais.

Eh bien, mon frère, j'ai comme le soupçon que tu n'en as pas fini avec Zoya. Tu attendras que je sois mort et tu essayeras une fois de plus. Pas immédiatement après. Je te vois mal montant dans un avion avec une valise dans une main et un pâté funéraire dans l'autre. Écoute. Il y a eu une nuit à Moscou, la fois où nous sommes restés la nuit, et où tu n'avais pas cessé de lui lancer « ce regard » toutes les cinq minutes — tu te crois très fort et silencieux, frérot, mais tu es un livre au dos cassé dont toutes les pages tombent. Nous en avons parlé en nous couchant. J'ai dit, comme j'en avais l'habitude : « Comme un chien malin qui sait qu'il va être battu. » Bon, tu te rappelles combien elle pouvait comprendre les choses, quand elle le voulait bien, quand elle s'arrêtait pour réfléchir. Je vais mettre en retrait sa réponse pour lui donner plus de poids :

Non, plus maintenant. Plutôt comme un chien au bout d'une laisse. Avec un gendarme à l'autre extrémité. Il convoite, mais il déteste également. Regarde comment il est tout le temps en train d'attaquer Varvara à propos de son passé. On pourrait croire qu'il l'a sortie de la prostitution. Je parie qu'il la torture. C'est ce qu'il me ferait. Un exercice sans fin. Une branlette sans fin sur le passé. Sur toi. Toi et tous les autres.

Et tu sais ce qu'elle a fait ensuite ? Elle a fait le signe de <u>croix</u>. <u>Elle</u>.

Dans un monde de libre arbitre, tu n'aurais aucune chance avec Zoya, pas la moindre. C'est très simple : tu es violent. Au camp, quand je suis devenu pacifiste, c'était pour tenter de préserver quelque chose en moi. C'est la philosophie de l'école buissonnière, je le sais — du tire-au-flanc plein de dévotion. J'ai supposé à l'époque que tu te bagarrais discrètement pour moi, et j'ai gardé le silence. Je me souviens des changements d'attitude, et d'apparence, des trois petits hooligans qui étaient tout le temps après moi. Ils avaient l'air de sortir du même accident de voiture. <u>Bon Dieu</u>. Et ce Tartare qui voulait ma pelle — c'est toi qui lui as cassé le bras, non ? En tout cas j'ai essayé, avec ma part d'hypocrisie, de préserver quelque chose en moi. Ça n'a pas marché. Rien n'aurait marché. Et je ne te condamne pas, vraiment, pour ce que tu as fait — aux indics. L'oppression bonifie la soif du sang. Elle la bonifie comme un vin.

Or je sais que tu es un soupirant persévérant et plein de ressources — et, dans le cas de Zoya (si je peux m'exprimer ainsi), un soupirant particulièrement sanguin. Mais elle ne sait pas résister à certains types d'influence. Et si le vieux pisse-copie est toujours en vie quand je ne le serai plus, et si elle est toujours avec lui, eh bien, cela me rend malade d'imaginer son isolement, et sa frustration. Il y a une chose dont je suis sûr, cependant, et c'est avec une peur réelle que je te préviens. Si tu lui fais des avances, il n'en résultera que du malheur pour vous deux. Sans oublier, ou en tout cas sans vouloir approfondir cela, l'insulte que ce sera de toute façon envers mon souvenir, et envers notre amour fraternel. Un amour qui a survécu au fait le plus étrange de tous.

Tu me voulais mort, n'est-ce pas ? En gros dès le premier jour de mon arrivée au camp. Tu as résisté à ce désir, et tu y es parvenu, et tu as pris de grands risques corporels afin de me protéger. Et pourtant tu me voulais mort. Parce que Zoya était hors d'atteinte tant que j'étais vivant. J'ignore pourquoi. J'ignore à quelle règle crypto-urka tu obéissais, bien que je sois content qu'elle ait existé. Ou peut-être as-tu compris que je n'aurais tout simplement pas permis ça. On aurait eu les pistolets à l'aube. Et ensuite tu aurais eu ce que tu voulais. Mon suicide aurait été la chose la plus simple, non ? Parfois je me mets à penser que toute la Rébellion du Norlag, les Cinquante Jours, et les centaines de morts, avaient été machinés par toi afin de faire rouler les dés une dernière fois. Je pouvais y rester, tu pouvais y rester — que le destin décide. Et, bon Dieu, le 4 août, avec ses morts et ses blessés. Des blessures qui ont fait passer les cheveux de notre ami de la taïga à la toundra. Comme je l'ai dit à l'époque, tu es un romantique. À ta façon. Et pas très drôle pour toi non plus, tout ça. Pas drôle de désirer la femme de ton frère. Et de la désirer avec tant de force.

Ce que j'aimerais, c'est vivre assez longtemps pour que tu sois trop vieux et que ça te soit égal. Ou trop vieux pour bouger. Tu comprendras à quel point je suis sérieux quand tu sauras que j'ai décidé d'arrêter de <u>fumer</u>. Mais je ne les vois pas vraiment, les vieux os. Qui donc a dit ceci ? « À l'hôpital, il est toujours plus tôt qu'on ne le croit. » Plus tôt — et aussi plus tard, en tout cas pour moi. Au moment de mon admission, ils m'ont fait signer un formulaire déclarant, plus ou moins, que je m'en fichais de mourir. J'ai rédigé mon testament, et je suis déjà en train de répartir mes quelques possessions, comme le gentil petit garçon que j'ai été autrefois. Comme nous étions de gentils garçons, avant. Je chargerai Artem de te remettre cette lettre, sa période de service s'achève à Noël. C'est le seul point commun entre mes épouses : on ne peut pas leur demander de poster une lettre. On pourrait tout aussi bien plier l'enveloppe, en faire un avion en papier et la jeter par la fenêtre. Et je ne pense pas que Lidiya sera des plus actives, après mon départ.

Tu sais ce qui nous est arrivé, mon frère ? Ce n'était pas seulement un compendium de très mauvaises expériences. La faim, et le froid, et la peur, et l'ennui et la lassitude océanique — tout ça, c'était général, c'était la norme. Du prêt-à-porter. Ce dont je parle est le destin sur mesure. Quelque chose qui a été conçu en nous, qui se mêle à ce qui était déjà là. Pour chacun de nous, de manières diverses, avec des décors différents, le pire des résultats possibles, et un prix à payer, pas en cuillérées ou en pelletées, mais à la journée, à l'année, à la vie Ils ont fait plus que nous priver de notre jeunesse. Ils ont également fait disparaître les hommes que nous allions être. En regardant Uglik, notre maître, essayer d'allumer sa seconde cigarette — c'est là que je l'ai sentie grandir en moi, ma déformation spécifique.

Quelle est la tienne ? La mienne, c'est le cynisme. J'ai dépassé le cynisme ici et là dans cette lettre que je t'écris, mais le ton que je prends quand je parle de la mère de mon fils rend suffisamment évident ce que je suis devenu. Le cynisme est ce que je ressens, ou ce que je ne ressens pas, tout le temps. Et qui a envie d'être cynique ? Cynique. Visage de chien. Condamné à voir du cynisme partout. Mais il est là. Il me possède. Je me fiche de tout et de tous. Les tâches aveugles, les susceptibilités, elles vont et elles viennent. Je peux parfois me persuader que je me fiche de Lidiya, de Kitty, de toi, de Mère. Je peux rarement parvenir à me reconnaître coupable du blasphème qu'est le fait de se ficher d'Artem. Et je ne peux jamais dire que je me fiche de Zoya.

Quelle est la tienne ? Toi seul as le droit de la nommer. Je pensais autrefois que c'était la guerre, et pas le camp, qui t'avait bousillé. Mais tu as gagné la guerre. Et personne n'a gagné l'autre chose. Tout de même, quoi que la guerre ait fait, le camp l'a piégée en toi. Pour toi comme pour moi, je crois que cela touchait à notre capacité affaiblie d'aimer. Il est étrange que l'esclavage puisse avoir cet effet — pas simplement l'extraordinaire dégradation, pas simplement la peur, et l'ennui, et tout le reste, mais également les strates d'injustice, l'injustice silencieuse. Bon, très bien. Nous sommes revenus au début. Pour toi, rien — de toi, tout. Ils me l'ont pris, apparemment, pour la seule raison que j'y accordais énormément de valeur. Et peut-être que les brutes et les chiennes connaissaient la vérité. Ces lettres blessées sur l'avant-bras aux veines dures d'Arbachuk. Tu peux vivre mais tu...

Je te souhaite tout le bien du monde. C'est un grand soulagement de pouvoir dire ça, et de le penser. Je ne souhaiterais pas le meilleur à beaucoup de gens, plus maintenant. Tous les gens que je ne connais pas — je ne leur souhaite plus le meilleur. Les récits d'infirmité et de destitution : c'est le genre de choses qui, ces jours-ci, me déride un tout petit peu. En ce moment, je vis un de mes meilleurs moments. Je me sens désencombré. Et j'espère que tu fais ce que j'ai fait, et que tu es parvenu à accrocher un peu de famille autour de toi. Bonne chance. Et merci. Merci pour cette grosse somme d'argent que tu m'as prêtée, merci pour mon Certificat d'Affranchissement, et merci pour le siège dans le train, cette fois-là. Et, oui, merci pour avoir cassé le bras du Tartare. Dis donc, tu étais un sacré morceau. Comment tu t'y es pris pour faire reculer les bergers allemands, pour les obliger à se mettre sur le dos et à pisser. « Vous croyez que je vais vous laisser m'insulter, leur as-tu dit, par un putain de chien ? » Et pendant les derniers mois de la guerre, les canonnades à Moscou chaque fois qu'une grande ville tombait — à chaque détonation je sentais ton pouvoir.

Tu sais, sans l'influence que tu avais sur Vad, je ne crois pas que j'aurais pu survivre à l'enfance. Ce Vadim. Du fait qu'il était sorti le premier, il a fait siens tous les désirs et toutes les blessures du frère aîné. Il me voulait vraiment mort. Et il n'allait pas simplement espérer avoir ce qu'il voulait : il allait agir. Pourquoi ? Parce que j'avais gâché cette demi-heure d'idylle ensanglantée — le moment où il a eu sa mère pour lui tout seul. Depuis la minute de ma naissance, tu as été mon redresseur. Mon redresseur de torts. Tu dominais tel un dieu — tu enjambais l'océan, tu remplissais le ciel. Et je le sens toujours. T'avoir comme frère, c'était comme avoir cent frères. Et il en sera toujours ainsi. Lev.

Oh, esclave, tu m'as tué...

Oui, c'est ça. Oui, c'est ça, ma fille. Ce n'était pas ta meilleure heure. Pendant cette heure *(notre dîner au* Grill*, fin juillet), tu m'as soumis à deux fétides vulgarismes — à savoir deux lâches emprunts tirés de la mare commune des clichés, des refrains et des poncifs. Ne va pas « là-bas », Vénus. Ne pénètre pas dans cette nécropole de la nouveauté.*

Le premier était « tourner la page ». Pourquoi ne désirais-je pas « tourner la page » ? « Tourner la page », berk, il me suffit de le chuchoter ou de l'articuler pour me sentir métamorphosé en une cacahouète au cou épais vêtue de blanc dans un cabinet médical de province. Tourner la page *est une expression graisseuse qui, en outre, décrit une condition qui n'existe pas. La vérité, Vénus, est que personne ne* tourne la page, *jamais. Ta seconde énormité n'était pas une simple expression : elle occupait toute une phrase. « Ce qui ne te tue pas te rend plus fort. » Pas du tout ! Pas du tout. Ce qui ne te tue pas ne te rend pas plus fort. Cela te rend plus faible, et te tuera plus tard.*

Naturellement, il se trouve que j'ai pris le problème en

main. Cette pesante mais accueillante sécurité sociale dont parlait Lev — tout cela a disparu. Seule une petite minorité d'hôpitaux d'État peut se vanter d'avoir l'eau courante, et j'annonce avec des larmes dans les yeux que l'endroit où je suis est l'un d'entre eux. Lorsqu'il s'agit de la mort, toutefois, la Russie est restée le pays de toutes les chances : l'injection mortelle, ici, serait bon marché même au double du prix. Et il n'y a pas ici de ces conneries du droit à la vie, pas de politiques dévots ni de théologiens qui mettent leur nez partout, pas de foule dans la cour pour hurler à tout un chacun Laissez-Moi Vivre.

Je suis dans un hospice pour déficients immunitaires (la seule unité de ce type dans tout le pays) ; l'acronyme local est assez euphonique, c'est un endroit réservé à ceux qui souffrent de SPID. Cette épidémie non reconnue a atteint, d'ailleurs, des proportions africaines. Dans quelque temps (ils ne savent pas quand) on va me mettre dans une chambre privée pour ma piqûre. Et je me demande, quel pourboire dois-je laisser, et quand ? Je sais. Pendant que je me plains. Pendant que je fais mon cinéma : voilà le bon moment. L'injection mortelle sera un succès — je n'en doute pas. Mais je ne suis certainement pas persuadé que la transition se fera sans douleur. La morphine est en plus, et j'ai demandé une double ration. Mais tu as raison : j'aurais dû aller à Oslo ou à Amsterdam et faire ça en classe business et pas en classe économique. Pourtant, ce ne serait pas une solution. Je vais mourir là où mon frère est mort.

Tu peux m'accuser de littéralisme, mais je ne fais que ce que fait la Russie. Et elle l'a essayé une fois par le passé. La Russie a essayé de se suicider une fois pendant les années trente, après une première décennie avec Joseph Vissarionovitch. Il était déjà plus de dix fois millionnaire en cadavres, avant même la Terreur. Après le surprenant recensement de 1936, l'État a été obligé d'agir : créchisation rapide, médailles pour les mères de famille, cérémonie de mariage resolennisée, légalisation de l'héritage, et criminalisation de l'avortement. C'était une grève générale, dans un certain sens ; et l'État l'a brisée. Que va faire l'État maintenant ?

Alors que les Babyloniens emmenaient les Juifs en captivité, ils leur demandèrent de jouer de la harpe. Et les Juifs dirent : « Nous travaillerons pour vous, mais nous ne jouerons pas pour vous. » C'était ce qu'ils disaient en 1936, et c'est ce qu'ils disent aujourd'hui. Nous travaillerons pour vous, mais nous n'allons plus baiser pour vous. Nous n'allons pas continuer à le faire, à produire des gens. Produire des gens pour qu'ils se retrouvent devant l'indifférence de l'État. Nous n'allons pas jouer.

Oh, je ne prétends pas que la chose ait complètement disparu — les rapports sexuels. Environ un tiers de ces spectres dans la salle télé ici (des gens d'avant, de la nation d'avant) peuvent prétendre avoir attrapé leur SPID pour des raisons vénériennes. Et comment expliquer autrement tous ces préservatifs usagés que l'on voit dans les rues ? On trouve toujours ces jusqu'au-boutistes et ces durs à cuire. Il suffit de lire les chiffres de la syphilis chez les adolescentes — une augmentation, au cours des dix dernières années, de quatorze pour cent.

On ne peut pas me demander, à ce stade de ma vie, de changer mes manières. Je veux dire ma faiblesse pour la pédagogie. Tu as ma liste de titres à lire. Ce sont surtout des mémoires, tu verras — les mémoires d'esclaves russes. J'espère que tu liras ceux qui ont été rédigés, bien plus tard, à Iowa City, par Janusz. On dit parfois que ces livres ne sont pas « représentatifs » parce qu'ils viennent tous de la même strate de la société, les intelligents. Tous des politiques ; pas de serpents ni de sangsues, pas de brutes, pas de chiennes. Ces auteurs ne sont pas représentatifs pour une autre raison aussi, parce que leur intégrité, semble-t-il, n'a jamais couru le moindre danger. Ils ont vécu ; et ils ont également aimé, je crois. Stakhanovistes de l'esprit, chercheurs et voyants « de choc », ils ne haïssaient même pas. Rien de tout cela n'était vrai pour mon frère et moi. Et la haine est un travail fatigant. On hait la haine — on en vient à haïr la haine.

Je tiens à te dire ce que j'ai aimé dans le 4 août 1953, alors que nous étions debout, bras dessus, bras dessous. Quand, debout, nous nous sommes confrontés à l'État et à sa tempête de fer. J'avais atteint la fin d'une philosophie : je savais comment mourir. Or les hommes ne savent pas comment le faire. Il est peut-être même possible que tous les efforts masculins vraiment stupéfiants, qu'ils soient élevés ou vils, soient dus à cette seule incapacité. À aucun autre animal on ne demande d'adopter une attitude face à sa propre extinction. C'est une chose qui est, pour nous, horriblement difficile, et on pourrait croire que cela atténue notre notoriété générale... Il faut une émotion de masse — pour savoir comment mourir. Il faut être comme tous les autres animaux et courir avec le troupeau. L'idéologie produit des émotions de masse, ce qui explique pourquoi les Russes l'ont toujours appréciée. J'ai un peu exagéré à propos de la tienne — de ton idéologie. Et toute ta vie j'ai essayé de t'intéresser à mon idéologie : l'idéologie de la non-idéologie. *La tienne n'est pas si mauvaise que ça ; mais c'est une idéologie. Et c'est la seule chose que je détecte en toi qui reste imparfaitement libérée.*

Je viens d'avoir une visite. Elle est venue avec des fruits et des fleurs : la petite Lidiya. Pas si petite maintenant, c'est vrai (l'épaisseur slave habituelle, avec quelque chose de religieux, de quaker, dans la masse). Néanmoins, je me suis brièvement réjoui de la voir aussi vigoureuse. Elle a environ soixante-cinq ans ; et n'oublie pas que les femmes russes vivent en général vingt-cinq pour cent plus longtemps que les hommes russes (elles ont droit à la totalité des quatre quarts, et pas seulement à trois). Je n'ai pas dit à Lidiya la raison exacte pour laquelle je me trouvais là, mais elle a compris que c'était notre dernier adieu. Elle m'a demandé si elle pouvait réciter une prière pour moi, et j'ai donné mon accord, en me disant que je pourrais sans doute le supporter. Je m'étais trompé à ce sujet, et je me suis immédiatement mis à hurler pour l'arrêter. Pas cette *idéologie ; je n'allais pas rester étendu là et la regarder embrasser la croix russe. Elle s'est excusée assez joliment, m'a caressé le front et est sortie de la pièce à reculons. Oui, je suis dans la pièce. La pièce au sous-sol, avec ses deux chaudières et les milliers de serviettes rose et bleu entassées sur des caillebotis, qui sentent le vinaigre. Ma belle-sœur va préparer une autre caisse en contreplaqué et t'enverra mon PC, portefeuille, lunettes, montre, mon alliance et mon niveau à bulle, et un ou deux accessoires — une cravate, un mouchoir. J'ai donné à Lidiya le rasoir sabre et le dossier de poèmes.*

Il y a enfin une différence sexuée sur laquelle j'attire ton attention, si tu me le permets. Prépare-toi à une bonne nouvelle. En 1953, j'ai découvert comment mourir. Et maintenant j'ai oublié. Mais je sais ceci. Les femmes peuvent mourir calmement, comme l'a fait ta mère, comme l'a fait ma mère. Les hommes meurent toujours dans les tourments. Pourquoi ? Vers la fin, les hommes rompent l'habitude de toute une vie, et commencent à s'accuser, avec toute la sévérité masculine. Les femmes rompent également une habitude, et cessent de s'accuser. Elles pardonnent. Nous ne pouvons pas pardonner. Et je veux dire tous les hommes, pas seulement les vieux violeurs comme moi — les grands penseurs, les grandes âmes, même eux doivent le faire. La recherche de qui a fait ça, et à qui.

Qu'y avait-il donc entre moi et les femmes ? Dans l'avion, ce matin, j'ai lancé le moteur de recherche : « Jalousie sexuelle rétrospective ». Beaucoup de trucs sexuels, et beaucoup de trucs sur la jalousie, et beaucoup de trucs sur les rétrospectives. J'ai péniblement fait défiler quelques milliers de sites — et suis finalement tombé sur un brillant essai publié dans l'auguste revue britannique, Mind and Matter. *Il était intitulé « La Jalousie sexuelle rétrospective et l'Homosexuel refoulé ». Avec le propagateur de JSR, avance cet essai, ce n'est pas aux femmes qu'il s'intéresse — c'est aux hommes. En d'autres mots, je suis un cryptopédé. Qu'est-ce qui me fait douter de ça ? Seulement le fait que, pour commencer, être pédé ne m'aurait pas dérangé, pas trop. Bon, d'accord, je n'aurais pas aimé, au camp, prendre ma cuillère et mon bol avant de rejoindre les passifs, qui mangeaient à une table à part (et ne pouvaient parler qu'entre eux). Hormis cela, toutefois, en ville, si de toute façon on ne fait pas d'enfant, quelle est la différence ? Je* sais que tu n'en aurais pas une moins bonne opinion de moi. Mais c'est sans doute pire, dans mon cas, parce que j'étais pédé avec mon frère.

Ce qui reste en moi de ces heures au Rossiya, et c'est sans doute surprenant, c'est une notion irréductible de stérilité. Pendant les derniers mois de la guerre, quand je violais en uniforme — nous étions, alors, tellement remplis de mort (et de la destruction de tout ce que nous possédions et connaissions) que l'acte d'amour, même sa parodie, était ressenti comme un charme agissant contre le carnage de la mort. Et on pourrait peupler une ville de bonne taille, maintenant, avec les bâtards de l'armée de violeurs (population : un million). Un bon nombre des femmes fécondées n'ont évidemment pas accouché : elles ont été tuées sur-le-champ par leurs violeurs. Je peux au moins dire honnêtement que ce phénomène m'était et m'est resté incompréhensible.

Et au Rossiya ? Ce que j'ai fait n'avait aucun sens. C'était gratuit, c'était pervers, et c'était dédié à la propagation du malheur, mais ce n'était pas particulièrement russe. Sauf peut-être en ceci. Pas de pouvoir, pas de liberté, pas de responsabilités, jamais, dans toute notre histoire. Cela remue une anarchie à l'intérieur. Mais non — j'abandonne. J'ai dit plus haut que le viol m'attendait au tournant. Sa vengeance n'était pas proportionnée, absolument pas, mais elle était complète, et dramatiquement rapide. Tu as deviné ? Tu as demandé au spectre de ta mère ? Au Rossiya, je suis passé de satyre à senex en une après-midi. Dès le lendemain matin, je n'arrivais même plus à me rappeler ce que j'aimais chez les femmes et leur corps. Je m'en souviens maintenant. Au cours des quelques derniers jours, je m'en suis souvenu.

Naturellement, ce serait pratique d'en rejeter la responsabilité, celle du viol, sur la guerre ou sur le camp ou sur l'État. Je pense honnêtement, parfois, que la mort d'Artem (la façon dont elle est survenue), ainsi que celle de Lev avaient détruit ma santé mentale. Au moment où son grand sourire d'amour s'est transformé en un rictus d'horreur, j'ai connu une déception, *Vénus, qui s'est repliée mille fois sur elle-même. Après tout ça, ai-je pensé. Et pour un court instant, la possession de Zoya m'a paru être un droit. Et je n'avais même pas le droit d'être là, dans la chambre. Et maintenant, quand je ferme les yeux, je ne vois qu'un meurtrier moribond, implacable jusqu'à son dernier souffle, rassemblant ses forces pour un dernier assaut. Cela avait été un soupçon et c'est maintenant devenu une conviction que tu partages peut-être, Vénus : pendant les quatre ou cinq secondes entre mon baiser et son réveil, Zoya rêvait de Lev. Ce devait être ainsi, pour cristalliser son destin avec le mien. Bon Dieu, la Russie est le pays du cauchemar. Et toujours le cauchemar à rallonges. Toujours le plus talentueux des cauchemars.*

 Et de ce rêve je suis sur le point de m'échapper. Ils sont arrivés. Deux hommes en civil, avec ce qui ressemble à une trousse à outils. Ils fument une cigarette en attendant que je finisse ceci. Et c'est ce que je fais. À tout moment maintenant, je vais cliquer ENVOYER... *Va, petit livre, va, petite tragédie de ma vie. Et toi aussi, Vénus, va, pars làdedans, avec ton bon régime alimentaire, ton excellente assurance-maladie, tes deux diplômes, tes langues, tes biens immobiliers, et ton capital. Le luxe dingue d'avoir à penser à toi m'a conservé en vie, jusqu'à maintenant, en tout cas. Et oh mon cœur, chaque fois que tu m'appelais Dad, ou Pop, ou Père, oh à chaque fois. Eh bien, gamine, ce ne serait pas bien de terminer ça en ayant l'air amer. Ne nous laissons pas aller à cette morosité que l'on dit typique de la plaine de l'Eurasie du Nord. Le pays des popes compromis et des boyards renfrognés, des indics, des xénophobes et de la police secrète et transpirante. Rejoins-moi, s'il te plaît, pendant que je vois le bon côté des choses. La Russie se meurt. Et je suis content.*

REMERCIEMENTS

J'ai une dette envers plusieurs livres récents.

D'abord, le magistral *Goulag : Une histoire* d'Anne Applebaum (Grasset, traduit par Pierre-Emmanuel Dauzat). Construit avec élégance et lucidité, rédigé avec force et simplicité, posant sans cesse les bonnes questions, c'est le seul livre vraiment indispensable, après *L'Archipel du Goulag* de Soljenitsyne, sur le phénomène de l'esclavage soviétique.

Avec *Black Earth : Russia After the Fall* (HarperCollins) d'Andrew Meier, il suffit de regarder la photo de l'auteur sur la jaquette pour savoir ce que l'on va trouver : honnêteté, intrépidité, esprit, candeur et (qualité vitale par ici) une liberté de ton pleine de joie. Ce livre combine le récit de voyage et l'historiographie à un niveau extrêmement élevé.

Natasha's Dance : A Cultural History of Russia (Penguin, Metropolitan Books) d'Orlando Figes. J'ai une méthode peu conventionnelle pour évaluer ce genre de volumes (729 pages) : je vais voir combien de notes j'ai écrites en fin de volume (par exemple, « 39 — théâtre et orchestres de serfs... 552 — assassin de Nabokov Sr »). Mon exemplaire de *Natasha's Dance* s'achève, avec générosité, sur dix pages blanches. Je les ai toutes noircies.

Comme le *Goulag* d'Anne Applebaum, *Staline : La cour du Tsar rouge* (Éditions des Syrtes, traduit par Florence La Bruyère et Antonina Roubichou-Stretz) de Simon Sebag Montefiore est en partie le résultat d'un travail héroïque dans les archives récemment ouvertes. Ce livre change l'image et ce, de façon dérangeante. L'auteur est très méticuleux et très moral ; mais il ne peut empêcher l'émergence d'un Staline plus impressionnant en tant que personne que nous ne l'avions pensé jusqu'à présent — plus complexe et plus intelligent. Staline possédait une certaine quantité de poésie politique ; il possédait aussi, hélas, une âme.

Ester and Ruzya (Dial Press), de Masha Gessen, a un sous-titre parlant : *Comment ma grand-mère survécut à la guerre de Hitler et à la paix de Staline.* Ce mémoire familial est très habilement assemblé ; mais l'expérience de lecture est nécessairement hachée et mince. Gessen est extraordinairement bonne lorsqu'elle montre comment les systèmes étatiques plient et étirent les individus en toutes sortes de formes étranges. Elle est également très bonne pour évoquer le décor concret et l'ambiance mentale du Moscou d'après-guerre.

De même que *Surviving Freedom : After the Gulag* (University of California Press), de Janusz Bardach. Dans l'un de mes livres (*Koba le Redoutable*), j'ai fait l'éloge de l'un de ses livres précédents (*Man is Wolf to Man : Surviving Stalin's Gulag*) ; le professeur Bardach m'a écrit, et nous avons eu un bref échange pendant les quelques mois qui ont précédé sa mort. Je connaissais l'historien transfuge Tibor Szamuely, qui a fait son temps à Vorkuta. Mais Tibor est mort il y a trente ans. Et c'est Janusz Bardach qui a été pour moi l'unique lien avec les événements que je décris dans *La Maison des Rencontres* ; et, alors que je m'efforçais de rédiger ce livre, j'ai été grandement assisté par son spectre.

Ainsi que par d'autres spectres — par Fedor Dostoïevski, par Joseph Conrad, par Evguenia Guinzburg, et par le Tolstoï de l'URSS, Vassili Grossman.

Martin Amis

Je remercie Serge Chauvin pour sa relecture.

Bernard Hœpffner

Chère Vénus   11

Composition Graphic Hainaut.
Impression Bussière
à Saint-Amand (Cher),
le 27 avril 2008.
Dépôt légal : avril 2008.
Numéro d'imprimeur : 081225/4.

ISBN 978-2-07-078199-7./Imprimé en France

160866